ガチャを回して
仲間を増やす
最強の
美少女軍団を
作り上げろ
8
Chinkururi
著＝ちんくるり
illust.＝イセ川ヤスタカ
GC NOVELS

ルーナ・ヴァラド
LUNA VARADES

シスハ・アルヴィ
SHISUHA ALVY

UR
Heihachi

GATYA

ガチャを回して仲間を増やす 最強の美少女軍団を作り上げろ

8

You increase families and make beautiful girl army corps, and put it up

CONTENTS

1章　終息なき異変

　セヴァリアの守護神とよばれる存在、テストゥード様。その守護神の祠がディアボルス達の襲撃を受けたが、何とか撃退しセヴァリアから加護が失われるのを阻止した。しかし、これで終わりではなく、まだ何か起こるような胸騒ぎを感じる。

　そんな中通知されたアイテムガチャ。さっきまでの不安も忘れて嬉々として回したのだが……結果は散々だ。

「あーあ、それじゃあアイテム整理といくか」

「うう……平八酷《へいはちひど》いんだよ……」

「せっかく元気付けてくれていたのに、大倉殿《おおくら》は酷いでありますね」

「あー、うん。すまなかった」

　フリージアは俺に頰をこねくり回されたからか、涙目で自分の頰を撫でている。思わずとはいえ、半分八つ当たり気味に揉んだのは確かに酷かったかもしれない。後でノール共々おやつでも食べさせてやろう。

　さて、ガチャを終え意気消沈気味ではあるが、さっそく今回ガチャから出たアイテムの確認といこうか。


【希少鉱石】

とても希少な鉱石をランダムに排出する。

「鉱石か。希少ってことはそれなりに凄《すご》い物が出そうだな」

「コロチウムみたいな物でありましょうか？　専門の人じゃないとよくわからないでありますよ」

「武器や防具にできる金属でしたら、ディウスさんやガンツさんに渡してもいいかもしれませんね」

「それは詳しく調べてからの方がいいと思うわ。もしかするとこの世界にない金属かもしれないし、どこから採ってきたのか騒ぎになっちゃうわよ」

ガチャから出た鉱石でさらにSRとなると、それなりに希少な物のはずだ。エステルの言うとおり、どんな金属が出てくるかわかったもんじゃない。

魔石集めを手伝ってもらっているディウス達にあげるとしても、その点を調べてからにしないと危険だな。今度欠片《かけら》をガンツさんにでも見せて、どの程度の金属なのか調べてもらおう。


【極大金塊】

黄金に輝く巨大な塊。これ一つで巨万の富に……！

「巨万の富って大袈裟だなぁ」

「そんなに大きな金塊なのか。見てみたい」

「私も見てみたい！　出してみようよ！」

「どれだけ大きいかわからないんだから、家の中で出すのは止《や》めた方がいいんじゃない？」

「そうだな。床が抜けても困るから、後で外に出て確認しようか」

極大なんて名前だからな。山のような大きさの金塊が出てきたりしたら家がぶっ壊れる。さっきの希少鉱石もどのぐらいの大きさで出てくるかわからないし、後で一緒に外で確認しよう。

【高級香水】

香り高い至高の香水をランダムに排出する。

【高級酒】

味わい深い究極の酒をランダムに排出する。

実体化してみると、香水はハートや星マークのビンに入った物が複数出てきた。高級酒の方は一つ出してみると、純米大吟醸と書かれたラベルが貼ってある大きな酒瓶が。なんか見覚えのある酒だな。

「お兄さん、この香水貰《もら》ってもいいかしら？」

「ああ、俺は使わないから構わないぞ。ノール達も欲しいか？」

「欲しいのでありますよ！　むふふ、乙女として興味があるのであります！」

「私は高級酒が欲しいです！　ガチャ産のお酒なんてきっと凄いですよ！」

欲しいと希望しておいて、シスハは既に酒瓶を抱き抱えて絶対に渡さないと体で主張している。香水よりそっちを欲しがらないでくれませんかねぇ。

結局ノールとエステルとシスハが香水を希望したので渡して、さらに酒もシスハの手に渡った。ルーナとフリージアは全く欲しがる素振りを見せなかったから、この手の物は興味がないみたいだ。

【忘却薬】

飲ませた対象の記憶から、指定した事柄を忘れさせる。

ビンに入った透明な液体が出てきた。これを飲ませるだけで記憶を消せるのか。

「うーん、色々と見られると都合が悪いことがあるから、もしもの時に使えそうではあるが……」

「飲ませるってところが難しそうでありますね」

「大倉さんだとロクなことに使いそうにないですね。悪用しちゃ駄目ですよ」

「誰が悪用するか！　むしろ今すぐお前に飲ませて、薄い本のことを記憶から消してやりたいぞ！」

「あら、そういえば薄い本ってどんな――」

「な、何でもない何でもない！」

エステルが興味津々といった様子でグイグイ迫ってきたので慌てて誤魔化した。危ない危ない、自分から地雷を踏んでいくところだったぞ。

それにしても記憶を忘れさせる薬か。ガチャ産の装備を使ったり、ルーナ達を呼び出すことになって誰かに見られた時に使おう。飲ませるのに苦労しそうだけど。


【合成箱】

同系統の装備の能力を指定して統合する。成功率百パーセント。目指せ最強装備。使用後このアイテムは消滅する。

出てきた物は真っ黒い小さな箱だ。中を開けると真ん中で仕切られていて、左にベース、右に素材と底に書かれている。

「使い切り系か。でも結構使えそうなアイテムだな」

「指定ってことはデメリットのある装備から、欲しいのだけ選んで移せるってことかしら」

「どうせなら合成機みたいに、何回も使える物が欲しかったですね」

合成機は何度でも使えるけど、これは一回しか使えないタイプなんだな。その代わりに成功率百パーセント。どれに使うか慎重に選ばなければ。

最悪エクスカリバールをベースに、URの能力を付加しても……馬鹿！　何考えてる！　URをSRの素材にするとか正気か！　絶対にやらないからな、絶対に！


【エアーシューズ】

空中歩行を可能とする靴。使用中はMPが消費される。MP切れで墜落するのでご注意を。


見た目は外側の側面に羽の付いた銀色の靴だ。

「へぇ、空中を歩ける靴みたいだぞ」

「お空を歩けるの！　貸して貸して！」

「あっ、おい」

フリージアは俺から靴を引ったくり、さっそく履いて使いだした。全く、しょうがない奴だなぁ。凄く楽しそうに笑ってるから止めはしないけどさ。

フリージアが片足を上げて宙を踏み締めると、銀色の靴は輝きだす。その足は下に落ちることなく、階段を上るように彼女は宙に浮いていく。まるで見えない足場があるようだ。

「すごーい！　この靴どこでも歩けるんだよ！」

「面白そうでありますね！　次は私にやらせてほしいのであります！」

「壁を歩いたり、ガチャの靴はデタラメな物ばかりだ」

「これはノールかルーナに持たせるか。二人が空中戦をできるようになれば、飛行する魔物の相手もしやすいし」

フリージアの弓でも対空戦は可能だけど、素早いノール達が空を自由に飛び回れるなら対応の幅も広がる。問題はＭＰ切れに注意することだな。

実際ピョンピョンとフリージアは何もない空中を踏み締めてはしゃぎ回っていたが、突然落下して、――だよ⁉　なんて悲鳴を上げていた。調子に乗ってＭＰ使い過ぎたみたいだ。使う時は注意しておこう。


【ディメンションホール】


壁や床の向こう側に空間を繋げる。通行中はご用心を。

出てきた物は細長い黒色の棒だった。どうやって使うのかわからなかったけど、試しに家の壁に突き刺してみるとそのままズブッと奥まで入っていく。

そしてある程度入ったところで手を離すと、棒が刺さっている真下の壁が縦に開いて、家の外の景色が見えてきた。突き刺していた棒を引き抜くと一瞬で開いた部分は閉じ、何事もなかったかのようにただの壁へと戻る。

「おお！　これは凄いな！　さらに不意打ちがやりやすくなるぞ！」

「すぐにその発想をするのはどうなのでありますか……」

「これを迷宮とかで使えるなら便利よね。でも通行中はご用心ってところが気になるわね」

これさえあれば敵に気が付かれることなく背後が取れるぞ！　それにエステルの言うように迷宮で使えたら、罠とかギミックを全部無視して攻略もできる！

ボス戦すら回避して最深部に行くことも……だけど通行中はご用心って説明が妙に怖い。途中で効果が切れたら、壁の中に入る状態になるのか？　考えただけでも恐ろしいぞ。

【緊急召喚石】

コストを無視してランダムに、URユニットを一人一定時間呼び出す。既に召喚されているユニットは対象外。使用後このアイテムは消滅する。

「こ、これは⁉」

「コストを無視してユニットを召喚……。本当に緊急時に呼び出す為のアイテムですか」

「これを使う状況となると、私達だけじゃ対応できない事態になっている時ぐらいね」

「使うようなことは起きないでほしいであります……」

「全員揃えば大抵のことはなんとかなる。このポンコツがちゃんとやればだが」

「酷いよルーナちゃん！　私はやればできる子なんだよ！」

おいおい、まさかSSRのアイテムでURを召喚できるとか！　だけど一定時間のみなのとランダムってところが微妙だな。本当に一時的なお助け要因として、召喚するだけになりそうだ。使う機会がない方がいいんだろうけど、もしもの時にはありがたい。

【装備強化権】

装備を指定してワンランク強化する。

このアイテムを見た瞬間、ガシッと誰かに肩を掴《つか》まれた。振り向くとそこには、満面の笑みを浮かべるシスハが。

「うふふ、大倉さん」

「あー、うん。えっと、シスハの武器を強化するってことでいいか？」

「いいのでありますよ。シスハ以外全員武器は強化されているでありますからね」

「回復する機会が少ないとはいえ、重要な役割だもの。私もそれでいいわよ」

「シスハの為だ。何の問題もない」

「私も最初から強くしてもらったからいいよ！」

「皆さん……ありがとうございます！」

ノール達の了承に目じりに涙を滲《にじ》ませて、シスハは深々と頭を下げた。この中で唯一専用武器の強化をしていなかったからな。普段から神官の仕事をしているか怪しい部分が多いけど、確かに回復要因として重宝するべきだ。

そんな訳でさっそく、シスハ専用の杖であるヴィーティングを強化した。

【ヴィーティング☆2】
ＭＰ＋１３００
攻撃力＋１８００
回復魔法＋30％
行動速度＋20％

「ウィヒヒ、ようやく、ようやく私のヴィーティングも強化されました！　これでさらに魔物を倒しますよ！」

「回復用に強化させてやったのに、魔物を倒す気満々なんですけど……」

「元々杖で魔物を殴っているでありますからね……」

「うむ、シスハだから仕方がない」

シスハは強化されたヴィーティングを、片手でブンブンと回している。おい、回復要因として重宝すべきだって思った直後に魔物倒す宣言しないでもらおうか！　全くこいつは……まあ、実際に回復役として強化されたんだからよしとしよう。

さてさて、お次は最大の楽しみであるＵＲ。

まずはフリージアが出した、女神の聖域だ。実体化させると、虹色に輝く宝石が付いた白銀の指輪が出てきた。細かな彫刻が施されていて、宝石の中には盾のような紋章が浮かんでいる。

【女神の聖域】

外部からの干渉を完全に無効にする空間を作り出す。使用者が指定した対象のみ侵入可能。使用後は一定期間、再使用不可。

「外部からの干渉を無効って……」

「この中に居れば敵からの攻撃は受け付けないってことでありましょうか？」

「内側からはそのまま攻撃とかはできるのかしら？　可能なら私がその中から攻撃できるし、フリージアもインベルサギッタを安全に使えるわ」

「えー、使いたくない……。うん、このアイテムはなかったことにしようよ！」

「ふざけんな！　とりあえずこれも後日色々と試してみないとな」

これからどんどんスキルを使わせられるとでも思ったのか？　確かにこれがあればフリージアがスキルを使って気絶をしても、しばらくそのまま放置させられる。場合によっては俺達全員が入ってから、自爆技のようにスキルを使うことも可能だ。

問題は味方からの干渉も弾いてしまうかどうかだな……。外からだとシスハの回復魔法や、ノールのバフも無効化されるかもしれない。凄く有用なアイテムだけど、要検証だな。

次は凄く揉めそうな、ＵＲユニット強化権だ。


【ユニット強化権】


ユニットを指定してワンランク強化する。

「さて、問題のユニット強化権なんだが」

「はい！　それも私に――」

「シスハ、ちょっと黙りなさい」

「ヒィ――すみませんでした！」

エステルが真顔で放った低い声に、シスハは顔を青くしてそのまま肩を縮めた。装備強化権を使ったんだから、こっちは遠慮しておけと。本当に強欲な神官様だな。

エステルも強化してほしいと言い出すかと思っていたけど、こっちを見てニッコリと笑うだけでそれ以上何も言ってこない。……ただ、妙に熱のこもった視線が送られている気がする。

「うーん、悩ましい。ノールに使ってもらうか、もう一人強化するのか……ノール達はどう思う？」

俺だけじゃ誰に使うか判断が難しいぞ。最初に思い付いたのは、既に一段階強化されているノールに使うことだ。

ＧＣでは一人だけでも強いユニットが居れば、ある程度ごり押しで強い相手でも倒せた。だが、そうやって他のユニットの育成を疎《おろそ》かにすると、全体的な被害はかなり出ていたからなぁ。

俺の理想としては、平均的に皆強くなってもらいたいのだが……ここは彼女達の考えを聞いてみよう。

「そうでありますねぇ。私をさらに強くしてもらえるのは嬉しいでありますが、あまり偏り過ぎるのもどうかと思うのであります」

「一対一で戦う状況ならそれが一番だけれど、幅広く対応するのならもう一人強化した方が良さそうね」

「私を強化してもらいたいところですが、真面目な話をするとエステルさんかフリージアさんがいいんじゃありませんか？　近接戦闘への備えは十分過ぎるぐらい整っていますし、遠距離の攻撃にも備えるべきです」

ノール一人を強化するのは反対気味ってところか。それに遠距離攻撃役のエステルとフリージアを強化するのはいい考えだと思う。エアーシューズも手に入ったとはいえ、今のままだと対空戦が心許《こころもと》ないからなぁ。シスハがこんなまともな意見を言うのはちょっと驚いたぞ。

……ん？　ちょっと待てよ。

「ルーナも一応遠距離攻撃できるのに対象から外すのか」

「私はエステルやフリージアと比べて微妙だ。単発だから連射ができない。それに雑魚《ざこ》専だ。強化しない方がいい」

何だろう、こっちを見ているルーナの力強い光を宿した目が、絶対に強化するなと訴えている気がする。強化されたら無理にでも、働きに出されると思っているんじゃないだろうな。

だけど実際に彼女の言い分も正しく思える。遠距離攻撃役として考えるなら、エステルとフリージアの方が適任だ。シスハもそこをちゃんと考えて対象として挙げなかったのか。やるじゃん。

「じゃあ、エステルとフリージアのどちらかだな。どうやって決めようか」

「当人であるお二人の意思を、まず確認してみてはどうでしょうか」

「そうだな。二人共自分を強化して欲しいって思っていたりするか？」

遠距離攻撃といっても魔法と物理で全然違う。正直これまた選ぶのが難しい。なので強化をするなら、自分から強化して欲しいと願う方にしたいと思う。

俺がそう思って口にすると、エステルは迷う間すらなく片手を上げて立候補した。

「あまり主張はしたくなかったけれど、できたら強化してほしいわ。そうすればもっとお兄さん達の助けになってあげられるもの。支援魔法とかも効果が上がるかもしれないしね」

「それは凄いでありますよ！　エステル一人で皆が強化されるようなものでありますね！」

「うむ、エステルの支援魔法の効果は凄い」

ルーナまで同意する程エステルの支援魔法はお墨付きか。

支援魔法まで強化されるとしたら、それは凄い利点だな。ノールを強化しても固有能力の全体バフが上昇する可能性はあるけど、三段階目も同じように上がるのかわからない。ここは無難にエステルを強化した方がいい気がしてくる。

それに俺達の助けになってあげられるって部分はグッときた。是非とも強化してあげたいところだが、決めるのはフリージアの考えを確認してからだな。

「フリージアはどうだ？」

「私は召喚されたばかりだからいいかなー。ずっと平八達といたエステルちゃんを強くしてあげるべきだよ」

「……フリージア、ありがとうね」

満面の笑みで言うフリージアに、エステルはぎゅっと胸の前で手を握り締めてお礼を言う。シスハみたいに強化してくれと騒ぐかと思いきや、意外にもエステルにそれを譲るとは。

ただのポンコツエルフじゃなくて、そういう考えもできる奴なんだな。その気遣いを普段からしてくれると大変助かるのだが……そこがポンコツたるゆえんか。

フリージアの承諾も得たので、ユニット強化権はエステルに使うことになった。アイテム欄からユニット強化権を選び、さらに表示されたユニット画面からエステルを選択。

するとスマホから光の粒子が溢《あふ》れ出して、エステルの体に吸い込まれていく。

「どうだ、おかしなところはないか？」

「はふぅ……体の芯から熱くなるようだわ。思わず魔法を撃っちゃいそう」

「そうでありましょう、そうでありましょう。私も強化された時は動きたくてウズウズしたのでありますよ」

息を荒くし紅潮した顔で、エステルは杖を抱き締めて身を悶《もだ》えさせている。そんな彼女を見てノールは腕を組んでウンウンと頷《うなず》く。強化ってそんなに興奮する程の感覚なのか……エステルさんが興奮して自宅を爆破しないことを願おう。

とりあえず強化されたステータスの確認、と。

【大魔導少女】エステル
レベル▼83　HP▼3940　MP▼6700
攻撃力▼2950　防御力▼960　敏捷▼30　魔法耐性▼60　コスト▼21
固有能力【魔導の権威】出撃時、全ユニットの魔法耐性を20上昇させる。
スキル【大魔術】魔法の威力を100％上昇させ、相手全体の魔法耐性を80下げる。再使用時間：半日

「これまた随分と強化されたたな」

「ふふ、強化してもらった分頑張っちゃうんだから。期待しててねお兄さん」

エステルはそう言って紅潮した顔のままウィンクをしてきた。うーむ、大変可愛らしいのだが、やり過ぎないかが心配だな。今後の働きには期待させてもらおう。

全てのアイテムの確認を終えたところで、最後に恒例のエクスカリバールと鍋の蓋《ふた》の強化を始めた。

【エクスカリバール☆57】
攻撃力＋6090
行動速度＋330％
スキル付加**【黄金の一撃】**
状態異常：毒（小）
木特攻：ダメージ＋10％

【鍋の蓋☆42】

防御力＋2300

「私のヴィーティングが強化されて喜んでいましたが、大倉さんの武器を見ると……」

「攻撃力六千に行動速度三百パーセント超えって……強化され過ぎているわね」

「あれれ？　スキル付加って何？　この前見た時はそんなのなかったよね」

あれ、確かに見たことがない物が交ざっているような。ステータス画面で俺を確認してみると、エクスカリバールに表示されていたスキルが追加されているのを発見した。

【黄金の一撃】

ＭＰを五十パーセント消費し、攻撃力を二倍した一撃を放つ。ＭＰの消費量が五千を超える場合、三倍に上昇する。

「おお！　ついに、ついに俺にも必殺技が！」

「おめでとう平八。私のスキルと似たような感じだ」

「どうして急にスキルなんて付加されたのでありましょうか……」

ルーナがパチパチと拍手をして祝福をしてくれている。確かにルーナのスキルと似た感じだ。……完全に下位互換だけどな！

だけど、なんでスキルが付加されたのだろうか。強化が五十を超えたからって可能性は考えられるけど……謎だ。強化されたことに変わりはないから、ここは素直に喜んでおくとしよう。

そして翌日、予定通り出たアイテムを確認する為、人気のない場所に来ていた。

「ふふふ、どれだけ強化されたのか試すのが楽しみだわ」

エステルは杖を両手で握り締め、笑顔でブンブンと左右に振って興奮気味だ。

「エステルが浮かれている姿を見るのは珍しいのでありますよ」

「新しい力を試すとなれば、浮かれてしまうのも無理はありませんよ。私だったら町全体に回復魔法をぶっ放してしまうかもしれません」

「……お前は絶対に強化しないからな」

「えー、いいじゃありませんか。害はありませんよ」

よくねーよ！　確かに回復魔法なら害はないけど、町全体が突然光に包まれたら大パニック間違いなしだぞ。

シスハは元々大人数を一度に回復できるのが売りの神官だったからなぁ。やろうと思えばブルンネ全体を対象に回復魔法を使うことぐらいはできそうだから、冗談なのか本気なのか全くわからん。

「えへへー、ガチャのアイテムを試すのは楽しみだね！」

「昼間に外へ出るぐらいの価値はある」

ルーナはさっきまで寝ぼけていたが、ガチャのアイテムが気になるのか一緒に来ていた。フリージアに起こされて誘われた形だったけど、まんざらでもなさそうだ。

さて、今回のメインはUR女神の聖域だけど、その前に例の物の確認といこうか。

アイテム欄から極大金塊を選択してタップする。スマホから光が溢れ出し、俺達の前に具現化した金塊は、巨大な台形のインゴットだった。俺の膝の下ぐらいの高さにその倍以上の幅がある。

「でかっ⁉　大き過ぎるだろこれ！」

「す、凄い大きさの金塊でありますよ……」

「巨万の富というのもあながち嘘じゃなさそうですね」

「ピカピカしてて綺麗なんだよ！」

デカイで済む大きさじゃないだろ。一体おいくら万ギル分の金なのか。そんな疑問にインゴットへ触れて調べていたエステルが答えた。

「純度もかなり高そうね。これなら十億どころか、百億ギルは超えるかもしれないわ」

「ふむ、それだけあれば働かずに済む。私が貰おう」

エステルの言葉を聞いた途端、ルーナが紅い瞳にキラリと光を宿して動いた。持っていこうとインゴットの端っこを掴んで引っ張っている。しかし、重過ぎたのかビクともせず彼女はすぐに諦めた。

強奪して引きこもろうとしないでくれませんかねぇ。

それにしても、俺が見ても億ぐらいはいきそうだと思っていたけど、まさかエステルさん換算で百億ギルって……もう資金に困ることもなさそうだな。これだけで王都の豪邸が買えちまうぞ。

だけど、このままだと大き過ぎて支払いに使うのは難しそうだ。そもそも刻印すらないし、これを普通の金貨のようには使えないだろう。溶かして小さなインゴットにするか、魔物からのドロップアイテムとして換金するのが無難か。とりあえず今は使うのは控えよう。

次は金塊と同じ理由で後回しにしていた希少鉱石。具現化させると、これまた金塊と同程度の大きいゴツゴツとした物体が出てきた。全体がメタリックな緑色をしていて、パッと見た感じ不純物は一切混ざっていない。

「またデカい鉱石だな。というか、鉱石なのかこれ？」

「随分と派手な色をしている石でありますね。どんな鉱石なのでありましょうか？」

「少なくともただの石じゃなさそうね。砕いて鑑定してもらった方がよさそうだわ」

「鑑定できるアイテムがあれば便利なんですけどね。ステータスアプリでどんな物かわからないんですか？」

「……駄目だ、全く反応しない」

試しにステータスアプリで覗いてみたが反応はない。ステータスアプリは魔物や人にしか効果ないからなぁ。鑑定アプリとかその内ガチャから出てくれないだろうか。エステルの言うように、砕いた欠片をガンツさんに持っていって見てもらうとしよう。

「よし、それじゃあ女神の聖域の確認を始めるとするか」

金塊と鉱石をバッグに仕舞い、白銀の指輪を指にはめた。ノール達を頭の中で対象として思い浮かべて指輪に魔力を送る。すると虹色の宝石内にある紋章が光り出し、俺を中心に全員を覆う虹色の薄い膜が半円状に出現した。

「おお！　何かで覆われたのでありますよ！」

「これが女神の聖域なんだね。もっとババーン！　って凄いのが出てくるのかと思ったんだよー」

「確かに使う瞬間はあっさりしていたけれど、かなりの力を感じるわ。これならどんな攻撃を受けても防ぎ切れそうね」

「神聖な力で満たされていますね。女神の聖域という名に恥じない効力が……あっ、ルーナさん！　この中にいて大丈夫なのですか！」

しまった⁉　女神の聖域って言うぐらいだから、神聖な力が働くのは予想できたじゃないか！　シスハの声に釣られて、俺だけではなくノール達も一斉にバッとルーナの方を振り向くと、ルーナは腕を組んでジト目のまま仁王立ちしていた。

何だよ、全然平気そうじゃないか。神聖な力だからといって、ルーナに害がある訳じゃないのか。

「よかった、大丈夫そうでありますね。ビックリしたのでありますよ」

「うむ、これぐらいどうということはない。頭痛と吐き気と眩暈《めまい》がする程度だ」

「いやいやいや！　それ大丈夫じゃないから！　ほら、外に出ておけ！」

「そうですよ！　一緒に出ましょう！」

「そういう時は黙っていないでちゃんと言わなきゃ駄目よ」

「ルーナちゃん、我慢はよくないよ！」

「別に我慢などしていない。皆心配性だ」

慌ててルーナを薄い膜から運び出し、そのまま外で待機してもらうことになった。全く、どうして気分が悪くても言わないんだこの吸血鬼様は。変なところで妙にプライドがあるから困る。

開始早々騒ぎになったが、気を取り直して女神の聖域の確認作業を始めた。まず確認することは、持続時間だ。どれぐらい展開し続けられるかわからないと、運用も難しい。

なので、発動直後から、アイテムガチャで追加されたSR時計アプリの機能の一つであるストップウォッチで時間を計測している。ついでに俺を中心に展開している結界から抜け出したらどうなるか試すと、発動した場所から膜は動くことなくその場に留まり続けた。一度発動させると発動者が中にいなくても、そのまま残るってことか。指輪を中心にして女神の聖域も動いてくれたら、色々便利そうだったけど仕方がない。もし動くなら、発動状態で魔物を壁に追いやってそのまま押し潰したりできそうだったのに。

「持続時間を計る間に別の検証もしておこうか。俺が中に入るから、エステルの支援魔法とシスハの回復魔法が通るか試してくれ」

聖域の中に入り、さっそくエステルとシスハに害のない魔法を飛ばしてもらう。結果は、二人共首を横に振っている。俺も支援と回復魔法がかかっている感じはしない。

「うーん、駄目ね。魔法が途中で弾かれちゃうわ」

「害を与える物じゃなくても遮断されるんですね。少しの隙もない結界ですよ」

「それじゃあ今度は俺が外に出るから、シスハ達は中に入って魔法を使ってみてくれ」

次に入れ替わって中から同じように魔法を飛ばしてもらった。結果はいつも通りちゃんと俺に魔法がかかって、体の内から力が湧き上がってくる。

おお、この感じ、前よりも力が強くなっている気がするぞ。エステルが支援魔法も強化されるかもしれないって言っていたけど、本当に効果が上昇しているみたいだな。

せっかくなのでエステル達にはそのまま中に残ってもらい、さらにフリージアにも中に入ってもらって今度は攻撃してもらう。嬉々としてフリージアが聖域内から外に向かって矢を放つと、そのまま膜をすり抜けて矢は飛んでいく。次にエステルが指先から水を飛ばすと、問題なく外へ飛んできた。

「中からは問題なし、か」

「あはは、凄い凄い！　矢が通り抜けていくよ！」

「私の攻撃魔法も問題なく中から撃てるわね」

「さすがURアイテムですね。外からは干渉できず中からはできるなんて、理不尽極まりないです。卑劣な手段をよく取る大倉さんにぴったりかもしれませんね」

「おい、俺のどこが卑劣なんだよ。俺だって正々堂々と戦うことだってあるぞ」

「でも、正面から戦うより、安全な場所から一方的に攻撃する方が好きですよね？」

「うん」

「即答でありますね……」

「ある意味安全思考でいいんじゃないかしら。おかげで助かることも多いもの」

ルーナが中に入って体調を崩すのは想定外だったけど、これは十分過ぎるぐらい凄いアイテムだな。ＵＲは伊達《だて》じゃない。計測時間も五分を過ぎたがまだ女神の聖域は健在だし、これなら一方的に安全圏から敵を攻撃できる。

俺はリスクを負わない主義なんだ。ガチャは別だけどな！　これがグランドーリス戦の時に使えたら……くっ。

「それじゃあ残りの時間は、どんな攻撃でも無力化できるのか実験だな。中に俺が入る……のは怖いから、代わりにこれを置いておこう」

「ぬいぐるみ！　大倉殿！　それを実験に使うなんてとんでもないでありますよ！」

「沢山あるんだし一つぐらいいいだろ」

「駄目でありますよ！　これ持っていない種類なので欲しいであります！」

いつ効果が切れるかわからないから、中に入らずぬいぐるみで実験しようとしたのだが。俺がぬいぐるみを実体化させた途端、ノールがバッと飛び付いてきた。持っていない種類って、まさかぬいぐるみコンプリートを目指しているのか？

「この前の洞窟でも囮《おとり》に使ったよね。ぬいぐるみは便利なんだよー」

「あっ、おい！　それは言うなって！」

フリージアの言葉を聞いた瞬間、ノールはピクッと体を震わせて動きが止まった。

「……ちなみに、そのぬいぐるみはどうしたのでありますか？」

「ポンコツエルフのスキルに巻き込まれて、跡形もなく消え失せた」

「あっ、あっ……ぬいぐるみ、私のぬいぐるみが……」

ルーナの言葉を聞いてノールはズルズルと膝から崩れ落ちうなだれている。そ、それほどぬいぐるみが消滅したのがショックだったのか？　だけどこれは致し方ない犠牲、納得してもらいたい。

その後、複数出して新たに出たぬいぐるみを渡し、ダブったぬいぐるみを身代わりに使うことでノールを納得させた。これで納得するなんて、意外にノールも現金な奴だな。

って、時間を浪費している場合じゃない！　早く残りの女神の聖域の性能を確かめなくては！

さっそく攻撃に対する効果を確認する為、まずはフリージアに攻撃してもらった。

「それじゃあ私からやるね！　狙い撃つよ！」

強化されたエステルの支援魔法を受けたフリージアが、弓に番《つが》えた矢を放った。放った瞬間空気の破裂するような音がして、瞬く間に矢が女神の聖域である虹色の膜に到達すると、弾かれて彼方へと飛んでいく。

「あっ、弾かれちゃった……女神の聖域凄いんだよ！」

「なら、次は私だ。お前の代わりに撃ち砕いてやろう」

「おお！　やっちゃえルーナちゃん！」

槍を構えてやる気のルーナをフリージアがぶんぶんと手を回して応援している。この二人、実は結構仲いいんじゃないのか？

そんな疑問を他所《よそ》に、ルーナは駆け出して宙高く飛び上がる。槍を空中で豪快に回して勢いを付け、さらに槍から真紅のオーラが立ち上り……おい、待て、あれスキル使ってるだろ！

静止する間もなく槍はルーナの手元から放たれ、紅い閃光となって女神の聖域へと向かう。そして着弾すると、槍は弾かれてクルクルと回転しながらあさっての方向へ飛んでいく。

「弾かれた。平八、血をくれ」

「お、おう」

「スキルまで使って攻撃するなんて……でも、ルーナの攻撃まで弾くのは凄いでありますよ」

「これで女神の聖域の効果も実証されましたね。並大抵の物ではルーナさんの攻撃は防げませんよ」

スキルを使ってまで破ろうとしたのは予想外だったけど、これはこれで性能を証明するいい例になったな。フリージアの矢を物ともせず、ルーナの防御と魔法耐性を貫通するカズィクルすらビクともしない。これは完全に外からの干渉を無効化していると思っていいだろう。

うん、これで大体の検証は済んだかな。後は女神の聖域の効果が切れるのを待つだけ……かと思いきや、エステルさんが満面の笑みを浮かべてこっちを見ている。あっ、やる気満々みたいですわ。

「ふふ、それじゃあ私も試してみようかしら。とりあえず、えい」

黄色いグリモワールを片手にエステルが杖を地面に突き刺すと、轟音と共に突き上げるような縦揺れが俺達を襲った。それだけでは終わらず、女神の聖域の薄い膜と地面の境界部分が大きく爆《は》ぜて、空に雪崩《なだれ》のように土が舞い上がっていく。

「な、何をしたんだ⁉」

「地面の下がどうなってるか気になったから、土魔法を撃ち込んでみたの。ちゃんと対応しているみたいね」

「す、凄い揺れだったのでありますよ」

「強化されてエステルさんの魔法も強烈になっているみたいですね」

確かに下まで保護されているのか検証していなかったけど、エステルさんの魔法がめちゃくちゃ凶悪に育ってないか？　女神の聖域の展開している地面以外の場所が、一気にまとめて掘り返されたような状態になっているぞ。

とりあえずエステルのおかげで、女神の聖域が半円状ではなく、円状に近い形で展開されていると判明した。

これで終わりかと思いきや、今度は赤いグリモワールを取り出してまたエステルが杖を振った。すると、お次は突然聖域の上空で大爆発が起こり、熱風が周囲に撒き散らされる。

「あら、ズレちゃったわ」

「エステルちゃん今の何！　いきなり爆発したよ！」

「空間を指定して爆破しただけよ。やっぱり外から干渉するのは無理みたいね」

「あれは避けられそうにない。エステルはやはり恐ろしい」

く、空間を指定して爆破？　まさか座標攻撃みたいなことやってるのか⁉　今までは多少魔法を使うまで溜めの時間があったけど、今のは一瞬で爆破していた。これなら素早い相手でも攻撃を当てられるし、対空能力も飛躍的に向上している。

うん、エステルさんを強化して本当によかったと思う。……他にも色々と強化されていると思うと、ちょっと恐ろしい気がしてきたけど。

「それじゃあ最後に、とっておきの魔法を撃ち込んでみるわね」

「まさか前に使おうとした、滅びの光とかいうやつか？」

「ええ、以前の私だったら制御ができなくて目の前が全て更地になっていたと思うけど、今なら位置を絞れるはずだから安心して」

目の前が更地とか、やっぱりあの魔法ヤバイやつじゃないですかー。正直撃つのを止めさせたかったが、胸を張って自信満々なエステルを見ると悪い気がして、つい撃っていいぞと言ってしまった。

彼女はパアッと明るい笑みを浮かべ、意気揚々と白いグリモワールを取り出して杖を掲げる。すると女神の聖域の遥か上空に巨大な魔法陣が出現し、中央に輝く球体が形成されて周囲から光が集まっていく。その大きさは徐々に大きくなっていき、ドクンドクンと脈打つように玉は鼓動している。

ほ、本当に大丈夫この魔法？

「――えいっ！」

ある程度収束したところで、エステルはかけ声とともに杖を振り下ろした。光の球体はそのまま落下はせず、柱のような極太の光線が聖域の上から下へと向かっていく。聖域は光線に丸ごと飲み込まれ、あまりにも光が強過ぎて中の様子がまるで見えない。

眩《まぶ》しさに直視はできないけど、それよりも全く音がしないのが恐ろしいぞ。

それから極太の光線は一分近く継続して降り注ぐと、徐々に細くなっていき、最後には細長い線になってようやく魔法が終わった。光線に飲み込まれた場所が姿を現すと、聖域のあった場所だけを残し周囲の地面が消し飛んで、深い穴に囲まれ孤島のようになっている。

「ふぅ……これでも防がれちゃった。URアイテムって凄いのね」

エステルは残念そうに息を吐いたが、あの魔法を撃ってご満悦なのか頬を赤くしている。おお、おう……あんなの食らったら、どんな魔物でも即蒸発しそうだぞ。しかも照射が一分近く続くとかエグイ。

しかし、そんなヤバイ魔法も含んだ全てのエステルさんの魔法を、女神の聖域は防ぎ切った。これはもう性能が証明されたと思っていい筈だ。

「エステルの方が凄いと思うのでありますが……」

「やはり強化されると色々できるようになるんですね。私も早く強化されたいものです」

「うむ、働かなくていいなら強化されてみたい」

「あはは！　凄い凄い！　エステルちゃん、もっと魔法を見てみたいんだよ」

「ふふふ、仕方がないわね。それじゃあ、もう少し色々試してみましょうか」

その後も女神の聖域の効果が切れ、中のぬいぐるみが消し飛びノールが絶叫するまで検証は続いた。最終的に女神の聖域の効果時間は二十分、再使用できるまでの時間は十二時間と判明し無事に確認終了。

エステルさんも強化され、超性能の女神の聖域まで手に入った。今後の戦闘に大いに期待できそうだな。

✦

ガチャを回してから十数日後。

今日もノールとセヴァリアの協会で経過を確認しに来たが、特に気になるような報告はなかったので協会を後にした。

「やっぱりあれ以降ディアボルスの発見報告はなし、か」

祠の騒動からディアボルスの発見報告は一件も上がってきていない。俺達も一応調査を続けてはいるもののまるで進展なし。狩場に異変があるかも調べているのだが、キャンサー洞窟以外は変化している様子もない。

この騒動は終息したと思ってもよさそうなのだが、エステルの予想のこともあって何とも言えない感じだ。他の冒険者達もまだ調査は続けているみたいだから、もう少し様子を見て判断したいと思う。

イリーナさんとの約束で神殿に訪問する予定も決まったし、しばらくはセヴァリアを中心に活動を続けるつもりだ。

「セヴァリアにいたのはあれで全部だったのでありますかね？」

「どうだろうなぁ。あれが全部でこのまま騒動が治まってくれたのなら、俺としては嬉しいのだが。

アイテム報酬もらえるかすら怪しいし」

「結局そこにいきつくのでありますか。大倉殿はもっとこう、真っ当な理由を作るべきなのでありますよ」

「馬鹿野郎！　正義感だけであんな危険な目に遭ってたまるか！」

アイテムが貰えるかもしれないと思ったからこそ、俺は異変解決に努めているんだ。名誉だとか、正義感だとかでやってられるかっての！

それなのにグランドーリスを倒して報酬なしとか……やるせないぜ。まあ、セヴァリアの結界が消えて大変な事態になるのを防げたのはよかったと思うよ。イリーナさんに感謝してもらえたのも、照れくさかったけど嬉しかったしなぁ。シスハとエステルが妙な視線を送って来るのは怖かったけど。

なんて考えていると、隣を歩くノールが不意に呟き始めた。

「私、今回は全くお役に立てなかったでありますね……」

「い、いきなりどうしたんだ？」

「だって、調査で何も発見できず、祠での戦いでも逃げただけなのでありますよ。このままじゃ私、カニを採る為だけにセヴァリアに来たみたいなのであります。大倉殿はあんなにも体を張ってくれて、エステル達だって活躍したのに……」

急にどうしたんだ？　自分でカニ採る為だけに来たみたいとか言い出しやがったぞ。確かに嬉々としてカニを採っていたし、エステル達に比べると目立った活躍は少なかったかもしれないが、役に立たなかったとは思わない。

「あー、うん。そう気にするなよ。役割分担は重要なんだからさ。それに逃げただけって言うけど、イリーナさん達を安全に逃がせたのはノールのおかげだろ？」

「あれは私の働きでは……魔物も襲ってこなかったでありますよ」

「それは結果的にそうだっただけだろ。もし外でディアボルスが待ち伏せしていたら、お前がいなきゃ危なかっただろ？　そういう可能性も考えて、逃げる先導を任せたんだぞ。だから俺は安心してボコられることができたんだからな！」

「安心してボコられるっていうのはどうかと思うでありますが……無事で本当によかったのでありますよ」

あそこで即逃げるという決断ができたのも、ノールがいてくれたおかげだ。そうじゃなきゃ皆無事に逃げられなかったかもしれない。結果としては逃げた後魔物は襲ってこなかったけど、そんなこと事前にわからないんだから仕方がない。

そう言ったものの、まだノールは口を尖らせて不満そうにしている。

「まあ、そういうことだから気にするな。むしろ本格的な戦いがあればノールが頼りになるんだから、その時頑張ってくれよ」

「……了解なのであります。その時は力の限り頑張るのでありますよ」

「おう、頼りにしているからな」

返事は一応してくれたけど、まだノールは気にしているのかちょっと歯切れが悪い。前よりはマシになったとはいえ、やっぱり細かいところを気にする奴だなぁ。

よし、ここは一つ気分転換でもさせよう。

「せっかくだからこのまま二人で飯でも食いに行くか。今日は俺が全部奢《おご》るぞ」

「えっ、二人ででありますか？　エステル達は……」

「たまにはいいだろ。お前に色々と世話になってるし、息抜きって感じでさ」

フリージアのことをノールに頼りっぱなしで、俺達が手伝いはしていても食事を作ってもらってばかりだ。前のノールはもうちょっと気楽そうにしていたけど、人数が増えるにつれてだんだん遠慮することが増えた気もする。

というより、ノール以上にフリーダムな仲間が増えたのが原因な気もするけど。俺も含めてそうだからその点は申し訳なく思う。

そんな訳で日頃の感謝も込めて飯に誘ったが、自分だけ行くのに抵抗があるのか渋っている。仕方ない、もう一押ししてやろうか。

「今日は思う存分食べていいぞ。嫌って言うなら別に――」

「行く！　行くのであります！」

あっさり落ちやがった⁉　思う存分って言うのは不味《まず》かっただろうか。確か前にディウス達と食事に行った時百万ギル以上食ってたよな？　……いや、今は俺だってそれなりに金もある。シスハと狩りや宝石集めをして稼いでおいてよかったぜ。

そうちょっと不安を抱きつつ適当な飲食店に入ってみた結果、とんでもないことに。

「むふふ、美味しいのでありますよー。あっ、おかわりであります！」

軽快に片手を挙げてノールはおかわりを要求した。テーブルの上は空いた食器で埋め尽くされ、店員さんが大急ぎで皿を下げては新たに料理を運んでくる。店内にいる他の客は驚いた様子で俺達のテーブルを見ていて、一部の人達はノールがどれだけ料理を食べるか盛り上がっているぐらいだ。

うん、甘かった。ノールの食欲を甘く見過ぎていた。俺がスープ一つ食べ終わる間に、六、七皿食い尽くすとか予想外だろ。こいつの胃袋はブラックホールか？　大食い大会にでも出してやりたいぞ。時間帯的に客は少ないけど、厨房の方を見ると満席と思えるぐらい慌ただしく次々と料理が出てくる。

「思う存分とは言ったがここまで食うのか。俺が言い出したんだからいいんだけどさ」

「むしろ大倉殿が小食過ぎるのであります。もっとしっかり食べないと、強靭《きょうじん》な肉体にならないでありますよ！」

「別に強靭な肉体なんて目指していないんだが。俺はこれぐらいで十分だ」

呆れながら焼かれた魚料理を摘《つま》んでいく。ノールと同じ量食べたら、強靭な肉体になる前に胃がぶっ壊れちまうぞ。既に二十人前ぐらいは食べてるんじゃないか？　金に問題はないけど、最終的にどんだけ食うのやら。

相変わらず見ていて気持ちがいい食べっぷりだから構わないけどさ。

「やっぱり港町は美味しい魚料理が多いでありますね。参考になるのでありますよ」

港町の飲食店だけあってか、主なメニューは殆《ほとん》ど海産物を使ったものだ。貝や魚は勿論、エビやイカなどを焼いたりスープで煮込んだりと、種類が豊富だ。刺身みたいな生ものがないか探したけど、どうやらこの店にはなかった。ちょっと残念だな。

高い店って訳じゃないから、俺としては安心感のある味わい。こういう店の方が馴染みがあるというか、気楽だ。ガチャ産の食料はかなり美味いけど、こういう店の味もいい。

異世界で最初は不安に思っていたが、この世界って割と料理のレベル安定してるんだよなぁ。魔物の食材が稀によく紛れ込んでるけど。でも、店の味よりもノールの味付けが好きかな。

「この味付けも美味いと思うけど、家で食べるお前の料理も俺は好きだぞ」

「えっ……も、もう！　大倉殿は口が上手いでありますね！　今日はおかず一品増やしちゃうでありますよ！」

照れ隠しなのかノールは片手をぶんぶんと振っている。やったぜ、毎回褒めるとおかずが一品追加されていくな。

「それにしても、大倉殿と二人でご飯を食べるなんて久しぶりでありますね」

「そうだなぁ。二人で宿に泊まっていた時以来か。あれから随分と経っているもんな」

「思い返せば長いものでありますねぇ。冒険者を始めて、エステル達を呼んで、自宅も手に入れて……感慨深いものがあるのであります。木から落とされたのも今では懐かしい思い出なのでありますよ」

「その節は大変申し訳ございませんでした……」

「むふふ、冗談であります冗談。もう気にしていないでありますから」

深々と頭を下げる俺を見てノールは笑っていた。うっかりとはいえ木から落としちまったからなぁ。冗談だとしても、あれが懐かしい思い出というのは申し訳なく思う。

それから思い出話をノールと笑いながらしていると、突然彼女は黙り込んだ。どうしたのかと首を傾《かし》げると……なんと驚きの行動に出た。ヘルムを脱いだのだ。

「ちょ、おま！　こんなところで素顔になって大丈夫なのか！」

「へ、平気です！　大倉さんとはもう長い付き合いですから！　こういう時ぐらい素顔でいようかと！」

「でもここじゃ他の人も見て……」

「大丈夫！　見ないようにします！」

ええ……それでいいのか？　大丈夫って言ってるけど、既に顔が茹で蛸のように真っ赤なんですが。よくわからないがあのノールが勇気を出して人前で脱いだんだ。野暮なことは言わないでおこう。俺も久しぶりに見たが、相変わらず素顔がとんでもなく可愛いな。

周りで見ていた人はヘルムを脱いだノールの素顔を見て驚愕の声を上げていた。そりゃあんなバクバク飯を食べていた奴がヘルム脱いだと思ったら、こんな美少女が出てきたんだ。驚くに決まってる。

それからポニーテールに髪を結ったノールは、視線にも慣れたのか顔の赤みも引いて食事を再開した。素顔でバクバクと食べるノールは初めて見たかもしれない。やはり想像通り目をキラキラと輝かせながら、表情豊かに食べている。

普段のヘルムを被《かぶ》ってる状態でもそうだが、本当に美味そうに食う奴だな。さっきまでただの大食いにしか見ていなかった客達も、そんなノールの姿に見惚れているようだ。

俺も真正面でそれをどぎまぎしながら見ていると、ピタッと食べるのを止めてジッと俺を見てきた。ゲッ、ずっと見ていたのがバレたか⁉　しかし目を逸《そ》らそうとすると、思いがけないことをノールは聞いてきた。

「大倉さんは帰る方法が見つかったら、本当に帰っちゃうんですか？」

「えっ、急にどうしたんだ？　その話をする為に素顔になったのかよ」

「素の私で話したかったんです。色々と思い出していたらつい考えてしまって……というか、最近もまたそのこと忘れてますよね」

「んー、まあ、忘れてたといえば忘れてたけど」

帰るっていうのは当然元の世界に帰るって意味だよな。何度か目的の再確認をしてはいたものの、ガチャやら異変などですっかり頭の隅からも消え去っていた。

だけど、この世界に二軒も家を設け俺達の生活基盤も安定してきている。そろそろ本格的に元の世界に帰るか考えるべきだと思う。

「そうだな。方法は見つかっていないけど、どうするのか考えた方がいいのかもしれないな」

「そ、それで、どうなんですか？　大倉さんは帰りたいんですか？」

うーん、俺は帰りたいのか帰りたくないのか、どっちなんだろう。自分でも自分がどうしたいのかわからない。

「正直な話、結構迷ってる。俺だって帰りたいって気持ちも多少あったんだ。けどさ、こうやってお前達と過ごしてると帰りたくないって思うことも増えてさ。お前とこうやって食事して、エステルにからかわれて、シスハと馬鹿騒ぎして、ルーナとフリージアには振り回される日々。そんな生活が楽しいって感じるよ」

当然元の世界に帰りたいって気持ちはあった。が、それ以上に今のこの生活が楽しいとも感じている。ＧＣのキャラクターであるノール達と過ごせるだけでもワクワクしていたけど、本人達と実際に触れ合えるのは想像していたよりも遥かに楽しい。

下種《ゲス》な話だが全員漏れなく美少女だし、こんな状況で楽しく思えない訳がない。だって俺だって男だし。

美少女だという要素を抜いても、ノール達とは気も合うし過ごす日々は間違いなく楽しい。できるならずっとこのまま過ごしたいと思うぐらいだ。

「でも、このままここにいていいのかなって考える時もあるんだよ。勝手にお前達を呼んでおいてあれだけど、あっちのことを思い返す日もあるしな」

「そうですか……。いつも気楽そうな大倉さんでもそんなことを考えるんですね」

「いつもお気楽そうで悪かったな！」

しんみりともぎゅもぎゅ飯食いながら言うなよ！　全く、真面目に話しているのかわからなくなるだろうが。

うん？　俺のことばかり聞いてきているけど、ノールは一体どう思っているんだろ。

「逆に聞くけどさ、ノールはどうなんだよ。元の居場所……的なところに帰りたくはないのか？」

「……私はいいんです。呼び出されたとはいえ、自分達の意思で来ていますので。エステル達だってそこは私と同じと思います」

「そうか……」

ノール達はゲームであるGCのキャラクターだ。ゲーム内から呼び出しているのか、それとも俺と同じように他の世界から呼び出しているのか。自分の意思で来ているってことは、他の世界に呼び出されるのをわかっていて召喚に応じているのかな？

どちらにせよ本人が承知の上で来ているなら、今は深く聞かないでおこう。少なくともノールは帰りたいと思ってはいないみたいだし。

ふむ、そうなると俺もどうするか決めないといけないな。どうしたものか……あっ、せっかくこんな話を二人っきりでしているんだから、ノールに意見を求めるべきじゃないか？

「ちなみにだけど、ノールとしてはどっちなんだ。俺に帰ってほしいのかほしくないのか」

「えっ⁉　そ、それは……わ、私は大倉さんの意思を尊重します！」

おいおい、それじゃ意見を聞いた意味がないじゃないか！　と思ったのだが、ノールはモジモジとしながら小声で言葉を付け足した。

「でもでも、どちらかといえばこのまま一緒に……いえ、やっぱり何でもない！　あっ、ご飯が冷めちゃいますよ！　大倉さんも早く食べましょう！」

何か言いかけていたのを止め、ノールはテーブルに置かれた料理をババッと凄い勢いで食べ始めた。

今、一緒にって言おうとしてたのか？　つまりノールは俺にこのまま帰らないでほしいと……はは っ、そうだったら嬉しいな。こいつとはこの世界に来てから一番長い付き合いだ。

散々苦労をかけてきたが、そう思ってくれていたんだな。文句を言いながらもいつだって付き合ってくれたし、危ない時はいつも助けられた。エステル達もそれは変わらないけど、本当にノールには感謝している。

そんなノールに帰らないでほしいなんて言われたら、十分過ぎる程に選択を決定する材料になるだろう。それを考えてノールも言い切るのは止めたのかな。

……でも、俺って優柔不断だからやっぱりそうきっぱりと帰るか決められないや。とりあえず元の世界に帰るとしても、今までのお礼をノール達にしてからだな。それから自分でちゃんと考えよう。

そう胸に決意しながらも、自分の気持ちを誤魔化すように食事を始め、ノールと一緒にとことん料理を楽しんだ。

「むふふ、満腹なのでありますよー。大倉殿、ご馳走様なのであります！」

「お、おう。満足してくれたみたいで何よりだ……」

く、食い過ぎた……ノールの十分の一程度だろうけど、腹が張り裂けそうなんですが。リバースしそうなんですが。

一方ノールは店を出ると、幸せそうにポンポンと少し膨らんだお腹を叩いている。何であれだけ食ってそれしか腹が膨らんでないんだ！　食ったのどこいきやがった！　こいつの胃はブラックホールどころか異次元なのか！

今回のお食事代、意外とお安く九十万ギル程度で済んだ。ディウス達と飲食店に行った時に比べると遥かに量は多かったけど、高級店じゃなかったからこのお値段だ。高級店じゃなくて助かったぞ……。

　さすがはノール、一体何人前食べたのだろうか。帰る時に見た店員さんの安心したような表情が印象深かったぞ。食材が尽きてもおかしくないペースだったからなぁ。ノールの胃袋を侮っていたよ。

　奢ると言った手前、支払いは俺個人が稼いだポケットマネーから支払っておいた。

「私だけこんなご馳走になって、エステル達にちょっと悪いことしちゃった気分でありますね」

「ノールにはいつも飯を作ってもらってるし、たまにはいいだろ。エステル達だって気にしないと思うぞ」

　協会に行ったついでに飯を食べただけだ。別に悪いことをしている訳じゃない。それにノールが自分で作っている時は、流石にこんな量を作っていられないからな。知られたとしても納得してくれるはずだ。

「どうだ、少しは気分も晴れたか？」

「はい、モヤモヤがすっかり晴れたのであります」

「ならよかった。機会があればまたこうやって二人で出かけたりするか」

「そうでありますね。大倉殿、本当にありがとうございます、でありますよ」

　飯を食べる前の雰囲気は微塵《みじん》もなく、どうやら吹っ切れたみたいだ。ノールの気分転換だけじゃなくて、俺も彼女と考えさせられる話もできた。こうやって二人きりで食事に行くのもいいものだ。また機会があれば食事に誘うとしよう。

◆

今日はイリーナさんと約束した、テストゥード神殿へ訪問する日。

神殿長に軽く挨拶をしてから、料理をご馳走してくれるって話だ。なのでルーナとフリージアも連れて、俺達はセヴァリアにやって来ている。

「あの神殿行くの怖いよー」

「うむ、怖くはないが気味が悪い。……本当に怖くないぞ？」

フリージアの言葉に頷いて、ルーナは腕を組みながら念を押すようにそう言う。別に疑ってなんていないいんだけど、本当は神殿に行くのが怖いのか？

この前は最後まで耐えていたが、テストゥード様の威圧感に参っていたもんなぁ。それでもこう言うとは、本当に妙なところでプライドが高いぞ。

「でもダラって子に会うのは楽しみ！　空を飛べるんだよね？」

「そうでありますよ。空を飛ぶのは凄く気持ちがよかったのであります」

「わぁー、楽しそうなんだよ！　私も乗せてもらいたい！」

「やれやれ、騒がしいポンコツだ。だが、私も少しだけ興味がある」

神殿に行く話をしてから空飛ぶエイであるダラのことも二人に話したのだが、かなり興味津々だった。特に空を飛ぶってところ。だから怖いと言いつつも今回の訪問は乗り気のようだ。

「むふふ、神殿のご飯は何が出るのでありますかね。凄く楽しみなのでありますよ！」

「そうね。セヴァリアのちゃんとした料理ってまだ食べていないから楽しみだわ。ね、お兄さん」

「お、おう」

ノールの言葉に同意する。頬に手を当てながらエステルがジッと俺を見つめてきた。

ど、どうしてわざわざ俺に話を振ってくるんだ。この前ノールと食事に行ったのはエステル達に話していないから、知らないはずなんだけど……まさかね。

ノールは帰ってからも普通に夕飯モリモリと食べていたし、不自然な部分もなかった。……後でちゃんと話しておこうかな。悪いことした訳じゃないのに怖くなってくる。

なんて心配をしていたが、エステルは急に真面目な表情で話し始めた。

「お礼として神殿に招かれるのはいいけれど、何かありそうでちょっと心配だわ。守り神を信仰しろとか言われないかしら？」

「おいおい、イリーナさん達がせっかく善意で誘ってくれたのに、そうやって疑うのはよくないぞ」

「大倉さんは随分とイリーナさんを信用なさっているんですね。この前も手を握られて嬉しそうにしていましたし」

「べ、別に嬉しそうになんてしてなかっただろ！　……ったく、エステルもシスハもどうしたんだ？あんな人がよさそうな人を疑うなんて」

俺の言葉を聞いたシスハとエステルは、互いに顔を見合わせている。それからちらっとエステルが俺の方を見て、頬に手を添えて眉をひそめた。

「だって、ねぇ？」

「大倉さんは隙が多いですからね。誘惑されてホイホイと頷いたりしちゃ駄目ですよ」

人差し指を立てながらそうシスハが話を締めると、エステルもうんうんと頷いている。

俺、ここまで言われるほど嬉しそうにしていたのだろうか……というか信用ないな！　いくらイリーナさんに頼まれたからって、そう簡単に何でも頷くほどこの平八は腑抜けてはいないぞ！

そんな会話をしながらセヴァリアの町を歩いていき、神殿へと続く白い道に出たのだが、突然フリージアが声を上げた。

「あれ？　この前来た時と全然違うね」

「うむ、威圧感がなくなっている。不快じゃない」

ルーナもそれに同意するように腕を組んで頷いている。不快感がない？

「どういうことなんだ？　力が失われた訳じゃないみたいだが」

「そうなっていたら今頃大騒ぎになっているはずじゃない？」

「うーん、力が失われた感じではありませんね。今も祠で感じた物と同質の力で守られているようです。ただ、雰囲気が和らいでいる感じはします」

テストゥード様の加護が失われた訳じゃないなら、どうしてルーナやフリージアに対して威圧感がないのだろうか。悪いことじゃないから別にいいんだけど、ちょっと疑問に思ってしまう。

どうにも釈然とせず首を傾げていると、ノールが口を開いた。

「祠で戦った時のことをテストゥード様が知って警戒を解いた、とかどうでありましょうか？」

「えっ、いくらなんでもそれは……」

「御神体が祀られていた祠だものね。そうだとしても不思議じゃなさそうだわ」

フリージア達が祠を守る為に戦ったから、それに応えてテストゥード様も威圧するのを止めた、ってところか？　確かにそれっぽい話ではあるけど、それはそれでまずいような。

「だけどそうなるとイリーナさん達にフリージア達のことがバレないか？　テストゥード様から伝わる可能性だって否定できないだろ？」

「その可能性は十分あり得ますね。ですから今日お会いした時に、その辺りに関して言動に注意しておきましょう」

「お食事に誘われただけなのに、何だか妙な話になってきたでありますね……」

フリージア達があの場に来て戦っていることがバレたら、何を言われるかわかったもんじゃない。

俺が一人で戦っていないって知られるのはいいけど、吸血鬼やエルフだってバレるのはまずいぞ。

もし知られていたとしたら、忘却薬を飲ませて忘れてもらう……のは厳しいか？　テストゥード様に飲ませるのは無理だし、自分を崇《あが》めるイリーナさん達に危害を加えたら本気で祟《たた》られるかもしれない。

バレていたら何とか黙ってもらえるよう、頼み込むしかないか？　あー、ただ食事に来ただけだっていうのに、急に胃が痛くなってきたんですけど。

肩がずっしりと重くなったように感じながらも白い道を進んでいくと、目的地である真っ白い神殿が見えてきた。そして道の終わりだと示すように建てられている白い柱の先にはイリーナさんの姿。

彼女は俺達が来たのに気が付くと、にこやかに微笑みかけてお辞儀をした。

「お待ちしておりました。本日はご足労いただきまして、誠にありがとうございます」

「いえ、こちらこそ誘っていただいてありがとうございます」

軽く挨拶をしてからフリージアとルーナを前に出した。俺やノールは護衛である程度交流したけど、フリージア達は初めて神殿に行ったとき以来だからな。改めて挨拶をさせておこう。

「お二方もお越しいただきまして、誠にありがとうございます。改めて自己紹介させていただきますね。私はテストゥード様にお仕えさせていただいている、イリーナと申します。本日はお楽しみいただけると幸いです」

「ルーナだ。よろしく」

「私はフリージア！　よろしくぅ！　ダラって子に会うのを楽しみにしてたんだよ！」

「ふふ、それはダラも喜んでくれると思います。それではご案内いたしますね」

ルーナの無愛想な挨拶にちょっとヒヤッとしたが、イリーナさんは気にした素振りもなく微笑んで俺達を神殿の方へと招いてくれた。うん、やっぱりいい人だな。この人が俺を誘惑しようだなんてありえないだろ。エステル達は気にし過ぎなんだよ。

それよりも今は、イリーナさんがフリージア達のことを知っているか探りを入れないと。

「私達だけではなくフリージア達まで招待していただいてすみません」

「お気になさらないでください。オークラさん達のお知り合いなら大歓迎です。遠慮なさらずにご堪能くださいね」

「うん！　ありがとう！」

「たっぷりともてなしてもらおう」

知っていたらもう少し態度に出てくるかと思ったけど、これだけじゃわかりそうもないな。エステルにチラッと目で合図を送ってみたが首を横に振っている。もう少し突っ込んでみるか。

「ゴ、ゴホン、今日は何と言いますか、神殿内の雰囲気がちょっと違いますね。フリージア達もそう思うよな？」

「うん！　雰囲気が和らいだ感じがする！」

「うむ、これなら寝れそうだ」

神殿でまで寝ようとするな！　全く、この吸血鬼様は。思わず突っ込んじまったじゃねーか。

頭の中で俺がそう思っている間にも、イリーナさんは再び微笑みながら答えてくれた。

「この前は緊張していらっしゃったので、一部明かりなどを変えました。神殿で特別な参拝がある際は、よくこのような感じで町の人達をお招きしているんですよ。それにテストゥード様もフリージアさん達を歓迎してくださっているようです」

「あら、そんなことまでわかるの？　歓迎してくれるって理由はあるのかしら？」

「そこまで御心を知ることはできませんが……祠を救ってくださったオークラさんのお知り合いなんです。歓迎してくださっているはずです」

うーん、どうやら祠の中で起こったことは詳しく知らないみたいだ。その証拠にエステルを再度見てみると、今度は片手で丸を作っていた。よし、どうやら心配しなくてもいいかな。

俺と一緒に来ているからフリージア達も警戒されていないのか、それとも祠で一緒に戦ったおかげなのかわからないけど、テストゥード様は警戒を解いてくれたようだ。……本当にそうなのかはわからないけどさ。何にせよ神殿で何か変化が起きたのは間違いない。

それだけじゃなく照明を変える配慮もしてくれていたのか。この前はちょっと室内が暗かったけど確かに今は明るい。イリーナさんも前回ルーナ達が緊張していたのを気にしていたもんな。

胸を撫で下ろしながらイリーナさんの後を付いて行き広間へ到着。そしてそこには長い白髭《しろひげ》を生やしたおじさんがいた。ご立派な和服のような装束姿でとても貫禄がある。どう見てもお偉いさんだ。

「オークラ様達をお連れいたしました」

「おお、すまないねイリーナ」

イリーナさんがお辞儀したのに合わせて、俺もお辞儀で挨拶をしておいた。

「私はこの神殿の長をさせていただいております、ラスクームと申します。祠を救ってくださって皆様方には、心より感謝させていただきます」

「こちらこそこの度は神殿にお招きいただきありがとうございます」

「イリーナから話は聞いておりますが、身をていしてまで祠を守ってくださったそうで……本当に、本当にありがとうございます」

「み、身をていしてだなんて大袈裟ですよ……」

「そんなご謙遜なさらないでください。お一人で魔物に立ち向かうお姿はご立派でした。オークラさんはとても勇敢で尊敬のできるお方です」

威厳あるラスクームさんに何度も頭を下げられ、さらにはイリーナさんまで熱に浮かされたような表情で俺を見ていた。体がむず痒《がゆ》くなってくるような褒めの言葉だなぁ。褒められ慣れていないからどうも反応に困る。

それにイリーナさんの俺に対する評価が怖い。どんどん妄信的になっているような気がする。

そんな不安を抱きつついると、ラスクームさんが質問をしてきた。

「オークラ様達はセヴァリアの出身ではありませんよね？」

「そうですね。セヴァリアには協会からの依頼でつい最近来たばかりです」

「やはりそうでしたか。それなのにそこまでして祠をお守りいただけるとは、テストゥード様にお仕えする私共としては、とても喜ばしいことなのです」

……どういう意味？　セヴァリア出身者じゃない俺が祠を守ったことが、どうして嬉しいんだ？　まさか信者になる見込みがあるとか思われて……いや、それはないか。

信仰者でもないのに、一度逃げ切ってまた祠に戻って解決したから過剰に評価されている、辺りかな。まあ、悪く思われてないなら構わないだろう。

「せっかくご招待したのですし、挨拶はこの辺りにしましょうか。私は同席できませんが、どうか食事をご堪能ください。イリーナ、皆様の案内を頼むよ」

「はい、お任せください。それでは参りましょうか。神殿長、失礼いたします」

ラスクームさんとの話を終えて、俺達は広間を後にする。

食事の準備にまだ時間がかかるということで、俺達は神殿の中庭へと連れて行かれた。そこにはかなり大きな池があり、透き通った水の中には巨大なエイ、ダラが泳いでいる。

浮いているから常に地上に居るのかと思ったけど、神殿内の池の中にいたのか。エイって海に棲《す》んでるイメージだったが、池でも生きていけるんだな。魔物だからあんまり関係ないのかもしれない。

ダラを見たフリージアは池の周りをピョンピョンと跳ねながらはしゃいでいる。こんなところでも騒がしい奴だなぁ。

「わぁー！　この子がダラなんだ！　凄く大きいよ！」

「強そうだ。神殿なのに魔物がいるのだな」

「魔物ではございません。ダラはテストゥード様の遣いですよ」

「……そ、そうか。すまなかった」

イリーナさんがグイッとルーナに顔を近づけると、ちょっと引き気味に頬を引きつらせて彼女は謝った。あのルーナが気圧《けお》されるほどとは。俺達も踏んだ地雷だけど、よっぽどダラを魔物扱いされたくないんだな。

それから少しダラと戯れた後、フリージア達を背中に乗せて飛んでもらえることになった。

「ノール、フリージアが落ちないようにしっかり見張っておいてくれよ」

「お任せくださいであります。フリージアはいい子でありますから、心配はなさそうでありますけどね」

心配だから見張ってもらうように頼んでいるんですが。一応エアーシューズをノールに渡してあるから、フリージアが騒いで落ちたとしても対処はできるはずだ。

不安に思いながらも、イリーナさんと一緒にダラの背中に乗って上空へと飛び立つノール達を見送る。そこで神殿に入ってからの緊張の糸が切れたのか、俺はつい溜め息を吐《つ》いてしまった。

「はぁ、感謝されるのはいいが、あそこまで大袈裟に言われると気疲れするな」

「特にお兄さんに対しては凄いわね。あのお姉さんだけじゃなくて、おじさんまで同じような感じだったもの。神殿の人は皆ああなのかしら？」

「信仰する神の祠を守ったんです。そうだとしても不思議じゃありませんね」

イリーナさんだけじゃなくて、まさか神殿長まであんな様子とは思わなかった。神殿の人全員があんな風になっているとは思いたくないけど……早くご馳走になって帰ろうかな。

「そういえばルーナとフリージアの件、大丈夫なんだよな？」

「ええ、お姉さんや神殿長の様子を見た限りじゃ平気だと思うわ」

「特に不審な素振りもありませんでしたからね」

「えっ、シスハもそういうのわかるのかよ」

「当然じゃないですか、神官ですからね。いくら隠そうと意識していても、必ずどこかに特有の動きが出てしまうものです。相手が嘘をついているかどうかなんて一目瞭然ですよ」

エステルだけじゃなくて、シスハまで相手の動作から何を考えているのかわかるのかよ。嘘ついてもわかるとかやば過ぎるだろ。しかも今の今までそれを黙ってやがったのか！　ふざけた言動ばかりしておいて、抜け目のない奴だな……。

ノールも稀に冴えてるし、フリージアは地獄耳だし、俺のパーティ怖過ぎる。グーたら寝ているルーナが一番安心して会話できそうだぞ。

「そういえば出身を聞かれたりしたけど、あれ何だったんだろうな」

「喜ばしいとか言っていたわよね。どういう意図で言ったのかわからないけれど、悪意はなさそうだったわ」

「この神殿も含めてテストゥード様に関して知らないことが多いですからね。私達が考えてもどういう意味があったのかわかりませんよ」

エステル達でも神殿長の話の真意はわからないのか。悪意がなさそうなら別に問題ないけど、ちょっと気になってくるな。空を飛んでいるダラを眺めフリージアが降ってこないか心配しつつ、エステル達と話を続ける。

そしてしばらくすると、ダラが中庭へと戻ってきた。背中を見るとノールが、がっちりとフリージアの体を押さえている。ああ、はしゃいで落ちかけたなあれ。

「お空飛ぶの凄かった！　遠くまで景色が見えるし風も気持ちよかったよ！　また乗りたい！」

「うむ、外に出て気持ちよく思えるのは滅多にない。次は空の上で寝てみたい」

「色々危なかったでありますが、二人共楽しかったみたいでありますね。ありがとうございます、なのでありますよ」

「喜んでいただけたようでよかったです。ダラ、ありがとね」

イリーナさんがそう言ってダラを撫でると、応えるように胸びれを揺らしてから池の中へ潜っていく。

「それではお食事の準備も整っていると思いますので、ご案内いたしますね」

イリーナさんの先導に従って再度俺達は神殿の中へ入った。これでようやく食事……あっ、神殿で食事となると決まりとかあるんじゃないか？　この前の護衛依頼の時も、野営時にイリーナさん達は食事前に祈っていた気がする。食事の前に教えてくれるかもしれないけど、今の内に聞いておくか。

「イリーナさん、この神殿では食事の前にやることってあるんですか？」

「はい、私共は食前に、恵みをもたらしてくださったテストゥード様へ祈りを捧げております。ですが、本日はしていただく必要はございませんよ」

「あら、神殿で食事をするっていうのにいいのかしら？　守り神様に不敬じゃないの？」

「本来ならそうなのですが、本日はこちらからお招きいたしましたので。それに祠をお守りいただいた方々にそこまでお願いをする訳にもいきません。今回は神殿長もご同席いたしませんので、お気になさらないでください」

イリーナさんは苦笑を浮かべながらもそう言ってきた。今回神殿長が食事に来ないのは、そういうところで気を使ってくれた意味もあったのだろうか。確かにそんなお偉いさんと一緒に食事するとなると、俺はガチガチに緊張しちゃいそうだからなぁ。

しかし、そこまで神殿の人達に気を使ってもらっているのに、こっちは食事前の決まりごとをしないというのも気が引ける。

「それでしたら、よければ軽く祈るぐらいはさせていただいてもいいですか？　ご馳走になるのに感謝をしないのも悪いので。ノール達もいいよな？」

「そうでありますね。守り神様と神殿の人達に感謝をしたいのであります！」

「ダラにも乗せてもらえたし私もお礼をするんだよ！」

「そうね。必要ないって言われたからって、何もしないのもちょっとね」

「ふむ、私も感謝ぐらいは示そう」

「大倉さんにしてはいいこと言うじゃないですか。まあ、私はちゃんと祈るつもりでいましたけどね！」

俺にしてはいいことだとぉ？　相変わらず余計な一言を言いやがる奴だな！

文句の一つでも言ってやろうかと思ったのだが、突然イリーナさんが俺の方へ駆け寄ってきて、興奮気味でガシッと両手を掴んできた。

「皆様、ありがとうございます！　やはり思っていた通り素晴らしい方々です！」

「ちょ、イリーナさん！」

「あっ……す、すみません！」

ハッと我に返ったのか、イリーナさんは顔を赤くしながら手を離して俺から距離を置いた。

び、びっくりしたぁ……この前もそうだったけど、何かあるとすぐ手を握ってくる人だな。しかもどうして俺の手を握ってきたのだろうか。正直ちょっと嬉しくはあるのだが。

そう思った直後、背後から無言の猛烈な視線を感じた。あっ、これやばいやつだ。

「き、気にしないでください！　ささ、早く行きましょう！」

「は、はい。それでは気を取り直して、ご案内いたしますね」

俺は振り返ることなくイリーナさんを促して、案内を続けてもらった。今振り返ったら恐ろしい光景を目にしそうだ。……最近こういうのが増えた気がするぞ。

それからしばらくイリーナさんの後を付いて行き、目的地である部屋に案内されたのだが、入った瞬間ゴクリと息を呑んだ。中央には白地の布が被された長机が置かれており、室内を七色に光るシャンデリアのような物が照らしている。まるで晩餐会のような雰囲気に、食事の前だというのに圧倒されてしまった。

ノール達も部屋の光景に驚いているのか、ワーワーと叫ぶフリージア以外は黙って見渡している。そのまま促されるように各自少し離れた席に案内されて、俺はエステルと隣の席で、ノール達は向かい合うように反対側の席へ座った。

俺達が席に着いた直後に部屋の奥から人が出てきて、次々と食事を机へ置いていく。やはり港町の神殿だけあって、魚料理が多いみたいだ。中には虹色に輝く謎の魚料理まであるが……食えないものは出さないだろう。

料理がある程度並び終わると、神殿の人達は左右に分かれて部屋の両端に並ぶように整列し始める。それを合図にイリーナさんが俺達が座る机の前に移動して、綺麗な姿勢でお辞儀をした。

「神殿長の代行としまして、私がご挨拶をさせていただきます。本日はテストゥード様の神殿にお越しくださいまして、誠にありがとうございます。テストゥード様にお仕えする私共一同、祠をお守りくださった皆様方に深い感謝をいたします」

イリーナさんの言葉に従うように、並んでいた神殿の人達も頭を下げている。……あれぇ、ただの食事が凄く仰々しくなってませんか？

不安を覚える光景に背筋がゾクゾクしていたが、さらにイリーナさんは追い討ちをかけてきた。

「今回は食前の祈りはしない予定ではありましたが、オークラ様方のご好意によりしてくださる運びとなりました。重ね重ねのご慈悲をくださり、私共も感謝の念に堪えません。本当に、本当にありがとうございます」

おおー！　と神殿の人達は声を張り上げて、熱のこもった瞳で俺達を見ている。

やばい、やばいってこれ……言葉にできないやばい雰囲気がするんですけど！　隣に居るエステルさんでさえ、若干引いているのか顔を青くしているぞ。

「それでは今回は略式ではございますが、挨拶を終えて祈りに移りたいと思います」

さっきまでとは打って変わり、全員静かに両手を合わせて祈りを捧げ始めた。突然の変化に戸惑いながらも俺も見よう見真似で手を合わせて、とりあえず感謝の念を込めておく。そして挨拶が終わったので、ようやく食事を始めた。

飯を食べるだけだっていうのに、既に疲れてきたんだけど……あっ、でもこの魚美味いな。町の店で食べた魚料理も美味しかったけど、こっちは味付けもさっぱりしていて上品な味わいだ。

神殿の料理に舌鼓を打っていると、イリーナさんが俺の隣へとやって来た。

「お口に合いましたでしょうか？」

「あっ、はい。凄く美味しいですよ」

「ええ、とっても美味しいわ」

「よかったです。本日はオークラさん達が来てくださるということで、皆さん張り切っていたんですよ」

「皆さん、ですか。さっきの挨拶の時もでしたけど、神殿の人達は皆あんな感じ……なんですか？」

さっき挨拶をした時の雰囲気は凄かったからなぁ。まるで俺が信仰されているかのようだったぞ。ここに神殿の人達全員が居る訳じゃないと思うけど、他の人達まであんな感じだったら怖い。

そう思って恐る恐る聞いてみたのだが、現実は非情だった。

「はい、オークラさん達の話をしたら、皆さん感銘を受けたご様子でした。……ご迷惑、でしたでしょうか？」

「い、いえ、そんなことありませんよ」

「本当ですか！　ありがとうございます！」

ぐっ、こんな可愛らしい人に不安そうな表情で聞かれたら、迷惑だなんて言えるはずないじゃないか！

俺の返事にイリーナさんは笑顔になっていたが、代わりに隣にいるエステルさんは不満そうに頬を膨らませて口を開いた。

「お姉さん達って本当に熱心なのね。それほどテストゥード様を信じているの？」

「勿論です。私共だけではなく、セヴァリアで育った方の殆どはテストゥード様を崇めております」

「やっぱりこの町に居る人は、守護神の加護を実感することが多いからですか？」

「それもありますが、ご家族揃って神殿に来る方も多いですからね。幼い頃から神殿に関わっている人は特に信仰深いのです。それに御神体を実際に見た方々は、テストゥード様が常に私達を見守ってくださっていると実感なさるんですよ」

うーむ、セヴァリア育ちの人は程度の差はあるけど、殆どの人はテストゥード様を信仰しているってことか。

「それほどの存在なら、今もどこかにいるのかしら？　実際に見たことはないの？」

「……残念ながらわかりません。五百年ほど前に降臨なされたのを最後に、お隠れになられてしまいました。伝承ではセヴァリアの沖合いにある離れ小島、私共が聖地と定めている地へ向かわれたと言われております」

五百年前ってなると、確かこの町に来た魔人と戦ったって話だったな。隠れたってことは、それから姿は見せていないのか。

そしてその守護神が消えた方角にある小島である聖地……気になる。

「その聖地には何かあるんですか？」

「人は住んでおりませんが、小規模の神殿を建てさせてはいただいております。巡礼の最後の地として、テストゥード様を崇める者達で祈りを捧げに行くのです」

何か凄いものでもあるのかと思ったけど、小さい神殿があるだけなのか。守護神の向かった先って言うぐらいだから、迷宮や特殊な魔物でもいるかと思ったのに。

そんな感想を抱いていると、イリーナさんがある提案をしてきた。

「オークラさん達も是非、一度お祈りに参りませんか？　テストゥード様もきっとお喜びになってくださいますよ」

「あー、私達も冒険者として忙しいのでわかりませんけど、予定次第で考えておきますね」

「わかりました。前向きにご検討いただけると嬉しいです」

うっ、正直神殿のことに関わるのはだんだん怖くなってきたけど、やはりイリーナさんに笑顔で言われるときっぱりと断れない。隣に座っているエステルから凄く視線を感じるお陰で、とりあえず行くと言わずには済んだ。

ホッと一息吐いていると、今度はイリーナさんが机に置かれた瓶を手に持って、コップに透明な液体を注ぎ始める。ある程度注いでからそれを俺へ差し出してきた。……この匂い、酒か？

「オークラさん、よろしかったらこちらをお飲みになりませんか？」

「お酒、ですよね？」

「はい、セヴァリアでよく飲まれているお酒なんです。是非味わっていただければと思いまして」

シスハとの付き合い程度でしか飲まないが、せっかく勧められたから少しだけ飲んでみるか。

……うん、あっさりとしていて飲みやすい。前の俺ならちょっときつかったかもしれないけど、シスハと飲んでいる内に慣れてきたみたいだな。

「飲みやすくて美味しいですね」

「気に入っていただけたようなら嬉しいです。どんどんお飲みくださいね」

「いやぁ、どうもすみません」

飲み終わると、すぐさまイリーナさんが空いたコップにお酌してくれた。いやはや、こんな可愛い女性に注いでもらえると顔がニヤけてしまいそうだ。

そう思っていると、エステルがちょっと強めな声色で話しかけてきた。

「お兄さん、ほどほどにしておいてね。酔ったら帰りが大変よ」

「ご安心ください。もしそうなったら別室にてお休みいただけますので。神殿にお泊まりいただくこともできますよ」

そう言いながらイリーナさんはさらに俺に身を寄せ、エステルに見えないように体を触ってきた。熱い視線を送ってきながら、手の甲やふともも辺りを優しくゆっくりと撫でられる。

ヒェ⁉ な、何だこれ……背筋がゾクゾクしてきて気持ちがいい……ヤ、ヤバイ！

「あら、用意がいいのね。でも、お姉さん達に迷惑をかけちゃうから。ね、お兄さん」

理性が吹き飛びかけていたのだが、エステルがグイッと顔を前に出してイリーナさんを見た。それと同時にイリーナさんもさっと俺から離れて体を撫でるのを止める。あ、危なかった……。

「あ、ああ。せっかくですけど遠慮しておきます」

「そうですか……残念ですが仕方がありませんね」

そう言いながらもイリーナさんはチラチラとこっちを見ている。……こ、こわっ⁉ 今完全に何か狙われていた気がするんですが……エステルが助けに入ってくれなかったらやばかったかもしれない。

内心ヒヤヒヤとしていると、ノールの浮かれるような声が聞こえてきた。見てみるとこの前店に行った時のように、神殿の人が慌てて食事を運んでいる光景が目に入る。

「むふふ、お店のとまた違って、神殿の料理も美味しいのでありますよー」

「ノールちゃん沢山食べて凄い！ 私ももっと食べる！」

ノールは幸せそうにしながらも、パクパクと皿に載せられた食事を平らげていた。勢い余ってなのか、骨もそのままボリボリと噛み砕いている。まるで野獣のようだ。そんなノールと競うように、フリージアまでモリモリと食べて頬を膨らませている。

その光景を見てイリーナさんは引きつった笑みを浮かべていた。

「ノ、ノールさんは凄いお食べになるんですね」

「すみません……ほどほどにしておけって言ったんだけどなぁ」

「ノールだもの。仕方がないわ」

全く、神殿に来る前に少しは遠慮しろって言ったのに。まあ、あれでも遠慮気味だと思うけどさ。

エステルと共にそう呆れていたのだが、今度は突然後ろから何かが勢いよく抱き付いてきた。

「ぐほぉ⁉」

あまりの衝撃に息が漏れたが、その直後にモニュっとした感触が背筋に伝わる。

な、何だ⁉　凄くやわらかい物が当たってるんだけど！　振り返ろうにも抱き付かれて動けなかったが、すぐにだらしない声が聞こえてきた。

「おーくらさん！　飲んでますか！」

これシスハかよ！　つまり、さっきから当たっているのって……ひょぉぉぉぉ⁉

「当たってる！　当たってるって！　離れろ！」

「うふふー、ナニが当たってるんですかー」

グイグイと左右に体を振るが、シスハはさらに抱き付く力を強くして離れない。ちょっと！　これは不味いって！　さっきのイリーナさんおさわりの比じゃないって！　たわわが、たわわが背中で実ってる！　理性飛んじゃうぅぅ！

「シ、シスハさん⁉　どうなされたのですか！」

「完全に酔っているわね……いつの間に移動してきたのよ」

驚くイリーナさんと呆れるエステルの視線に晒《さら》されながら、ようやくシスハは俺から離れた。振り向いて顔を見てみると、頬を赤くさせて口元もだらしなく半開きにしている。

こいつ、さっきイリーナさんに勧められた酒飲みやがったな。酔った勢いでなんてことしやがるんだ！　最高の体験だったけどさ！　ありがとうございます！

何か言ってやろうかと思ったのだが、その前にシスハが口を開いて遮られた。

「イリーナさんとエステルさんばかりと話してズルいですよ。私も構ってください」

「離れてたんだから仕方がないだろ。色々と配慮してもらったのにすみません」

「私の方こそ、そこまで気が回りませんでした。シスハさん、こちらの席をどうぞ」

「いえいえー、お構いなくー。ちょっとからかいに来ただけですのでー」

そう言って両手をブーンと広げながら、足取り軽くシスハは自分の席へと戻っていった。……一体なんだったんだ。

結局あれから何事もなく食事を終え、俺達はイリーナさん達に見送られながら神殿を後にした。帰る時も沢山の神殿の人達に見送られて、背中がこそばゆくなってきたぞ。

「むふふ、沢山食べちゃったのでありますよー。美味しかったのでありますぅ」

「うぅ……お腹が苦しいよぉ……。どうしてあんなに食べて、ノールちゃんは平気なの……」

「無理して食べるからだ。これだからポンコツは困る」

ノールは幸せそうにポンポンと腹を叩いているが、フリージアは苦しそうにしながらヒィーヒィー言っている。その様子をジト目で見つめながらルーナは呆れていた。

俺達が色々と話している間、ノール達は食事を堪能したみたいだな。

「ふぅー、特に何事もなく終わったな」

「どこが無事だったのかしら？　お兄さんあのお姉さんに誘惑されていたわよね？」

「えっ、な、何のことかなー」

「誤魔化したってバレてますよ。全く、この人は本当に隙だらけなんですから」

エステルとシスハが、呆れたような目で俺を見ていた。あっ、俺が体撫でられてたのこの二人気付いてるわ。

「お酒を勧めた辺りからあのお姉さん少しだけ怪しかったわ。お兄さんに近寄ってベタベタと触っていたみたいだし」

「そうですね。あのお酒も飲みやすくはありましたけど、かなり強い物でした。大倉さんでしたら三杯程度でかなり酔ったんじゃないですか？」

「えっ、そこまで強かったか？」

飲みやすくはあったけど、そこまで強い酒には思えなかった。だが、お酒ソムリエールのシスハが言うなら間違いなさそうだ。

そんな物を飲まされていたとは……だけど、セヴァリアで好まれている酒なんだから偶然の可能性だって……。

「私が声をかけたのと、シスハが一度来た後はすっかり警戒していたみたい。お兄さんだけだったらどうなっていたのかしら」

「強引な勧誘などはありませんでしたけど、神殿の方達と関わる時は注意した方がいいかもしれませんね。色々な意味で、特にイリーナさんには注意が必要ですよ」

シスハ達はここまで言うってことは、やはり何か狙われていたのだろうか。シスハが酔って抱き付いてきたのも、狙いを逸らす為にやってくれたこと……なんだよな？　あれのおかげでイリーナさんに触られて動揺していたのも吹き飛んだし。

あのまま酔って別室とやらに連れていかれたらどうなっていたのだろうか。ちょっぴり知りたいような恐ろしいような……。

今回は無事に済んだからよかったけど、今後関わる機会があったら注意した方がいいのかもしれない。

◆

神殿を訪れてからしばらく経ったある日、ベンスさんの提案で他の冒険者と情報交換をすることになった。今はセヴァリア周辺での異変が治まり、ディアボルスの目撃報告はかなり減っている。あっても見間違いが多いとか。

だが、今回会う冒険者達は祠で戦ったのとほぼ同時期にディアボルスと遭遇したという。調査が終わって帰ってきたところに、俺達が祠で戦ったと知り詳しく話をしてみたいそうだ。なので今の内に一度冒険者同士で話し合ってはどうかと、ベンスさんが話をまとめてくれた。

そんな訳で今日はシスハを同伴させて、セヴァリアの協会へ向かっている。

「はぁ、他の冒険者と顔合わせかぁ。緊張してきたぞ」

「ビクビクしてないでビシッとしてください。そんな様子では同じ冒険者として侮られてしまいますよ！」

「別に駆け引きするつもりはないんだが」

相手は五人組のBランクパーティのようで、全員集まると人数が非常に多くなる。なので代表者と付き添い一名ずつ選出して会ってみることになった。

そしてエステル達と話し合った結果、今回はシスハを連れて行くことに。今言ったように侮られちゃいけないっていうのと、話がそれなりにわかりそうだって理由からの人選だ。

本当ならエステルが適任なんだろうけど、見た目が若過ぎるとのことで辞退された。ノールでも問題はなかったのだが、駆け引きや人を見抜く洞察力を考慮してシスハが選ばれた。

もう俺達もBランクだからディウスの時のようなことはないと思うけど、初対面だから念は入れておかないとな。

「代表として赴くんですから、それにふさわしい態度で臨みませんと。そういうところでも相手との信用に関わってくるんですからね」

「そういうものなのか？」

「はい、何の根拠がなくても自信満々な表情をしていれば、大体は信じてくれるものです。あと、返事に困った時はとりあえず無言で微笑んでおきましょう。下手な言質《げんち》を取られてもめんどうですし。何かあっても、そんなこと言った覚えありませんよ？　って誤魔化せますからね」

相変わらず笑顔で神官とは思えないこと言ってやがる……。ある意味頼もしくはあるけど、付き添い相手に選んでよかったのだろうか。

そんな俺の不安を物ともせず、シスハは腰に両手を当てて胸を張っている。

「何にせよ、この私が一緒なんです。何も心配することなんてございませんよ。大倉さんはドッシリと構えていてください！」

「あー、うん。そうだな、頼りにしているよ」

「うふふ、それでいいんですよそれで」

確かにここまで堂々としていれば、第一印象としては頼りになるように見えるぞ。うん、代表として出席するんだから、堂々と対応して頑張ろう。俺のせいで侮られるようなことになればノール達にも申し訳ない。これからも同じような機会があるかもしれないし、そろそろ俺も慣れないといけないな。

協会に到着すると一つの机に向かい合うように席が用意された会議室へ案内された。早めに来ていたので座って待っていると、コンコンと扉を叩く音が。

席を立って出迎えの態勢を整えると同時に、ベンスさんが入ってきた。その後ろには二人組の男女も一緒だ。

女性は金色の短髪で凛々しい雰囲気だ。袖なしの上着に長ズボンの服装で冒険者にしてはやや軽装に思えるが、それがよく似合っている。

男性は青い髪を逆立てた、ちょっと怖い風貌だ。上着を前開きにしており、ガチガチに割れた腹筋が見えている。それでも筋肉隆々という感じじゃなく、全体的に引き締まっていて細身だ。今にも食い殺してきそうな鋭い眼差しを向けられ、ついゴクリと唾を飲みそうになったが堪《こら》えた。

あの二人がセヴァリアのBランク冒険者か。ただ者じゃなさそうだぞ。とりあえず無言で軽くお辞儀をしておくと、女性だけは微笑んで同じように挨拶をしてくれた。

ベンスさんが席に座ったのに続いて俺達も再度席に着く。

「おっほん、えー、本日はお集まりいただき、ありがとうございます。先日お伝えしたように、今回はセヴァリア周辺での異変について協議する為この場を設けました。それではまずお互いに挨拶から始めましょうか」

ベンスさんに促されて、俺は席を立って挨拶を始めた。

「大倉平八です。王都の協会長からの依頼でセヴァリアの異変を調べに来ました。まだこの町に来て日が浅く至らぬ点があると思いますが、よろしくお願いします」

よし、無難な挨拶ができた！　これなら第一印象もよく……あれぇ？　完璧だと思っていたのだが、向かいに座っている女性は目を丸くして驚いたご様子。

えっ、今おかしなところあったか？　隣に座る男性まで困惑した顔をしているぞ。チラッとシスハに視線を向けると、理由がわからないのか首を横に振っている。

二人の様子に俺も困っていると、気を取り直したのかハッとしながら女性は立ち上がった。

「すまない、噂で聞いていた話から想像していたのと違って驚いた。私はグレットだ。今回は力になれず申し訳なかった」

ええ……普通に挨拶して驚かれるなんて、一体どんな噂を聞いているんだよ。そう疑問に思ったが、続けてグレットさんが頭を下げてきたのですぐに思考を切り替える。

そして返事をしようと口を開こうとした瞬間、男性が会話に割り込んできた。

「けっ、何頭下げてやがる。他所から来てたまたますぐに手柄を立てただけだろ。運だけはいい奴らだな」

「マース、みっともない負け惜しみはするな。そういうのは止めろと言っただろ」

「はっ？　別に負け惜しみじゃ――」

さらにマースさんが話を続けようとしたのだが、突然言うのを止めてたじろぎ始めた。その視線の先を追ってみると、対面に座るシスハが無言でとてもいい笑顔を彼に向けている。

そう、まるでエステルさんがよくやるような雰囲気だ。傍《はた》から見ているだけの俺ですら凄まじい威圧感があるぞ。

「な、何だよ」

「私はシスハ・アルヴィと申します。よろしくお願いいたしますね」

「お、おう、マースだ」

ただの挨拶というのに、気圧されたのかさっきまでの勢いがなくなった。威圧しただけで相手を萎縮させるとは、さすがシスハだ。俺にはとてもじゃないけど真似できないな。

「すまない、連れが失礼をした」

「いえ、お気になさらず。それよりも噂というのは……」

「あなたのパーティの話は他の冒険者から聞いていてね。一番よく耳にする話は、Eランクの頃にBランク冒険者を叩きのめしたというものか。特にリーダーの男はとんでもなく目立つ格好におかしな武器を持つと聞いていたが……実際に会ってみると普通だな」

「うふふ、そんなこと言われてるんですね。今日は情報交換をする為に来たので、普通の格好をしているだけですよ」

「……なるほど、その噂の格好とやらも見てみたいものだ」

いつの間にか俺達がディウスを叩きのめしたことになってるぞ⁉　とんでもなく目立つって……ゴージャスアーマーのせいか。それにおかしな武器って……うん、エクスカリバールと鍋の蓋だな。そんな噂話をされるようになってるのかよ。

「どうでもいい話をしてないでさっさと始めようぜ」

「そ、そうだね。えーと、それではまず、現状のまとめからしていこうか」

マースさんの言葉にベンスさんは頷いて、今までの流れを整理し始めた。

まずは最初にセヴァリア周辺でディアボルスの目撃報告が相次いだ。同時に一部の狩場で湧く魔物が変わる異変が起きた。守護神の祠に襲撃をして、この地域を守っている加護を失わせようとした。

しかしそれを俺達が阻止し、ディアボルスはこの周辺からいなくなった、と思っていたのだが。グレットさん達が同時期に、別の地域で遭遇していたのが判明した。

「オークラさん達が神殿の依頼で例の魔物を倒してから、目撃報告はかなり減っていたね。見間違いや他の魔物の可能性があるから、全てがその魔物かわからないけど……」

「今回グレットさん達が遭遇したのは例の魔物なんですよね？」

「赤い瞳で全身が黒く、三叉槍を持つ空飛ぶ魔物だろう？　私達も何度か遭遇はしているから間違いないはずだ」

うん、ディアボルスの特徴と一致するな。それに何度も見ているのなら間違いはなさそうだ。俺達が来る前から調査をしていたのはグレットさん達なんだな。

この話に続いて今度はシスハが質問を始めた。

「確かに特徴は一致していますね。それで戦闘にはなったのですか？」

「……ああ、あと一歩のところで逃げられちまったけどな。逃げ足だけは速い魔物だな」

「相手は空を飛ぶのですから仕方がありませんよ。気にせず元気を出してくださいね」

「あ？　気にしてなんかねーよ！　直接戦いもしない神官が偉そうに言うんじゃねぇ！」

止めて！　その武闘派神官様にそんなこと言わないで！　喜んで魔物と戦い始めちゃうから！　挑発に乗って変なこと言い出さないか心配していたが、シスハは微笑んだまま黙っていた。いつも荒ぶるシスハが大人しくしているとは、一応こういう場では抑えてくれるみたいだな。

それにしても、マースさんは俺達に対して当たりが強いな。さっきグレットさんが負け惜しみとか言っていたけど、俺達が先に手柄を上げたのが不満なのだろうか。

今も逃げられたってところで歯切れが悪そうにしていたし、プライドがあるのかもなぁ。下手に不仲になっても後々面倒なことになるから、ここは触れないようにしておこう。

シスハ達のやりとりに気を取られながらも、グレットさんは話を続けた。

「私達はしばらく南方面の沿岸部を探索していたが、遭遇したのは君達が祠とやらで魔物を倒した時期に近いはずだ。生き残りが逃げたのかもしれないな。あれが他に五体もいたなんて、話を聞いただけでも悪寒がしてくるよ」

うーん、同時期ってところが気になるな。一体だけみたいだが、あの祠に来ないで別のところで何かやっていたのか？　そうなると祠の件は囮だった可能性も出てくる訳で……どんだけ用意周到なんだあの魔物は。

「魔物がどこへ逃げて行ったのかはわかりますか？」

「一応しばらく後を追ってみたが、海の方へ逃げて行き途中で諦めざるを得なかった。あのまま海を渡ったとは思えないが……」

海の向こう側に逃げたのか、それともある程度海側に逃げて、遠回りして別の陸地に逃げて行ったのか。どちらにしても行き先はわからなそうだな。

うーんと頭を悩ませていると、ベンスさんが声を上げた。

「グレットさん達が今回遭遇した場所は南東辺りだよね？」

「はい、そうですね」

「それで海側に逃げたとなると……もしかすると例の小島辺りに逃げたのかもしれないね」

……小島？　小島ってまさか。

「それってセヴァリアの神殿で聖地と呼ばれている島ですか？」

「うん、数年に一度神殿から大規模な護衛依頼があってね。神殿の人総出であの島まで行くことがあるんだ。そこに魔物が逃げ込んだ可能性があるとなると……でも、あそこには小さな神殿以外特に何もないし……」

おいおい、また神殿関連の話に繋がり始めたぞ。まさかディアボルスの本命はその小島にあるんじゃないだろうな？

だけどもしテストゥード様関係なら、祠の時みたいイリーナさん達が気が付くはずだ。これは一度その小島に行ってみないとわからないかもしれないな。

そう考えているとマースさんが話し始めた。

「よくわからねーけどよ、あの魔物は神殿と何か関係があるのか？　お前らが遭遇したのも祠ってところなんだろ」

「それがわかればいいんですけど……私達がこの前行った祠は、セヴァリアを魔物から守る結界の役割をしていたんですよ。その結界を消す為に例の魔物が破壊工作をしていたんです」

「マジかよ、守護神なんて信じちゃいなかったが……」

「守護神の話は本当だったのか」

グレットさんもマースさんも、祠の役割を聞いて驚いた顔をしていた。

あれ、驚くってことはこの人達は守護神の話を信じていなかったのか。シスハも疑問に思ったのか、俺が聞く前に二人に聞き始めた。

「その素振りからすると、お二人はテストゥード様を信じていらっしゃらないのですか？」

「いや、そういう訳では……パーティメンバーにセヴァリア出身の者がいるのでな。日頃から守護神の話は聞いていた。ただ、本当にそんな力を持っているとはにわかには信じられなかったのでな」

「一応この町を拠点に俺達は活動しているけどよ、今まで一度も守護神とやらの力なんて見ちゃいねーからな」

セヴァリア出身の者がいるって言い方からして、この二人はセヴァリア育ちではないのか。外部から来てこの町を拠点に冒険者をしているんだな。拠点にしているからには長く滞在しているんだろうけど、それでも守護神を信じてはいない、と。

加護といっても目に見える物じゃないし、外部から来た人はそう簡単に信じたりしないんだろうな。だからこの前神殿で出身かどうか聞かれて、喜ばしいとか言われたのか。それでもあの発言の意図はまだ完全にわからないけど……何か見込まれてしまった可能性はありそうだ。

俺が思考にふけっていると、グレットさんがある提案をしてきた。

「どちらにせよ、思っていた以上に例の魔物の件は問題なのかもしれないな。君達さえよければだが、私達が魔物と遭遇した場所まで一緒に行ってみないか？　案内は任せてくれ」

「おい！　どうしてこいつらと一緒に！」

「彼らはセヴァリアに来てすぐに色々と発見をしている。私達ではわからない物を見つけてくれるかもしれないだろう？」

他の冒険者と同行か。今日会ったばかりだし少し不安ではあるけど、ディアボルスがいたという場所は気になる。実際に遭遇した人達と一緒なら確実だし、これでBランク冒険者と縁ができるのは悪くない。

マースさんの言動を考えると問題はありそうだが、上手く解決できる方法を探してみよう。一応シスハに目配りして確認を取ると、首を縦に振って大丈夫だと合図してくれた。

「はい、私達でよければお供いたしますよ」

俺が了承したことにより、グレットさん達と一時的にパーティを組むことになった。ディウス以外のBランク冒険者とのパーティ……何事もなく上手く終わればいいのだが。

グレットさん達との話もまとまり帰宅し、早速今日話したことをノール達に伝えた。

「そんな訳でBランク冒険者パーティと共同で調査に向かうことになった」

俺の話を聞いたエステルが頬に片手を添えて少し困った仕草をしている。何か気になるところがあったのか？

「共同ねぇ。ディウスの時はまだ面識があったからいいけれど、初対面のパーティと組むのは少し不安だわ」

「どういう感じの人達だったのでありますか？」

シスハのお墨付きがあったとしても、実際に会ってないエステル達からしたらいきなり他の冒険者と一緒に行動するのは不安に思うか。今までディウスやグリンさん以外のパーティと行動したことなかったしな。
「リーダーっぽい女の人は丁寧な人だったけど、男の人がちょっとなぁ。でも、シスハが平気だって
合図してくれたから大丈夫なはずだ。な？」
「粗野な振る舞いな方でしたけど、悪い人ではないと思いますよ。一応挨拶もしていましたし」
「シスハがそう言うなら平気そうね」
「はい、冒険者ならあれぐらいの威勢のよさはありませんと。久しぶりに腕が鳴りそうでしたよ」
シスハはそう言ってバキバキと拳を鳴らしている。もしあのままの態度を取っていたらどうなって
いたのだろうか……。威圧を受けて勢いが衰えたマースさんは正しかったみたいだ。
「それで実力の方はどうなのでありますか？」
「Bランク相応の実力はあるかと。見た感じですと女性は剣を使う方だと思います。男性は恐らく体
術主体で戦う武闘家辺りですかね」
「二人共武器とか持っていなかったのによくわかるな」
「体の動きを見ていれば大体わかりますよ。大倉さんも観察眼を磨いてそれぐらいわかるようにして
ください」
話し合いの場だからお互いに装備は持っていなかった。それなのに体の動きだけで戦い方や実力が
わかるとか凄過ぎだろ。俺の考えもよく見透かしてくるしもうエスパーだろ。頼りになるけど怖いぞ。
それにしても武闘家か。思い返してみれば、確かにあの格好はそれっぽく思える。シスハも武闘家

のような戦い方をしているけど、この世界の武闘家はどうなんだろうか。

ＧＣの武闘家と同じように、拳圧飛ばして遠距離攻撃してきたり、瞬間移動したみたいに距離を詰めたりするのかな。近接戦闘主体だから遠距離で封殺できるかと思えば、回避や距離を詰めるスキルでかなり苦戦されられた思い出が……。

シスハですらあれなんだから、もしＵＲユニットの格闘家であるニトルを召喚したら、とんでもない動きが見れるんだろうなぁ。

そんな感想を抱いていると、エステルがシスハに質問を投げかけた。

「へぇ、シスハもよく殴ったり蹴ったりしているけど、その男の人はシスハより強そうなのかしら？」

「ふっ、何をおっしゃいますかエステルさん。このシスハ・アルヴィが負けるはずがないじゃないですか！　私に勝てる相手なんて、大倉さん、ノールさん、エステルさん、ルーナさん、フリージアさんぐらいですよ！」

「お、多くないか？　というか俺もその中に入ってるんだな」

「生身なら勝てますけど、武装されたら勝ち目ないですからね。エクスカリバールはズルいですし、鎧や盾が硬いですから。へんてこな格好しておいて強いなんて理不尽ですよ」

「見た目はともかく大倉殿の装備は凄いでありますからね。装備だけじゃなく最近は実力も付いてきたでありますから、私もうかうかしてられないのでありますよ」

自分で思っていた以上にノール達からの評価が上がっているんですが。俺もそれなりに戦えるようにはなったし、装備込みで考えたらシスハに勝てるのか？　……勝てるビジョンがまるで浮かんでこねぇ。普通にタコ殴りにされそう。

けど、あの負けず嫌いのシスハがお世辞でも俺に勝てないだなんて言うはずがないし、本当に強くなっているのかもしれない。ちょっぴり自信が出てきたぞ。

「話がズレましたけど、とりあえず問題はないと思いますよ。心配するなら現地に到着した後でしょうか」

「祠の時みたいに、ディアボルスを沢山相手にする事態にならなければいいけれど」

「そうなったらガチャのアイテムを使ったり、フリージアやルーナも呼ぶしかないか。その後忘却薬で記憶を消そう」

「仕方がないとはいえ、薬を飲ませて記憶を消すなんて悪いことする気分でありますねぇ」

さすがにこの前の祠みたいな戦闘になるとは思えないが、万が一の可能性もあるしな。やはり他の人と一緒に行動するのは、色々とバレる危険があって迂闊な行動できないのが痛い。最悪知られちゃマズいことを知られたら、忘却薬を使うしかないな。

なあに、ちょっと眠ってもらってる間に飲ませるだけさ。本当に悪いことする気分になってきたかも。

と、話が一段落したかと思ったのだが、ダダダと家の奥から走ってくる音が。そして勢いよく扉が開かれると、ルーナを脇に抱きかかえたフリージアがやってきた。

「何々！　今私の名前呼んだよね！」

「ぐっ、放せポンコツエルフ！」

「いたただだ⁉　ルーナちゃん噛まないで！」

脇に抱えたルーナに噛まれてフリージアは涙目で騒いでいる。ホントこいつは騒がしい奴だなぁ。

ルーナの部屋で遊んでいたようだが、名前を聞いて出てきたのか。

だが、最近はノールだけじゃなくて、ルーナとも仲良くしていい傾向だ。まあ、相変わらず今みたいに噛まれることもあるみたいだけど。

「ああ、ちょうどいいや。依頼でしばらく家を留守にするから、また家で待っててくれ」

「えぇ⁉　また平八達だけでお出かけするの！　ズルい、ズルいんだよ！」

「いや、別にお出かけけって訳じゃないんだけど……」

依頼の為に遠出するだけで、遊びに行くかのように言われても困るぞ。今回もフリージアにはルーナと一緒に留守番をさせようと思っていたのだが、いつも以上に騒ぎ始めた。

「また留守番なんて嫌だ！　それなら私も冒険者になりたい！」

「いやぁ、それはちょっと……」

「なるぅ！　なるんだよぉぉ！　平八、お願いだよぉぉ！」

その場でピョンピョンと跳ねて、全身で猛抗議している。うわぁ、こりゃ今回は簡単に治まりそうにないな。ノールでも説得するのは難しいか？

そう思っていたのだが、意外にもここでルーナが話に割り込んできた。

「落ち着けポンコツ。平八達が困っている。今回も私が相手をしてやるから大人しく留守番だ」

な、何だって⁉　ルーナが自らフリージアの相手をしてやるって言ってるぞ⁉　話を聞いていたエステル達も驚いたのか目を見開き、猛抗議していたフリージアですら驚きのあまり目が点になり黙り込んでその場で固まっている。

こういう話に入ってくるのすら珍しいのに、さらに相手をするとか言い出すとは。どういう気まぐれが起きたのだろうか。

ようやくフリーズが解けたのか、フリージアが恐る恐るルーナに確認をした。

「い、いいの？」

「うむ、仕方がない」

「やったー！　またお散歩してご飯食べてお風呂に入って一緒に寝ようね！」

「う、うむぅ……」

フリージアに抱き付かれながら、引きつったような笑みを浮かべている。

そういえばこの前の留守番の時に、風呂やベッドに入り込んでくるとか愚痴ってたな。それでも引き受けてくれるということは、そこまで嫌でもないってことなのかな。

しかも散歩までしていたとは……。ルーナなら闇魔法の幻惑も使えるから、何かあってもフリージアの耳を隠せるから心配もない。一体留守番時はどんなやりとりをしていたんだろ。

「ルーナが自分からフリージアの相手をするって言い出すとは思わなかったわね」

「本当にそれは助かるしそれしか手がないんだけど、本当にいいのかルーナ？　大丈夫か？」

「……問題ない。確かにこのポンコツはうるさくてかなわない」

はあ、と軽く溜め息を吐いている。やっぱりフリージアが騒がしいとは思っているんだな。

「が、それほど面倒でもない。少しぐらい賑やかに留守番する日があってもいいだろう」

ルーナはジト目でぶっきら棒な口調だったが、僅かに微笑んで優しい雰囲気だ。その言葉を受けてフリージアは目尻に涙を浮かべている。

「ル、ルーナちゃん……えへへ、やっぱりルーナちゃん優しいんだよ！」

「べ、別に優しくなどない。平八達の為に仕方なくだ。今回も私の言うことはちゃんと守れ」

「はーい！」

おお、ノールとはまた違った形でフリージアを完全に御しているぞ。これが成長というものか……あのルーナがここまで他人を思い遣《や》れるようになるなんて。これも今までノール達からいい影響を受けたせいなのかな。

そして一番その影響を与えたであろうシスハはというと、いつの間にかハンカチ片手に涙を拭って感動していた。

「何涙ぐんでやがるんだ……」

「うぅ、ルーナさん、立派になられましたね。こうやって成長を目の当たりにすると、胸が熱くなってくるんですよ」

「シスハは相変わらずでありますけどね……。でも、フリージアとルーナの仲がよくてよかったのでありますよ」

「そうね。これなら安心してルーナ達にお留守番を任せられるわね」

この前の留守番でもう懲り懲りだって言われるかと思っていたのに、まさかこんな流れになるとは思いもしなかった。エステルの言うようにこれで安心して二人で留守番させられるな。

これで一安心と思っていると、ルーナがノールに頼みごとを言い出した。

「一つだけ頼みがある。ノール、料理を教えてくれ」

「あー！　私も教えて欲しいんだよ」

「むむっ、料理でありますか。構わないでありますがどうしてでありますか？」

「この前は簡単な物で済ませたが色々作れるようにしたい。私は食えれば何でもいいがポンコツがうるさいのでな」

「うるさくないよ！　抗議したのニンジンそのまま丸かじりした時だけだよ！」
ニ、ニンジンの丸かじり？　ルーナなら大丈夫だと任せていたが、まさかニンジンをそのまま食べさせたのか？　そこまで深刻な状態になっていたとは……今回は留守番をさせる前に、しっかりノールに料理を教えておいてもらおう。
そんなこんなで数日経って、出発当日を迎えた。

朝早くからルーナを起こしてフリージアを任せ、二人に見送られながらセヴァリアにやってきている。そしてまずは馬を借りようと移動を始めた。

「ようやく馬に乗る練習を活用する機会が来たか。緊張してきたぞ」

ノール達に乗馬の初訓練をさせられてからしばらく経つが、あれから暇を見てちょくちょく練習に行っていた。おかげ様で一人でもある程度乗りこなせるようになり、今回は俺がシスハかエステルを後ろに乗せる番。

そう思いやる気と不安を背負い、覚悟を決めていたのだが……俺の発言を聞いたシスハが眉をひそめて否定してきた。

「何仰ってるんですか。大倉さんは今回も私の後ろですよ」

「えっ」

な、何だと⁉　さすがに今回は俺の出番だと思ったのに……どうしてなんだ！

俺の心の声が聞こえているかのように、シスハは的確な返答をしてきた。

「当たり前じゃないですかぁ。確かに乗れるようにはなってきましたけど、いきなり二人乗りなんて無理ですよ。それだけじゃなく、他の馬と速さも合わせないといけないんですから。私達だけなら遅く合わせてあげられますけど、他の冒険者の方にそんな配慮は求める訳にもいきませんよ」

「そうでありますねぇ。一人でもっと自由に馬を操れるようにならないと、エステルを任せることはできないのでありますよ」

「せっかくの機会だったから残念だけれど仕方がないわ。次を楽しみにしておくから頑張ってね」

シスハだけじゃなくノールまで……どうやら二人の合格基準からはまだまだ遠いようだ。馬で行くって話になった時、練習もしたんだから俺に任されると思っていたのは甘い考えだったらしい。

くっ、情けない……。でも、よく考えなくても初心者である俺が、他の人の馬に合わせて乗るなんて無理だから当たり前か。それに今回はなるべく急がないといけないし俺の出る幕はないな。

残念さもある反面不安もなくなって複雑な心境になりつつも、無事に馬を借りて集合場所までやってきた。すると、早めに来たはずなのに既に馬を連れたグレットさんの姿が。

周囲にマースさんもいて、他にも杖を持ちローブ姿の魔導師っぽい中年の男性と、引き金の付いた少し重そうな弓を持った若い男性も一緒だ。そしてもう一人短髪で軽装な格好の女性もおり、腰に短剣と小さめの鞄を携えている。見た目だけで判断するならシーフ系統な気がするぞ。

これがグレットさんのパーティメンバーか。なかなか強そうな人達が揃って……というか、攻撃主体な感じがするな。おっと、マジマジと見ていないで挨拶しなくては。

「お待たせしてすみません」

「いや、私達も今来た……」

振り向いたグレットさんは、俺を見るや目を見開いて黙り込んでしまった。近くにいたマースさんも気が付いたのか鋭い瞳をこっちへ向けてきたが、俺を見た途端口を開けて怪訝《けげん》な表情に変わった。

少し固まっていたグレットさんはハッとすると、咳払いをしてポツリポツリと言葉を口にしていく。

「それが噂の格好とやらか……その、なんと言うか個性的、だな。確かに目立っているね」

頼もしそうな雰囲気のあるグレットさんがここまでうろたえるなんて、そこまで俺の見た目は派手なのだろうか。でもこれが現状の最高装備だし、実際に魔物と戦えばわかってもらえる……と思った瞬間、唖然としていたマースさんの表情が強面《こわもて》に変わって俺の声をかけてきた。

「おいおい、お前ふざけてるのか？　どうして鍋の蓋なんて持ってやがるんだ」

「別にふざけている訳では……持っている盾の中でこれが一番質がいいので」

「はぁ？」

見た目はともかくそっちの方に反応してきたか。どこからどう見ても完全に鍋の蓋だもんなぁ。そりゃ突っ込みたくなるわ。俺の返事を聞いたマースさんは、何を言ってるのか理解できないと言いたそうな複雑な顔をしている。

そして次は何を言われるのかと身構えていると、驚くべきことを口にし始めた。

「よし、おもしれぇ。じゃあ試しにそれ使って俺の攻撃防いでみろ」

「止めないか！　合流して早々に問題を起こすな！」

「でもよ、これで一緒に戦うって言われてお前信用できるのか？　どうもこの前から胡散臭くて信用ならねぇ」

止めに入ったグレットさんだが、マースさんの言葉を受けてチラッと俺に視線を向けながら言葉に詰まっている。

うげぇ、何か面倒なことになり始めたんですが。魔物と戦えばわかってもらえると思ったけど、マースさんとやるなんて考えてもなかったぞ。どうするか……ここで断れば完全に下に見られて何を言っても聞いてもらえなくなりそうだ。

グレットさんのパーティメンバーもさっきから俺の方を見て返事を聞こうとしているし。……仕方がない、ここは受けよう。攻撃を防げと言われただけだし、鍋の蓋で攻撃を受けるだけでいいはずだ。

それに顔面さえ気をつけておけば、防げなくても鎧を着ている俺にダメージも大して入らない。失敗しても勝負を受けないよりは印象もマシだろうしな。

「防ぐだけで信用していただけるというなら構いませんよ。遠慮なく攻撃してください」

「おう、そうこなくちゃな！　遠慮なくやらせてもらうぜ！」

そう言ってマースさんは持っていた荷物から手甲を取り出して腕に装着した。

おい、ちょっと待て！　遠慮なくとは言ったけどガチじゃねーか！　鉄製っぽいしそんなので殴られたら痛いじゃ済まないだろ！

待ってと制止する前にマースさんは嬉々とした表情で駆け出し俺に向かってきた。瞬《また》く間に手の届く距離まで接近され、顔面目がけて拳が放たれる。既に防御が間に合いそうにない状態だったが、装備の効果のおかげでパンチの速度を上回る速さで鍋の蓋を構えられた。

防げたと確信してそのままマースさんの殴打を受け止めようとしたのだが、鍋の蓋に当たる寸前で拳は止まり、視界の隅からもう片方の拳が向かってきているのが見えた。

フェイントだとぉ⁉　そこまでして攻撃してくるんじゃねぇ！　鍋の蓋の強度見るだけじゃねーのかよ！

思わず罵倒が出そうになったがそれどころじゃなく、さらに無理矢理腕を動かして迫り来る拳に鍋の蓋を直撃させた。ゴキッ、と鈍い音がして場の空気が静まると、ワンテンポ遅れてマースさんが叫んだ。

「――――いってぇぇぇぇ⁉」

殴った方の腕を押さえて苦痛に満ちた表情で絶叫している。……やっちまったぜ。

「ふ、ふざけんな！　何だその鍋の蓋！　蓋の硬さじゃねぇーぞ！」

「だ、だから一番質がいいって言ったじゃないですか」

俺も必死だったからつい思いっきり防いじまった。手甲をしているから大きな怪我はしてなそうだけど、筋を痛めているかもしれない。

でも、鉄製の手甲装着してフェイントまで使って顔面狙ってくる方が悪いんだ！　俺は悪くねぇ！

……いや、だけど罪悪感がちょっとあるかも。それにこれから調査に行くのに腕を痛めているのもよくない。

ポーションを渡して治してもらおうとしたのだが、その前にシスハが近付いてきた。

「あらら、痛そうな音がしましたね。治療してさしあげますよ」

「余計な真似すんじゃ——あっ、おい！」

吼《ほ》えるマースさんを無視してシスハが回復魔法をかけると、腕の痛みが引いたのか表情が和らいだ。だが、回復された事実を認識したのか、すぐに苦虫を噛み潰したような表情に変わる。何かを言おうと口を開いたのだが、グレットさんが割って入ってきた。

「お前の負けみたいだな。フェイントまでしてしっかり防がれたんじゃ何も言えないぞ。腕まで痛めて何をしているんだ」

「ちっ、見かけによらずめちゃくちゃ速く動きやがって……」

ぐうの音も出ないのか、マースさんは舌打ちをして俺達から離れて行こうとした。が、我らが神官様がそれを許さない。両手を口に当てて、わざとらしく大声で叫び出した。

「あのー、それで信用はしていただけるのでしょうかー。大倉さんちゃんと防ぎましたよねー」

「うるせぇ！　認めてやるよ畜生が！　わざとらしく聞きやがって、おめぇ本当に神官かよ！」

「うふふ、回復してあげたじゃありませんかー」

ひでぇ追い討ちだな。マースさんの方から絡んできたことだがあまりにも惨《むご》い。面白くなさそうに石を蹴り飛ばしながら、マースさんは肩を落として離れていく。

残されたグレットさんは、それを溜め息をつきながら見送った後、俺達に頭を下げた。

「マースが失礼なことをして本当に申し訳ない。あいつは一度言い出すとなかなか話を聞かないんだ」

「いえ、こちらが了承したことですので。腕の方は……大丈夫だよな？」

「私が回復魔法をかけたんですから大丈夫ですよ。まあ、元々そこまでダメージはなさそうでしたけど」

「いや、回復してくれて感謝する。私達のパーティには神官がいなくてな。おかげでポーションを使わずに済んで助かった」

魔導師がいるのに神官がいないとは、ディウス達も神官のスミカさんしかいなかったし、やはり両方を揃えるのは難しいんだろうなぁ。回復手段がポーション頼りとなると、それはそれで辛そうだ。

ひと悶着終え、黙って見守っていたノール達のところへ一旦戻った。

「ふーん、あれが言ってた男の人なのね」

「実力はあるみたいでありますが、本当に喧嘩腰の人でありますね。出発前からちょっと不安になってきたのでありますよ」

事前にエステル達にマースさんのことは話していたけど、実際に会ってみて不安を感じたようだ。

俺も何か起きたら困ると思っていたが、まさか合流して早々こうなるとは思わなかったぞ。

先が思いやられ溜息を吐いていると、ノールが首を傾げている。どうかしたのか？

「だけどさっき大倉殿を攻撃した際、若干手を抜いていたように見えたでありますね」

「えっ、そうか？　めちゃくちゃ速くて焦ったんだけど」

「あからさまな挑発でわざとやっている感じはするわね。何か考えでもあるのか、それともただ気に入らないだけなのかしら？」

あれで手抜きとかうっそだろぉ⁉　防げはしたけど本気で殺《や》りにきてるかと思ったぐらいなのに。

まさかわざと喧嘩腰で俺達に絡んで、事前に実力を確認したとか……いや、わざわざそんなことするか？　単純にこの前の延長で気に入らないから絡まれていると思った方が自然に思えるぞ。

グレットさんが上手く間を取り次いでくれるといいのだが。俺の格好のせいもありそうだから、任せるだけじゃなくて認めてもらえるように俺も頑張るか。

それからお互いのパーティ同士で軽い自己紹介を始めた。

魔導師である男性のヴァイルさんは、同じく魔導師であるエステルに興味を示したのか話しかけている。

「ほほぉ、こんなお若い魔導師のお嬢ちゃんが冒険者をしているとは珍しい」

「それはおじさんもよね。冒険者をしている魔導師と会ったのはこれが初めてだわ」

「冒険者をやる物好きは少ないわなぁ。ワシは面白いからやっとるがね」

「ふふ、私も同じような理由よ。面白いって部分はお兄さんといるのが、って違いはあるけれど」

「ははは、これはまたおませなお嬢ちゃんだ」

何だか意気投合しているのか、お互いに楽しそうに雑談している。エステルがおませで済めば可愛らしいのだが……。

そしてノールはというと、シーフっぽい女性のアゼリーさんと話していた。

「女の人ばかりのパーティなんだ。あなた凄く強そう」

「むふふ、そんなことあるのでありますよぉ！　頼りにしてくれてもいいのでありますよん！」

「おおー、凄く自信まんまんだ。頼りにさせてもらっちゃうぞー」

ノールが腕を曲げて力こぶを作る仕草をすると、アゼリーさんはパチパチと拍手をした。アゼリーさんは地図のマッピングや洞窟探索に秀でた探索者系の人らしい。一応シーフ系統の職って認識でいいのだろうか。

最後にクロスボウを持っていた青年はクルーセといい、あの若さでかなりの腕前だそうだ。あまり話をしないみたいで、軽く挨拶をした後俺達から離れ無言でクロスボウの手入れをしている。

とりあえず全員挨拶を終えて、最後にまたグレットさんと話をした。

「先ほども言ったが、私達のパーティには神官がいない。神官のいるあなた方と一緒に行動できるのは正直とても助かる。だが、この人数となると負担もかなり増えるはずだ。あまり無茶はせず、必要な時だけ回復に専念してもらいたい」

「うふふ、ご心配なさらずに。この私が本気でサポートすれば、このぐらいの人数ちょちょいと捌《さば》いてみせますよ。むしろ私も戦ってもいいぐらいですからね！」

「お前は今回も回復と支援優先だ！　絶対突撃するんじゃないぞ！」

「ふふふ、面白い冗談を言う方だな。とても頼もしい。今回はよろしく頼む」

すみません、その神官様が言ってること冗談じゃないんです……。色々と不安に思いながらも俺達は出発した。

そして二日後。

道中何度か魔物と遭遇はしたものの、特に何事もなく俺達は馬に乗って目的地へ向かって進んでいた。今日も日が暮れ始めた辺りで移動を止め、野営を始めている。

「はぁ、Bランクパーティ同士だから殆どの魔物は相手にならないけど、野営中は気まずいなぁ」

ずずっとスープを啜《すす》りながら、隣に座るシスハに声をかけた。俺の視線の先には少し離れた場所で一人座って食事を取るマースさん。昨日から野営になるとああやって、近付くなというオーラを隠しもせず放っている。

食事時になれば多少会話をする機会も出来ると思っていたが、甘く考えていたみたいだ。

「全く、認めたって口にしておいてあれはいけませんね。ここはひとつ、私が拳で語り合ってきましょうか」

「止めろ！　余計に話がこじれるだろうが！」

「冗談ですよ冗談、そんな真に受けないでくださいよ」

ボキボキと拳を鳴らしながら言われても説得力ないんですが。毎回思うけど、シスハの冗談は全く冗談に聞こえないから困る。

「それにしても今回はちゃんと大人しいな。八つ当たりで魔物を蹴散らしにいくかと思っていたぞ」

「この人数になりますとカバーするのに気を遣いますからね。回復に専念しておかないと手が回りませんので」

「シスハにしてはちゃんと神官らしい考えしてたんだな」

「私はいつだってそうじゃありませんか。常に他人を思い遣って行動しているのですよ」

「ははは、どの口が言ってやがるんだ」

「うふふ、この口です」

シスハはにっこり笑って自分の口を指差している。こいつは相変わらず減らず口をたたきやがるな。

ウルフと遭遇した時は馬から飛び降りて向かっていくかと思ったけど、シスハは普通に回復役に徹していた。彼女抜きにしても八人もいるから、そのぐらいの人数になると弱い魔物相手とはいえ突撃するのは控えるみたいだ。

「あなた達は本当に仲がいいのだな。羨ましい限りだ」

俺とシスハの様子を見ていたのか、グレットさんが微笑みながら声をかけてきた。

「はい、私と大倉さんはマブダチですからね。醜い争いをするぐらいの仲ですよ」

「まぶだち……？　それに醜い争いとは……」

「こいつは適当なことばかり言うんで、まともに話を聞かないでください。頭が痛くなってきますから」

「そ、そうか。神官と会うことはあるが、ここまで個性的な方は初めてだ」

「お褒めの言葉、ありがとうございますぅ」

誰も褒めてねぇよ。グレットさんの顔が引きつってるぞ。マブダチとかいう単語まで使いやがって、やっぱり変な知識フリージアに吹き込んでるのこいつだろ！

「神官というのはやはり凄いな。馬の疲労も軽減できるとは驚いたよ。ヴァイルさんも腰の痛みが和らいで助かると言っていた。これなら予定よりだいぶ早く着きそうだ」

「お役に立てているようでしたら光栄です。回復は私の十八番ですから、何かあればすぐに仰ってくださいね」

今回も長距離移動ということで、エステルとシスハによる馬への支援魔法を行っている。その結果馬が衰えることなく物凄く速く移動できているようだ。

魔導師のヴァイルさんはそのせいで腰を少し痛めたようだが、それすらもシスハによって治療されている。だいぶ前に魔石集めで夜まで狩りが行えたのも、シスハの回復魔法のお陰だったのかもしれないな。

その点だけは素直に感謝してるけど、もう少しだけ普段の言動を改めてほしいものだ。

「神官に加えて魔導師までいるなんて、あなた方のパーティは将来有望そうだ」

「仲間にとても恵まれていると思います。でも、グレットさん達も魔導師の方がいるなんて珍しいですよね」

「ヴァイルさんとは港の依頼で縁ができてね。それから探索の同行依頼を何度か受けることがあって、興味があると言ってそのまま私達のパーティに来てくれたんだ」

あー、そういえばセヴァリアの港で魔導師を見かけるって話だったな。ディウスも魔導師からシュトガル鉱山の探索依頼を受けたとか話していたし、上手くいくとこうやってパーティに入ってもらえるのか。

合流した時面白いから冒険者をしているってヴァイルさんが言っていたから、興味を惹く活動をしていたのかもしれないな。ガチャのおかげで俺はこういう仲間集めの苦労を知らないから、その手の話は非常に興味深い。

ガチャはガチャでまた違った苦労があるけど、俺がどれだけ恵まれているのかって自覚できるいい機会だからな。本当にノール達には感謝しなければいけない。

「グレットさん達は主にどんな活動をなさっているのですか？」

「そうだな、討伐依頼を受けるよりも探索をしている方が多い。そのついでに探索依頼を受けたり、地図の作成や情報を提供している。セヴァリアは町がずっと残っているだけあって、洞窟の奥などに遺物が残っていることが多いから探索にはもってこいなんだ」

「なるほど、そうやって活動していくのもいいですね。新しい発見などをしたら胸が躍りそうです」

探索が得意そうなアゼリーさんもいるのは、冒険者としてそっちの活動が主体だからか。それでBランクになっているんだから、大きく評価されるような情報提供をしていそうだ。だからこそディアボルスの痕跡を探すのに、抜擢《ばってき》されたのかもしれないな。

「それにしてもあの甲冑《かっちゅう》の方は何者なんだ？　かなりの実力とお見受けしたが」

「えっ、あー、騎士っぽい人ですね。そんなに実力あるように見えますか？」

「ああ、戦ったとしても私では相手になりそうにないな。食事中ですら一分の隙もない佇《たたず》まいをしている。マースですら見た途端に実力を認めたほどだ」

グレットさんの視線を追ってノールの方を見ると、アゼリーさんやエステルと話しながら食事をしていた。

普段どおり嬉しそうにブンブンと結んだ髪を左右に揺らして食事を楽しんでいる。どこからどう見ても隙だらけにしか見えないんですが。

だけど、ノールは俺達の中でも一番強いから評価として正しいのは確かだ。

「ノールさんをお認めになったのに、マースさんは私達には好戦的ですよね。今も離れたところにいるのに、敵対心をビンビンと感じますよ」

「それに関しては本当に申し訳ない。見た目でよく勘違いされるが、あいつは慎重で警戒心が強いんだ。それに頑固で一度疑うとなかなか腹の内を見せない。だけどいざ戦闘となれば言うことは聞くから、心配はしないでくれ」

「それなら問題ありませんが、なかなか難儀な性格なんですね」

「そのおかげで助けられたこともあるが困ったものだ」

あれで慎重だと……言動からして全くそういう雰囲気は感じられなかったぞ。ノール達が言ってたように、わざとああいう態度をとって俺達がどう動くか見てたってことなのか？　それにこうやってグレットさんがフォローに入れれば、実力を確認しながらも友好的な会話で情報も聞ける。

……いや、そうなるとグレットさん達もわかっててやってることになるから、それは考え過ぎかな。どちらにせよこのままマースさんと険悪なムードなのは避けたいところだ。ここは意を決して話をしてみるべきかな。

「よし、ちょっと行ってくるわ」

「それなら私も――」

俺が立ち上がるとシスハも立ち上がろうとしたので、それを手で制止した。

「いや、俺だけでいい」

「ですが……」

「男同士で一度話し合ってみたいからさ。それに一人で声かけすることもできない根性なしと思われても嫌だからな」

「……うふふ、大倉さんにしては豪胆なこと言うじゃありませんか。いつもその調子なら頼りになるのですが」

「うるせー」

相変わらずなシスハの減らず口を背中に受けながら、俺はマースさんのところへ歩み寄った。そのままだと受け入れられそうもないので、ハイポーションをコップに注いで持っていく。

俺が近くまで来たのに勘付くと、マースさんは鋭い目つきを俺に向けてきた。

「何だよ？」

「いえ、ちょっと話でもしようかなーっと」

「お前と話すことなんてねーよ、失《う》せろ」

「そう言わずに一杯付き合いながらお話しさせてくださいよ」

「……チッ、仕方ねーな」

くしゃくしゃと頭を掻きながらもコップを受け取ってくれた。おや、こんなにすんなり受け入れてもらえるなんて意外だな。

近くにある岩に俺も座り込むと、話をする前にマースさんがハイポーションを口にして驚きの声を上げた。

「うまっ⁉　……な、何だ、酒じゃねーのかよ」

「あはは、すみません。一応外なのでお酒はどうかと思いまして」

シスハと飲む用に俺もちょくちょくストックしているからリュックに酒は入っている。だけど野営中に飲んだら気が緩みそうだからな。

さて、話の切っかけを作れはしたけど何から話せばいいのやら。世間話なんてネタがあまりないし、この場でそんな話をするのも違う気がする。

そう迷っている間にマースさんが先に話を振ってきた。

「お前本当にあの魔物を同時に複数相手にして倒したのか？」

あの魔物ってディアボルスのことだよな？　フリージアとルーナに協力してもらったけど、表向きには俺一人で撃退したことになっているからなぁ。ディアボルスと実際に戦闘したマースさんからしたら、それを疑うのは当然か。

本当のことを言う訳にもいかないので、ちょっと後ろめたさを抱きつつも嘘をつくしかない。

「魔導具を使ってですけど倒しましたよ」

「ヴァイルの爺さんが作るような物か。お前のパーティにも魔導師がいるがそんな強力なもん作れるのか？」

「全てという訳じゃありませんが、彼女に既存の物に手を加えてもらいました。ヴァイルさんも魔導具をお作りになるんですね」

「ああ、爺さんが作った魔導具をクルーセの矢に付けて使ったりしてな。ありゃ国が魔導師に力を入れるのもわかるわな」

ほほぉ、確かにその組み合わせは使えそうだな。エステルに魔導具を作ってもらい、それをフリージアの矢に付けたら強そうだ。

にしても、この人結構普通に話してくれるな。やっぱり悪い人ではなさそう。なんて思った直後にまた話が戻った。

「だが、納得いかねぇな。あの甲冑の女が倒したっていうならわかる。魔導師の小娘もまだわかる。だが、おめぇはどう見ても戦うようには見えねーんだよ。まるで覇気を感じねぇ」

「あはは……彼女達にもよく言われてますからね」

マースさんの言い分は全く以て正しいな。ある程度戦いに慣れてきたとはいえ、ノール達と比べたら今もただの一般人だ。これがシスハの言っていた観察眼ってやつか。

「ちなみに神官の女性はどうですか？」

「ありゃ……得体がしれない奴だな。関わり合っちゃいけねーヤバイ奴だってことはわかる」

見た目詐欺に騙されずにキチンとシスハを理解してやがる！　やはりこの人ただ者じゃなさそうだぞ！

わざと俺達に強く当たって様子見していたのは間違いなさそうだな。

「まあ、俺の挑発に乗ってきたのと、今声をかけてきたのは意外だったがな。見た目の割に気概があるじゃねぇーか」

「前にも同じような感じで絡んできた冒険者がいましたので。今では和解していますけどね。マースさん達ともこの調査が終わった後もお付き合いできると嬉しいです」

「へっ、言うじゃねーか。……さて、一杯終わっちまったぞ。今日のところは話は終わりだ。俺はさっさと寝かせてもらうぜ」

空になったコップを俺に返すと、マースさんは立ち上がって行ってしまった。うーん、少しは認めてもらえたと思っていいのだろうか？

そんなやりとりもあり四日後、近くにある村に到着した俺達は、そこに馬を置いて徒歩で目的地までやってきた。

「ここが例の魔物が出てきたリシュナル湖だ。今は引き潮で水位が低い状態だ」

グレットさん達に案内されてやって来た場所、そこは海辺から少し離れた場所に位置する湖だった。あっちこっちに水面から根が見えている木が生えて視界が悪く、泥の地面が道のように顔を出している。

引き潮ってことはこの湖は海と繋がっているのか？　普通の状態なら歩く道なんてないんだろう

な。潮が引く時間帯を狙って来るなんて、そこまで考えて出発時間を合わせてくれたのか。さすがBランク冒険者、頼りになる。

「いかにも何かあるって雰囲気の場所ね。この中を移動するのはちょっと嫌だわ」

「今はまだ歩く場所が多い方だ。私達は何度も探索に来ているから、安心してついてきてくれ」

「この程度で嫌がっているようじゃ、冒険者なんてやってらんねーぞ小娘」

「むぅ、いちいち言われなくてもわかっているわよ」

マースさんに笑いながら言われて、エステルは頬を膨らませて不満そうにしている。今まで沼地みたいな場所はあんまり行ったりしなかったからなぁ。フロッグマンを倒しに行った時も少し嫌そうにしていたし、こういう場所は苦手そうだ。

「それにしても広そうな森……湖ですね。ここの探索をするとなると骨が折れそうです」

「何か目立つような物はないのでありますか？　例えば守護神の祠とか」

「ない、はずだ」

うおっ、同行中あまり話さなかったクルーセさんが答えてくれた⁉　もしかしてセヴァリア出身者ってこの人なのかな？　神殿の関係者じゃないから詳しくはなさそうだけど、探索してみた限りじゃここに祠はないって感じか。

だとするとなんでディアボルスがこの辺りにいたのか疑問なんだが……前のラヴァーワイバーンの時みたいにまた罠じゃないだろうな？

そんな疑問を抱きつつも、さっそくグレットさん達に従ってここの探索を始めることになった。

「俺とアゼリーで先行するからお前らは後からついてこい。魔導師や神官は水辺にあまり近寄るんじゃねーぞ」

「ここはクロコディルスが生息している地域だ。下手に近付くと危険だから注意してくれ」

「わかりました。ある程度なら私も魔物の位置がわかるので、近付いて来たら知らせますね」

「お前水中の魔物の位置までわかるのかよ。思ってたよりやるじゃねーか」

マースさんが褒めてきた⁉　……褒めてるのかなぁ？　ここに来るまでの間に地図マップで事前に魔物が来るのを伝えたりしていたが、そのお陰かちょっと俺の評価が上がったのかもしれない。

とりあえず最初はグレットさん達の動きを見る為に俺達は後を付いていくだけになったが、その前にエステルがヴァイルさんに相談を始めた。

「おじさんと私、どっちが支援魔法をした方がいいかしら？」

「ならお嬢ちゃんにお願いしようか。君の力も見ておきたいからね」

「ふふ、任せてちょうだい」

「ついでに私も支援魔法をかけておきますね」

エステルとシスハが俺達全員に次々と支援魔法をかけていく。支援魔法をかけ終わった後、マースさんとアゼリーさんが先行して泥の道を進む。

マースさん達がある程度進んで安全が確保されたら、合図に従って俺達も前進。やっぱり探索慣れしているだけあって、グレットさん達の動きはスムーズだな。常にヴァイルさんとクルーセさんが援護に入れるように構えているし、何かあってもすぐに対応できるようにしている。

それからしばらく何事もなく進んでいたのだが、俺が見ていた地図アプリに赤いマークが表示され、勢いよくマースさんに向かっていく。慌てて叫んで伝えようとしたのだが、既にマースさんは水際から飛び退《の》いていた。

「離れろ！　来るぞ！」

マースさんの叫び声でグレットさん達は全員臨戦態勢になった。何が出てくるかと俺も構えていると、水面から姿を現したのは緑色の巨大なワニ。もう慣れてきたけどいつもの例に漏れず七、八メートルはありそうなサイズだ。デカ過ぎて怖いぞ！

「おおぅ、俺が教える前に自分で気が付くなんて。マースさん凄いな」

「驚くほどでもありませんよ。水辺からしか魔物が来ないなら、そこに注意するだけですからね。まあ、Bランク相応のいい勘をしているとは思いますけど」

言うだけあってやっぱりマースさんは実力者なんだな。だからこそ安心して先頭を任されているということか。

マースさんは巨大なワニに怯《ひる》むことなく向かっていき、目にも留《と》まらぬ速さで脇に滑り込んで脇腹に蹴りを放った。ワニは体を横にくの字に曲げてぶっ飛び、泥の地面にゴロゴロと転がる。

止まったところをアゼリーさんが短剣で切りつけ、さらにクルーセさんが矢を撃ち込む。ワニが体勢を整えて動こうとしたがその動きは鈍く、その前にマースさんが近付いてさらに拳を叩き込んでいく。マースさんの攻撃は特に強烈なのか、一発ごとにワニの巨体が宙に浮くほどだ。

これは俺達の出番はなさそうだな。倒される前にステータスを見ておくか。

種族：クロコディルス
レベル▼50　HP▼6500　MP▼0
攻撃力▼1600　防御力▼900　敏捷▼85　魔法耐性▼20
固有能力【なし】　スキル【デスロール】

マースさん達にボコボコにやられたワニがぐったりして動きを止めると、止《とど》めとばかりにヴァイルさんが火の魔法を放った。リスタリア学院の教師が使ったぐらいの規模だったが、着弾するとワニは光の粒子になって消えていく。

結局俺達が手を出す暇もなかったな。下手に手伝って連携を崩しても危ないし、慣れるまでは様子見がいいか？

「任せてしまってすみません」

「いや、それは大丈夫なのだが……」

「どうかしたんですか？」

グレットさんが顎に手を当てて首を傾げている。マースさんやアゼリーさん達も戻ってきたが、全員困惑した様子だ。今の戦闘で何かおかしなところでもあったのか？

「支援魔法を貰ったにしても、私達の力が強くなり過ぎてない？　マースの蹴りも異常だったし」

「あ、ああ、いくらなんでもあんなに吹っ飛ぶとは思わなかったぞ。小娘かと思っていたけど、お前凄いな」

「あれぐらいどうってことないわ。それに支援魔法はおまけみたいなものだから」

「これでおまけ……」

「お嬢ちゃんと甘く見ていたが、ただの魔導師じゃないようだ……」

あっ、そういうことですか。強化されたエステルさんの支援魔法も凄いけど、俺とノールのバフが全員にかかっている。攻撃力と防御力六十五パーセント増しは伊達じゃない。ディウス達と一緒に戦った時もかなり驚いていたもんな。

そんな騒ぎがありながらもしばらく湖を探索し続けたが、特に発見することはなかった。

「今のところ変わったところは見受けられないな。やはり偶然ここを通っただけなのだろうか？」

「どうでしょうか。ここもかなり広そうですので、何かあるとしてもなかなか見つけ辛そうですね」

ある程度回って地図アプリもそれなりに埋まってきたけど、この湖はかなり広い。生えている木で先も見えないし、進める場所も限られているから移動も一苦労だ。

探索できるのも潮が引いている時だけみたいだし、あまり奥に進む訳にもいかない。元々数日かけて調査する予定だったけど、日数全部使っても何か見つけられる気がしないぞ。

このまま闇雲に探していいのか考え込んでいると、エステルがある提案をしてきた。

「ねえお兄さん、調べてみるなら湖の中心はどう？　相手は空を飛ぶ魔物なんだから、普通はいけないところに何か仕かけていたかもしれないわよ」

「あの魔物はかなり嫌らしいからなぁ。歩いていけないところで何かやってる可能性はあるか」

こういう場所で中心をまず調べるのは常道か。それにディアボルスの今までのやり方を考えると、そういう行きづらい場所で何かしている可能性が高い。

そんな俺達の会話を聞いていたグレットさんが会話に参加してきた。

「そうは言ってもリシュナル湖の中心に行くのは危険だ。干潮時に探せば行ける道も見つかるかもしれないが、辿り着けたとしても水が引いている間に戻れるかわからない」

「船で行くにしてもクロコディルスが居やがるからな。船になんか乗ったらいいエサだぜ」

やっぱり時間がネックだよな。探索中に潮が満ちてきたらどうにもならない。地上なら脅威じゃないクロコディルスも、水中で相手をしたらロクに反撃できないぞ。船で行くっていうのも、あの巨大ワニがいる水面を移動するのも怖い。

クロコディルスはどうにかなるとしても、もしそこでディアボルスが何か仕かけてきたら危険過ぎる。探索に危険は付き物とは言え、進んで危ない橋を渡るのもバカらしい。

どうにか安全に行けないか悩んでいると、またエステルが声をかけてきた。

「それじゃあ普通に歩いていければいいのよね。お兄さん、湖の中央はどの方向なの?」

「えっと、あっちだと思うぞ」

地図アプリである程度地形はわかったから、中心の方角も大体わかっている。俺がその方向を指差してやると、エステルは黄色いグリモワールを手に杖を構えた。

えっ、ちょ、何をするつもりなんですかエステルさん！

「えいっ！」

豪快に杖で地面を突くと、ゴゴゴと周囲が震動し始めた。グレットさん達も何事かと慌てているが、お構いなしに湖から地面がせり上がってくる。

それがどんどんと湖の中心に向かって伸びていき、あっという間に俺の背丈の倍以上ある高さの道ができ上がった。

「これで水中に入ることなく湖の中心まで歩いて行けるわよね。歩きやすいように泥も固めておいたわ」

「またとんでもないことやり始めたのでありますよ……」

「この前見てわかっていましたが、エステルさんの魔法が凄いことになっていますよ。お仕置きされないように気をつけませんと」

そうだよ、初めからエステルさんに頼めばよかったんじゃないか！　高さだけじゃなくて、幅も十メートル近くありそうだ。しかもそれがずっと奥まで伸びている。

ここまでの魔法を使っておいて、本人は全く負担を感じていないのか笑っているぞ。それを見てシスハが震えている。今お仕置きされたら一体どんなことされるのだろうか。

見慣れていた俺達でもあまりの光景に驚いていたが、それ以上に初めて見たグレットさん達は唖然としていた。

「おいおい、いくらなんでもこれは……」

「とんでもないことをするパーティとはこういうことだったのか……」

「い、一体何者だ君は！　ここまでの魔法を詠唱もなしで行使するなんて！」

「このぐらい普通よ、そんなに驚かないでちょうだい」

同じ魔導師であるヴァイルさんは驚いているけど、それ以上に興奮気味だ。この人から見てもエステルの魔法は凄まじいみたいだな。

というか、それよりもグレットさんが気になること言ってないか？　とんでもないことするパーティだって思われてるのか俺達！

落ち着いたところで、エステルが作った道を進んで湖の中央へ向かうことにした。進んでいる途中クロコディルスが周囲をうろちょろしていたが、水面と直角に作ってあるせいで登れないようだ。これで安心して進めるな。

ある程度進むと道が途切れていたが、また同じようにエステルが杖で地面を突くと、水面が盛り上がって道ができあがっていく。

「次々地面を上げてるけど魔力は大丈夫なのか？」

「ええ、強化されたおかげで効率もよくて消費が少ないもの。これに魔力も貯め込んであるしね」

そう言ってエステルは腕に付けている銀色の腕輪を見せてきた。月の雫《しずく》か。随分と前に手に入ったアイテムだけど、知らない間に使っているんだろうな。エステルが魔力切れしないのはこれのお陰なのか。

「そのアイテムを手に入れてだいぶ経つけど、どのくらい魔力を貯めてあるんだ？」

「四百万は超えているわ」

「四百万⁉　いつの間にそんな貯め込んでたんだ！」

「休みの時や帰宅してからちょくちょくね。自然回復で無駄になっちゃう分を貯めてあるの。あっ、無茶はしていないから心配しないでね」

「……そうか、いつも色々とありがとな」

「ふふ、どういたしまして」

まさかそんなに貯めてあるとは思わなかったぞ。今のエステルのＭＰが六千七百なのを考えると途方も無い量だ。休みの日までこういう時に備えて貯め込んでおいてくれるとは、エステルには本当に頭が上がらないな。

エステルの普段からしてくれていた努力に感謝しつつ、俺達は湖の中央を目指す。

クロコディルスの相手をすることなく快適に進んで行き、あっという間に地図アプリで中心と思《おぼ》しき場所までご到着。やはり直線だとめちゃくちゃ早いな。素直に下を進んでいたら一体どれだけかかっていたのだろうか。

「この辺りが中心みたいだな。エステルはしばらく休んでてくれ」

「ふぅ、そうさせてもらうわ。魔力が尽きないとはいえ、ずっと使い続けていると疲れるわね」

「私がマッサージしてさしあげますよ。疲労回復には神官がお勧めです」

「それじゃあお願いしようかしら。シスハのマッサージはよく効くものね」

ここまで結構距離があったからな。魔力が切れないとしても精神的に疲れているはずだ。もしここで何か発見したら、そのまま戦闘になる可能性もある。しばらく休んでもらって備えておいてもらおう。

シスハにエステルを任せて、俺とノールがマースさん達のところへ行くと、彼らは周囲を見渡してざわついていた。

「こんな所まで道を作っちまうなんて信じられねぇな」

「ああ、私達の知る探索とは全く違う。これほどの冒険者パーティがいたとは……」

「ヴァイルさんも今度からこうしようよ。探索すっごく楽じゃーん」

「ばか者、こんなことできるか！　あの娘は何もかもが桁違いだ！」

アゼリーさんがヴァイルさんに無茶振りしてやがる。エステルの真似をするなんて、魔導師を何十人連れてきても難しそうだ。本当にエステルさんは頼りになるお方でいつも助かっているよ。

「さて、ここまで来たのはいいけど特に気になる点は見当たらないな」

「ここに何かあればいいのでありますが、上からだとよく見えないのでありますよ。降りてみるでありますか？」

「そうした方がよさそうだが……ワニが怖い」

「何情けないこと言ってるのでありますかぁ。あのぐらいのワニなら、大倉殿だってパパッと倒せちゃうのでありますよ」

ステータス的には倒せると思うけど、あんなバカでかいワニの相手なんてしたくはない。エステルが作った道の両脇をワニが何体もうろついているのを見るだけで肝が冷えたからな。

今もずっと俺達の足元で十体ぐらいこっちを見て待ち構えているぐらいだ。来る途中にも何体か見かけたが、その中に一回り大きな希少種っぽいワニも含まれていた。

クロコディルス・ギガス　種族：クロコディルス
レベル▼60　HP▼1万3000　MP▼0
攻撃力▼2200　防御力▼1300　敏捷▼120　魔法耐性▼20
固有能力【なし】　スキル【デスロール】

通常のクロコディルスでも大きいのに、さらに大きいこいつはもはや恐竜のようだ。こんなのがちらほらとうろついているから恐ろしい。水の中なんて絶対に入りたくないぞ。

そんなことを考えながらも、安全な足場から周囲の様子をしばらく観察した。地図アプリでも異変がないか見続けたが特に発見はない。このまま探していてもわかることはなさそうだな。

よし、ここは前にも来ているグレットさん達に意見を聞くとしよう。

「グレットさん、ここに来るまでに何か違和感を覚えるような物はありましたか？」

「そうだな……このように進んできたことがないから断言はできないが、いつにも増してクロコディルスの数が多いような気はする」

「それは俺も感じたな。もし下を歩いて探索をしてたら、これじゃ進むのに苦労したぜ。ギガスもいつもより多い気がするしな」

ワニの数が多いねぇ。やっぱりここでも何か起きているのだろうか。

「ノール、どう思う？」

「いつものパターンなら異変の可能性もあるでありますが、今回は真ん中を通る形でありますからねぇ。地面を盛り上げる時の震動で寄って来た可能性もあるので、判断が難しいでありますよ」

グレットさん達が気がするって言う程度の差みたいだから、異変だって判断するのは確かに難しそうだ。これだけ派手に地形を変えて移動すれば、湖のワニが刺激されて寄って来ていると考えてもいい。

いつものように一体だけ強い魔物がいるとかならわかりやすいけど、今回はそうじゃないし。やはりディアボルスはここを通っただけで、何もしていなかったのだろうか。上から見ているだけじゃわからないし、下に降りて探索をするしかないかもしれない。

そう思っていると、休憩していたエステルが声をかけてきた。

「この状態だと確認も辛いし、辺り一帯の水底を上げちゃいましょうか」

「エステルさんはまた大胆な発想をいたしますねぇ」

「前に沼でやったみたいに蒸発させるよりはいいでしょ」

「そ、それはそうだけどさ」

フロッグマンがいた池で戦闘した時、火球を撃ち込んで半分ぐらい沼を蒸発させていたなぁ。あんな惨事をまた引き起こす訳にもいかないし、水底を底上げしてもらった方がいい。

エステルの提案に了承すると、彼女は杖と黄色いグリモワールを再度手に取った。

「それじゃあさっそく――」

エステルが魔法を使おうとした瞬間、湖の一部が輝き始めた。そこから光の粒子が噴出し湖に降り注いでいく。

「何だ⁉」

「どんどん魔物が湧いてきたのでありますよ！」

光が降り注いだ場所に次々と光が集まっていき、クロコディルスが湧き出していく。その光景にマースさん達も焦りの声を上げている。

「こいつは一体どういうことだ！　魔物が湧くのは見たことあるがこんなに一気に湧いたりしねーぞ！」

「これが異変というものなのか？　ここまで突然魔物が湧き出すとは、もはや災害じゃないか」

「うわぁ……あっ⁉　レックスまでいる！　しかも複数体！　これヤバイよ！」

「なんと……こんな光景今までみたこともないぞ」

アゼリーさんが指差す先を見ると、クロコディルス・ギガスよりもさらに大きな黒いワニが出現していた。全長十メートルは軽く超えている大きさだ。そんなのが周りを見渡すと五体ほど確認できた。

完全に怪物じゃねぇーか！　と、とりあえずステータス！

【クロコディルス・レックス　種族：クロコディルス
レベル▼60　HP▼6万5000　MP▼2000
攻撃力▼3000　防御力▼1600　敏捷▼160　魔法耐性▼30
固有能力【なし】　スキル【ウォーターブレス】【ワイルドブレス】【デスロール】】

見た目の割には強くない。が、問題は数だ。未だに湧くのが止まらないクロコディルスの数は、パッと見るだけでも百体は超えている。反応が多過ぎて一面真っ赤になり地図アプリが使い物にならないぐらいだ。

この中でこいつと戦うとなるとかなりまずいな。

「あっという間に湖がワニで埋まってしまいましたよ。しかも全て私達を狙っているみたいですし」

「下にいたらと思うとゾッとしてくるな。こいつら倒しちまった方がいいよな？」

「このまま放置していると大討伐になりそうだし、早めに倒した方がいいんじゃないかしら」

「幸い私達は上にいるでありますから、今なら安心して戦え……む？」

ノールが突然後ろを振り向いたのでその視線を追ってみると、空中に一体の青い魔物が飛んでいた。色は違うがその見た目は完全にディアボルス。いつの間にあそこにいたんだ！

一体何者なのかステータスを確認しようとしたが、その前に奴が動いた。大きく片手を振りかぶると、俺達に向かって何かを投げ付けてきた。

すぐさま俺が動いて鍋の蓋で防ごうとしたが、投げ付けられた物は俺達の手前に落ち、エステルの作った道の上でパシャンと音を立てて砕け散る。それを見てシスハが口に手を当てて笑い出した。

「うふふ、どこ狙ってるんですかねあの魔物。完全に狙いを外しているじゃありませんか」

「あっ、逃げていくのでありますよ！」

「逃がす訳ないじゃない、すぐに叩き落として——えっ」

物を投げ付けてすぐに後ろを向いて去ろうとする魔物に、エステルが杖を構えて攻撃しようとした瞬間、ピシッと足元で音がした。その直後、俺達のいた足場が崩れ始める。慌ててエステルを抱き上げると、そのまま俺達は湖へと落下。ズポッと腰辺りまで水中に体が沈んだ。あ、あぶねぇ……このままエステルが落ちていたら、溺《おぼ》れちまうところだった。

そう安堵したのもつかの間、すぐに抱き抱えていたエステルが叫んだ。

「お兄さん後ろ！」

「えっ」

振り向いてみると、大きく口を開けたクロコディルス・レックスが目前に迫っていた。あっ、これ死んだわ。

突然のことに反応できず体が硬直したが、横からマースさんの跳び蹴りが炸裂してレックスが吹き飛んでいく。

「何ボケッとしてやがる！」

「す、すみません！」

マースさんに叱責されてハッとなり、すぐに装着していた女神の聖域を発動させた。対象を俺達とグレットさん達にすると、近くに迫っていたクロコディルス達が俺を中心に展開された光の壁に押されて離れていく。アゼリーさん達はノールが守ってくれたみたいで、誰もやられていないようだ。

ふぅ、何とか助かったな。突然のことに動揺して使うのが遅れたけど、これでとりあえず安全は確保できた。

「この光は何だ？　クロコディルス達は入れないようだが」

「まだこんな奇妙な力を持ってやがったのか。お前らホントどうなってやがるんだ」

「疑問に思うかもしれませんが、この中なら安全ですので出ないでください」

突然のことに困惑していたグレットさん達を落ち着かせて、一度態勢を整えた。エステルが再度魔法を使い女神の聖域内に足場を作り、周囲の状況を確認していく。

女神の聖域のすぐ外に、おびただしい数のクロコディルスが迫って俺達を襲おうと口を開いている。レックスは光の壁を破る為か、口から勢いよく水を噴出して攻撃しているがビクともしていない。

スキルのワイルドプレスなのか空中高くまでジャンプして押し潰そうとしているが、壁に当たった瞬間弾かれて遠くで水しぶきを上げている。さすが女神の聖域、破られる心配は全くなさそうだ。

「どうする？　これは一旦逃げ出した方がいいか？　一応ビーコンがあるから逃げられるぞ」

「いえ、せっかく女神の聖域を発動させているんだから、このまま殲滅《せんめつ》しちゃった方がいいと思うわ。また外から来て全て相手にするとなると厄介だもの」

ここに来るまでにビーコンを設置してあるから、逃げようと思えば逃げられる。だけど女神の聖域を発動させている今、すぐに逃げ出す必要もない。

さっき上空にいた謎の魔物には既に逃げられたようだし、今から追うのは厳しいだろう。それにこの状態のリシュナル湖を放置する訳にもいかない。ここは安全に倒せる今の内に、クロコディルス達を倒してしまった方がよさそうだ。

そんな訳で準備を整えた俺達はさっそく反撃へと転じた。まずエステルが女神の聖域の外側まで、緩やかな山を作ってクロコディルス達が上がってくるようにする。

そして近付いてきた奴を片っ端から攻撃していく。勿論俺達は女神の聖域内にいるから反撃はされず、一方的に攻撃していくだけだ。

ノールやシスハやマースさんは、時折聖域内から出て攻撃しているが、すぐに中へ戻ってきて追ってきたクロコディルスは光の壁に衝突してひっくり返っている。

もはや作業に近い戦いをしていると、だんだんと近付いてくるクロコディルスが減ってきていた。ここまで何も出来ずに仲間がやられているのを見れば、いくら魔物でも警戒を始めるようだ。

「ふぅ、大量の魔物に囲まれている絶望的状況だというのに、ここまで一方的に倒していけるとは……」

「凄く楽でいいよねー。これって神官様の奇跡なんですか？」

「ふっ、そうですよ。邪悪な物を寄せ付けない結界です」

「おおー、さすが神官様」

シスハの奴ドヤ顔で嘘ついてやがる⁉　いやまあ、俺が使ったというより、神官のシスハの方が説得力があるからいいんだけどさ。

「さすがにここまでやられると、近付いて来なくなるな」

「外に出て倒し切りたいでありますが、先程の謎の魔物も気になるのであります。下手に遠くまで出るのは危険でありますよ。それにあの大きなワニも油断できないのであります」

「あら、それなら私に任せてちょうだい。一体も残さずに倒しちゃうんだから」

未だにクロコディルス・レックスは五体とも健在だ。遠距離攻撃のウォーターブレスもあるし、ワイルドプレスというのもなかなかの脅威。そんな相手をエステルさんが倒してしまうと言う。

白いグリモワールを取り出して、彼女は杖を掲げた。あっ、これって……滅びの光じゃないか⁉

以前のように上空に巨大な魔法陣が出現し、中央にドクンドクンと脈打ち大きくなっていく光の球体が形成された。さらに五つの小さな魔法陣が現れて、それぞれがレックスの方を向いている。

「まとめて……えいっ！」

エステルがかけ声と共に杖を振り下ろすと、中心に形成されていた光の球が五つの小さな魔法陣に流れ込む。同時にその魔法陣から光線が発射され、それぞれがレックスに直撃。近くにいる通常のクロコディルス達も巻き込み、凄まじい雄たけびを上げている。五体のレックスが完全に消滅するまで光線の照射は続いて、終わるとぽっかりと穴が空いて水がそこに流れ込んでいた。

倒し終わったエステルは杖を地面に突いて、満足そうにドヤ顔をしている。それを見てマースさんがぼそりと呟く。

「……この小娘だけで全部倒せちまいそうだな」

「あ、あはは……」

魔法耐性が低い魔物とはいえ、同時に五体も消し飛ばしてしまうとは……さすがエステルさんだ。

エステルの魔法によってクロコディルス・レックスを全滅させたが、その後もしばらく俺達はクロコディルスを倒し続けた。女神の聖域の効果も切れ、安全地帯を確保してそこを俺とエステルで守っている。

俺もセンチターブラを飛ばしたり、ディメンションブレスレットで直接エクスカリバールをぶっ刺したりなど、周囲にいる奴らは粗方片付けた。

「一通り倒し終わったみたいだな」

「そうね。だけど未だにあの大きなワニが湧いてくるし、治まった訳じゃないみたい」

ノール達の活躍によって湧き出した直後よりはだいぶ数は減っているけど、その後も光の粒子が集まって次々とクロコディルスが追加されている。ギガスは勿論のこと、レックスすら湧いてくる状態だ。一体いつになれば落ち着いてくれるのだろうか。

今までも狩場の異変は起きていたけど、今回は魔物の湧く速度が尋常じゃない。このまま放置すれば間違いなく即大討伐に発展するレベルだ。いつもなら魔石狩り放題だって喜んでいたかもしれないが、このペースで休みなく湧いてくるのはかなりまずい。

「それにしても、どうしてエステルが作った足場が急に崩れたんだ？」

「うーん、空を飛んでいた魔物が投げてきた物が原因かも。爆発にも耐えられるように作った地面が、あんな風に崩れるなんて普通じゃないわ。残留していた魔力に直接干渉してきたのかしら？」

空を飛んでいた青い魔物。ディアボルスと全く一緒の見た目をしていたから、あれは希少種だったのかもしれない。

攻撃された訳でもなく、エステルが作った足場が一瞬で砂のように崩れていったからな。あれがあの魔物の能力なのか、それとも投げ付けてきた物の効果だったのかは謎だ。

考え込んでいる間に、攻勢に出てクロコディルス共を狩っていたグレットさん達が戻ってきた。

「ちっ、一体どうなってやがるんだ。一度にこんな数の魔物が出てくるなんて、いくら倒しても切りがねーぞ」

「これが異変というものか。確かに放置してはおけないな」

「根本的な解決をしなければならんな。魔力も尽きかけとるわい。クルーセ、矢の残数は平気か？」

「……厳しい」

「これ、普通だったらもう私達やられてるよ。オークラさん達と一緒でよかったー。本当にノールさん凄く強いや、頼りになるぅー」

アゼリーさんの視線の先には、湖を飛び跳ねながらクロコディルスを次々始末していくノールの姿。ノールにはエアーシューズを着用させていたから、それを使って上手く足場から足場に移動しているようだ。時折湧いてくるレックス相手でも、ノール一人で瞬殺しちまってるから恐ろしい。俺達のパーティ内で最強なだけある。

そしてもう一人、クロコディルス相手に暴れ回っている神官様のお姿も。尻尾を掴んで振り回し、そのまま他のワニにぶつけたり、殴った直後に手をプロミネンスフィンガーで爆破して吹き飛ばしたり、マジックブレードで切り裂いたりしている。

乱戦のドサクサに紛れてまたやらかしやがって……。そう呆れていると、ようやくシスハが戻ってきた。

「いやぁ、なかなか手ごたえのある魔物ですね。殺りがいがあるってもんですよ」

「全く、そろそろ大人しくしてくれ」

「沢山いるんですから少しぐらいいいじゃないですかー」

あれだけ一気に出てきたから、シスハの闘争本能に火が点いてしまったのか。まあ、戦っていたとはいえ、グレットさん達の近くでしっかり回復役もこなしていたからよしとしよう。

満足げにシスハが額の汗を拭っていたが、そこに胡散臭いものを見るような目をしているマースさんが声をかけてきた。

「……お前、本当に神官なのか？　神官の服を着た剣士か武術家なんじゃないか？」

「何言ってるんですか。私はれっきとした神官ですよ。回復だってちゃんとしてたじゃありませんか」

「そうだけどよぉ……色々と納得できねぇ」

「うふふ、細かいことは気にしてはいけませんよ」

「お、おう。直接戦いもしないとか言ってすまなかったな」

ああ、そういえば初めて会った時そんなこと言ってたような。シスハの戦いっぷりを見て、色々と思うところがあったのかもしれない。

ノールもある程度クロコディルスを倒し終えて俺達のところに戻ってきた。

「ふぅ、倒しても倒してもどんどん湧いてくるであります。これは治まらないのでありましょうか？」

「このまま倒しているだけじゃ駄目なのかもしれないわ。確かこの現象が起きる前に何か湖から噴出していたわよね？　そこの水底を盛り上げてみましょうか」

「そうだな。このまま倒していても切りがなさそうだし」

魔物が一斉に湧いてそっちに気を取られていたけど、その直前に湖から光が噴出していた。そこの水底に何か沈んでいるかもしれないから、調べてみる価値はあるな。

湖を落ち着いて確認してみると、一部が黒く濁っている。多分あの範囲内に何かがあって、その影響で変色しているのだろう。

さっそくエステルは黄色いグリモワールを取り出し、また水底を上げ始めた。そして一緒に打ち上がったクロコディルスを処理して、何かないか手分けして探す。今までの経験から宝石のような物との予想をグレットさん達に伝えて、エステルに泥を除去してもらいつつ探し始めたが作業は難航。

本当にこの中から見つけられるのか不安を抱き始めた頃、マースさんが声をかけてきた。

「おい、お前これに何か心当たりはねーか？」

マースさんの手には真っ黒いゴツゴツした石が握られていた。うん？　探しているのは宝石みたいな物だって伝えたはずなんだけどな。

「ただの石ころに見えますけど、それがどうかしたんですか？」

「俺も最初はそう見えたんだけどよ、妙に気になってな。念の為確認してくれ」

「わかりました。彼女達にも確認してもらいますね」

マースさんは勘が鋭そうだからな。この人が気になるというのなら何かあるのかもしれない。一先《ひとま》ず俺が受け取った石を確認してみたが、ゴツゴツしているただの石だ。

うん、俺じゃ何にもわからない。こういうのは頼りになるエステル達に見せた方がよさそうだな。

「エステル、シスハ、これから何か感じるか？」

「あら、その石がどうかしたのかしら？」

「何ですかその石ころ……うん？　ちょっと貸してください」

エステルはよくわからなそうに首を傾げているが、シスハのこの反応はやはりただの石じゃないってことか？

俺から黒い石を受け取ると、シスハは手の平に載せてじっくりと観察を始めた。

「これ、神殿や祠で感じた守護神の御神体と同じ気配がしますよ」

「えっ、じゃあこれテストゥード様の御神体ってことなのか？」

「恐らくは……ですが以前見た物に比べると、だいぶ禍々《まがまが》しい雰囲気が混ざっています。とりあえず浄化しておきましょう」

シスハは両手で真っ黒な石を包み込み、祈るように目を閉じた。すると両手が青い光に包まれていき、指の隙間から黒い煙のような物が溢れて消滅していく。

それが終わって合わせた両手を開くと、真っ黒だった石が灰色に変わっていた。

「お前そんなこともできたのかよ」

「うふふ、このぐらい朝飯前ですよ」

「この前の祠の結界といい、シスハって色々とできたのね」

「当然じゃあありませんか！　私は神官ですからね！」

シスハは胸を張って自慢げにしている。こういうところさえなければ、尊敬できそうな神官様なんだけどなぁ。

「大倉殿ー、何か見つけたのでありますか？」

「ああ、テストゥード様の御神体らしき物を見つけたんだよ」

「えっ！　そんな物があったのでありますか！」

本当にテストゥード様の御神体かわからないけど、シスハが言うなら可能性は高い。だけど神殿にあった御神体も黒い岩のようだったが、灰色になったのは浄化の影響だろうか。

とりあえず意味のありそうな物を見つけたので、グレットさん達にも伝えることにした。そしてこれがテストゥード様の御神体の可能性があることも伝える。

「そういえば神殿に行った時に、巨大な塊の前で祈らされたことがあった。これがその守護神の一部なのか」

「けどよ、どうしてそんな物がここにあるっていうんだ？　それが関係してるんなら、神殿の奴らが関わってるのか？」

うーん、マースさんの言うように、どうしてここに御神体の一部があったのか謎だ。イリーナさん達がこれに関与してるとは思えないし、思いたくもないのだが……。

そんな疑問にエステルさんが答えてくれた。

「いえ、恐らくだけど、これはこの前私達が行った祠にあった物ね。壊さずに持ち去られた可能性があったのだけれど、それを今回使ったのかもしれないわ。まさか御神体にこんな使い方があるなんてね」

なんだって、やっぱりあの祠にあった御神体は奪われていたのか。そしてそれを使って、今回のクロコディルスの異常発生を引き起こしたと。

だとしたら、一体いつこれを仕かけたっていうんだ？　グレットさん達がここでディアボルスを見つけたのは、俺達が祠に行ったのとほぼ同時期。祠が襲われてから数日タイムラグがあったから、その間に御神体を持ち去ってこれを仕かけておいたのだろうか。

設置後にグレットさん達に見つかって戦闘になり、誰かが来るかもしれないと警戒していた？　そう考えればあの謎の青い魔物がいたというのもわかる。

けど、ここで異変を発生させて何がしたかったのかがわからない。……俺なんかが考えてもわからないから、考察は後でエステルさんに任せよう。

「これが原因だってわかったのでありますし、シスハが浄化したのならもう大丈夫なのでありますかね？」

「湧いてくるワニを倒しつつ、湖の変色が戻るかしばらく様子を見守らないとわからないな」

とりあえず原因っぽい御神体は除去して浄化したから、後はクロコディルスの異常発生と黒く染まった湖が戻るかどうかだ。一時間ほどクロコディルスを狩りつつ湖の様子を確認していたが、結果は治まるどころか酷くなっていた。

湖はどんどんと黒い物に侵食されていき、クロコディルスはさらに湧く速度が上がっていく。レックスも一度に二体湧いたりと悪化していき、地獄絵図のようだ。

グレットさん達もそれを見て不安そうにしている。

「戻りそうにない。むしろだんだんと侵食が広がってはいないか？」

「ああ、クロコディルスの湧く勢いも速くなってやがる。本当にさっきの御神体とやらちゃんと浄化できてたのか？」

「失礼な方ですね。この私にかかればしつこい油汚れのような呪いですら、綺麗さっぱり祓うことができますよ」

御神体は間違いなくシスハによって浄化されている。神官とは思えない奴だけど、彼女の力は神官の中でも最上位だと思ってもいい。

それなのに治まらないとなると、原因は別にあるのか？　例えば湖そのものに御神体の力が残留しているとか。だから元を絶っても治まらず侵食は続いているのかもしれない。

「シスハ、あの湖を侵食してる黒いのも浄化できないのか？」

「あっ、その手がありましたね。やってみましょうか」

そう言ってシスハは先程と同じように両手を合わせて祈る。かと思いきや、拳を握り締めて殴る構えをし始めた。そして脇を引き締めると凄い声で叫んだ。

「はあああぁぁぁぁ！」

全身から青い光を放ち、握り締めた右手にその光が集束していく。その姿を見てマースさんが俺に声をかけてきた。

「お、おい、これ本当に浄化しようとしているのか？」

「さ、さあ？」

俺に聞かれても困るんですが……どう見てもこれから浄化するようには見えないけどさ。これから変身でもするかのように雄叫びを上げたシスハは、力が貯まったのかその右手を振り下ろした。

「せいやあぁぁぁぁ！」

地面に拳を叩き込むと、ドスン、と音を立てて地面を揺らし、シスハを中心に辺り一面が眩《まばゆ》い光に包み込まれる。光が黒く変色した湖に触れると、黒い煙が上がっていき透き通った水に変化していく。

その光景を見たグレットさん達は驚愕の声を上げた。

「これが浄化というものなのか。とても神秘的な光景だ」

「聖なる波動を感じる。このような物は見たことがないわい」

「これが神官様の力なんだ。凄い」

「神殿で見たような神秘がある」

「いや、あれは何か違うだろ……」

マースさんだけは顔を引きつらせている。うん、確かに神官の力ではあるけど、何かが違う気がするぞ。

結界の時は静かに祈っていたのに、なんで浄化の時は雄叫び上げて地面ぶん殴るんだよ。しかもちょっと揺れたし。

浄化の力を出し切ったのか、シスハは腰に手を当ててやりきった感を出して息を吐いていた。

「ふぅ、久方振りに本気の浄化をしてしまいましたよ」

「浄化って御神体の時みたいに、静かに祈る感じでやるもんじゃないのか？　今のもう攻撃だろ」

「ちっち、甘いですね。浄化というのは絶対に滅するという強いさつ……い、意志が必要なんですよ。ですから、ああやって気合を入れないと」

「ある意味シスハらしいやり方ではあるのでありますよ……」

「後はこれでちゃんと異変が治まればいいけれど」

その後、無事にシスハの浄化の力は黒い湖全てを元に戻してくれた。相変わらず色々と突っ込みどころはあるけど、神官としての力だけは本物だな。

浄化も終わり日が沈み始めたので、俺達はリシュナル湖を後にした。

これで調査も終了、といく訳もなく、もう数日探索を続けて他に異変がないか確認をしないといけない。なので今日はある程度離れた場所まで移動して野営をしている。

「今回はあなた達と一緒の依頼で本当に助かった。私達だけだったらどうなっていたことか」

「いえ、私もマースさんに危ないところを助けられましたので。グレットさん達と同行できてよかったです」

「そうね。おかげで私もお兄さんも食べられずに済んだもの」

危うくクロコディルス・レックスに食べられるところだったからな。マースさんには感謝しないと。そのマースさんは行きと同じように離れた場所に座っているけど、ちらちらとこっちを見ているような気がするぞ。

グレットさん達は今日の異変についてそれぞれ話している。

「Bランク二パーティに依頼する調査と聞いて警戒はしていたが、ここまで凄まじいものとは思わなかった」

「レックスが十二体にクロコディルスが数えられないぐらいだったし、もうこれ大討伐だよ。大討伐に参加したことないしいい経験ができたよねー」

「バカもん、何がいい経験だ。あんな大量のクロコディルスに囲まれて寿命が縮んでしまったわ。今までの人生で一番の危機だったぞ」

アゼリーさんにヴァイルさんが突っ込みを入れている。俺達は大討伐級をもう何回も体験しているけど、大討伐がそう頻繁に起きる訳ないもんなぁ。

クロコディルス・レックスは全部で十二体も出現して、その全てをエステルとノールだけで倒してしまった。ドロップアイテムの皮はかなりの希少素材ということでちゃんと回収済みだ。防具の素材になるみたいだから、これはディウス達にでも渡すとするかな。

そんなことを考えていると、さっきまでちらちらと見ているだけだったマースさんが近付いてくる。ズボンに手を突っ込みながらばつが悪そうな顔をしていたが、彼は俺に向かって声をかけてきた。

「その、なんだ……色々と悪かったな」
マ、マースさんが謝ってきた⁉　急にどうしたんだ？
困惑している俺を他所に、謝ってきたマースさんを見てシスハが愉快そうに笑っている。

「うふふ、ようやく私達を認める気になったみたいですね。正直に謝罪してくるなんて、あなたにも素直な部分があるじゃありませんか。感心いたしましたよ」

「うるせぇ！　ったく、こいつ本当に神官なのかよ」

「うちの神官が本当にすみません」

せっかく謝りに来てくれたのに何言ってやがるんだ！　本当にどうしようもない神官様だな。でも、それで気が紛れたのかばつが悪そうな顔をしていたマースさんがすっかりいつもの調子に戻っている。

それから彼は真面目な表情に変わると、俺をジッと見つめてきた。

「どうかしましたか？」

「お前には特に散々なことを言って悪かった。オークラ、囲まれた時はお前のおかげで助かったぜ」

「いやぁ、そんな大層なことはしてませんよ」

マースさんにお礼を言われるなんて！　それに大倉って初めて呼んでもらえたぞ！　これは認めてもらえたと思っていいのだろうか。

……あれ、何かおかしい。囲まれたって足場が崩れた時のことを言ってるんだよな？　あの時に女神の聖域を張ったのはシスハがやったことになっていたのに、どうして俺にお礼を言うんだ。

疑問に思いつつグレットさん達との話を終えた後、俺はシスハ達と話し合うことにした。

「なぁ、マースさんはどうして俺にお礼言ってきたんだ？　言うならシスハにじゃないのか？」

「もしかするとあの方、女神の聖域を使ったのが大倉さんだって気が付いているのかもしれませんね。なかなかやるじゃありませんか」

「あれだけ自信満々に言ったシスハに騙されないなんて凄いでありますね。私だったら完全に信じちゃうのでありますよ」

「断言している訳じゃないから気が付いているのかわからないけどね。でもわざわざ言ってきたってことは、何か勘付いているのかもしれないわ。それだけよく周りを見ているってことね」

確かにあの時、女神の聖域は使用者である俺を中心に展開された。まさかそれを見て発動させたのが俺だって勘付いたってことなのか？

警戒心が強いってグレットさんが言っていたけど、こんなところまで気が付くとは思わなかった。泥に埋もれたテストゥード様の御神体を見つけたのもマースさんだし、あの人ってかなり凄い人なんじゃないだろうか。

疑問も晴れたところで、次に今回の異変について話すことになった。

「あと何日か調査は続けるけど、ひとまずリシュナル湖の異変は解決できたってところか」

「そうね。あれだけ大規模なものを何度も起こせるとは思えないし、これ以上ここで異変は起きないんじゃないかしら」

「今回のは凄かったでありますね。個々の強さはそれなりでありましたが、レックスというのがあれ以上増えていたら脅威だったのでありますよ」

「うふふ、それを阻止できたのも湖を浄化した私のおかげですね！　褒めてくださってもいいんですよ？」

「はいはい、よくやってくれて感謝してるぞ」

「気持ちがこもっていませんね。まあいいですけど」

俺の返事にシスハは不満そうにしている。こいつは褒め過ぎると調子に乗るからな。湖を浄化してくれたのには本当に感謝しているんだけどさ。

「それにしてもなんでこんな所で異変なんて起こしたんだろうな。テストゥード様の御神体があったってことは、祠の騒動の後に仕かけられたものだってことだろ？」

「祠を襲ったのは守護神の加護を失くす為じゃなくて、御神体を奪うのが本命だったのでありますかね？」

「そう考えるのが妥当かしら。御神体を奪うついでにセヴァリアから加護がなくなるんだもの。罠やあそこにいた魔物を考えると、それなりに力は入れていたみたいだけどね」

「私達がその考えを潰しているにしても、二手三手先を考えて行動しているとは厄介な相手ですね。クェレスから追い続けてはいますけど、未だに尻尾も掴めませんし」

クェレスから始まって、今の今まで憶測以外の手がかりが全く掴めていないからな。本当に魔人が関与しているのか、それとも別の存在がやっているのか。

だけどクェレスのグランディスの時と違って、祠での襲撃を退けたのに未だにセヴァリアで活動をしている。今回はそう簡単に逃げ出しそうにない。

ある意味不安でもあるが、これはちょっとしたチャンスではないのだろうか。このまま追っていけば黒幕とやらに辿り着けるかもしれない。

「あの青い魔物のこともありますし、今回はわからないことだらけでありますね」

「ディアボルスと似ていたし同種の存在なのは間違いないだろうな。それよりも今はこれからのことを考えよう」

「とりあえずディアボルス達の目的が何なのか考えないといけませんね」

結局のところ、あっちこっちで異変を起こして、さらには御神体まで奪った理由がなんなのか。それがわからないことには、これから俺達がどう動くべきなのか決めづらい。

そんな俺の疑問にエステルさんが意見を出してくれた。

「うーん、そうね。まずはこの調査が終わったら神殿に行った方がいいかもしれないわ」

「御神体も見つけたんだし報告をした方がいいだろうな」

「ええ、それだけじゃなくて盗まれた御神体の大きさも確認しないとね。祠に祀った時のと同じぐらいの大きさだったら、まだまだ盗まれた御神体が残っているってことだもの」

「つまり今回みたいな異変がまた起きるということでありますか……」

「御神体を媒介に異変を起こすとは罰当たりな相手ですね。神殿の方達が知ったら激怒しそうですよ」

あの大人しそうなイリーナさんでも、守護神の御神体を使って魔物を発生させていたと知ったら怒り狂いそうだな。ある意味神を冒涜《ぼうとく》するような所業だ。伝えに行くだけでもどんな反応をするのか怖くなってくるぞ。

「それと今回の異変がただの実験だったのか、何か他の狙いがあったのかも重要ね」

「他の狙い？」

「例えば守護神の加護を失ってセヴァリアが混乱している間に、魔物を大量発生させるつもりだったとかね」

「でもそうするんだったら、あの青い魔物も祠の守りに使っていたんじゃないのでありますか？」

「そうね。だから今回の異変は加護の有無にかかわらず起こしていた可能性が高いわ」

「加護の方は当てにしてなかったってことですか。となると、それ以外の狙いになりますが……」

つまり祠の件とは無関係に今回の異変を引き起こそうとしていたってことか。あくまで御神体の確保が最優先だっただけで、守護神の加護の喪失は囮でしかない、と。

「あとはわざわざここを選んだ理由ね。単純にセヴァリアから遠いからって理由もありそうだけど、多分違うわ」

「ディアボルスの姿を見られていたでありますし、それだったら場所を変えてもよさそうでありますもんね」

「ここじゃなきゃいけなかった理由か……わからないな」

「うーん、私には遠いから大討伐に発展しやすいって考えしか浮かびませんね。神官的な立場から意見を述べますと、御神体と魔物の相性とかでしょうか？」

「相性なんてあるのか」

「はい、以前にも言いましたけどテストゥード様って魔物だと思うんですよ。その力の元となっている魔物との相性によって、効果も違ってくるんじゃないでしょうか？」

「あら、その発想は神官ならではかしら。私じゃ思いつかなかったかも。やるじゃないシスハ」

「うふふ、エステルさんに褒められるなんて滅多にないことですから嬉しいですねぇ」

魔物との相性ね。つまりテストゥード様はクロコディルスに近い種族だってことか？　だから一気にあんな大量の魔物が湧き出したんだな。

魔物を発生させる場所にも色々と条件があって、どこでも異変を引き起こせる訳じゃないのだろうか。そういえば今まで異変が起きた場所も、元々魔物が出てくる場所だったな。

シスハがエステルに感心されるほどの意見を出すなんて珍しいこともあるもんだ。

「私が考えたことは海が近いってことと、やっぱり魔物の種類ね。ここで魔物を大量発生させられれば、陸地だけじゃなくて海にもあの魔物が大量に出ていた可能性もあるわ。そしてこの近くには神殿に関係ある聖地もあるって話じゃない」

「あっ、そういうことか！」

もしその聖地とやらで何かしているのなら、ここで魔物を大量発生させて海に解き放って、船を近づけさせないように考えていた可能性はある。

海でレックスなんかに襲われたらひとたまりもない。ワニが海で活動できるのかは疑問だが、そこは魔物だから問題ないのかもな。

「でも、海にも加護があるのでありますよね？　それなら聖地にだって魔物は近づけないはずでありますよ」

「それもどうかわかりませんよ。なんせ守護神の力で発生した魔物達ですからね。加護も問題なく突破してくる可能性もあります」

なるほど、それなら守護神の加護があってもなくても関係ないってことか。だけど、そうなるとまた新たな疑問が出てきたぞ。

「それにしてはここの守りもかなり薄かったと思うがどうなんだ？」

「そこだけは相手の想定外だったんじゃないかしらね。私も強化されていたし、シスハが湖を浄化できるとは思わなかったんじゃない？」

「前は強い魔物を一体だけでありましたけど、今回はそこそこの魔物を大量に発生させていたでありますからね。質より量で叩こうとしたのでありましょうか」

「うふふ、むしろ大量に倒す方が私達向けの戦い方なんですけどね。これは相手も悔しがっているんじゃないでしょうか」

この前は出来るだけ俺達の力を見せないようにディアボルスと戦ったからな。相手がこっちの戦力を見極められていない可能性は十分にある。

だけどそう考えると、これからはそれに合わせてもっと力を入れてくる気がしてくるんだけど……無事に黒幕まで辿り着けるのだろうか。

2章 聖地へ

翌日から三日かけてリシュナル湖の調査を続けたが、大発生の生き残りらしきレックスと二体遭遇した程度でその後は特に異変は発見できなかった。全体の確認を終えた俺達はリシュナル湖を後にして、急ぎ足でセヴァリアへと戻った。

町に到着後、冒険者協会に足を運び今回の異変の経緯を説明するべく、ノール達には待ってもらい俺とグレットさんでベンスさんと話している。リシュナル湖に到着してから起きた出来事を聞いたベンスさんはとても驚いていた。

「いやいや！　まさかそんな騒ぎが起こったなんて！　規模としては間違いなく大討伐と言ってもいいぐらいだよ！　それをたった二パーティで解決しちゃうとは！　グレットさんとオークラさんに調査を頼んで本当によかったよ！」

「私達としてはオークラさん達をご紹介してくれた支部長に感謝したいです。これが他のBランクパーティでしたら、放置して逃げるしかありませんでしたので。あの魔導師の子と神官の方がいなければどうすることもできなかったはずです」

「グレットさんがそこまで言うとは、エステルという子はやはり只者じゃない！　それにシスハさんもあのイリーナさんが一目置いていたのも納得だ！」

「神殿にお仕えしているイリーナさんが一目置くほどの方だったのか……。私達は想像以上に凄いパーティとご一緒させていただいていたのだな。あの二人だけじゃなくノールという方も凄かった。クロコディルス・レックスを一人で倒してしまわれるほどの実力、あのような冒険者の方がいたのは驚きだ」

「レ、レックスを一人で倒した⁉　オークラさんのパーティはそれほどの方々の集まりだったとは……これはAランク冒険者になるのも時間の問題だよ！」

「あはは……そう言ってもらえるのは嬉しいですけど、私達はまだ冒険者として経験が不足していますのでAランクは早いですよ」

「なんと謙虚な！　わかりました！　オークラさん達がAランクになれるようこのベンス、精一杯応援させていただきます！」

ベンスさんが胸の前で両手を握り締めて目を輝かせながらこっちを見ている。そんな目で見られても非常に困るのだが。

祠の件から立て続けに異変を解決したせいか、ベンスさんの中で俺達の評価が異常なぐらい上がっていそうだぞ。Bランクの今でさえこうやって依頼で忙しいし、Aランクになったら魔石狩りに行く暇もなくなるかもしれない。

正直今の立ち位置が一番無難そうな感じだ。なるとしたらもっと魔石供給が安定してからかな。まあ、それはAランクに上がる話が来たら考えればいいや。

「しかし今回の件といい、このセヴァリアで一体何が起こっているのかな。こんな立て続けにおかしなことが起きるなんて今までなかったよ。ましてや大討伐なんて……例の魔物といい、本当に魔人が関わっているんじゃ……」

「魔人、か。私も探索で時折魔人が関与したという場所に行くこともあるが殆どは噂話みたいだ。そんな魔人がこの町に来ているとは到底信じられないが……この異変を体験したらそうも言っていられないな」

ほお、噂とはいえセヴァリアにも魔人関連の場所が他にもあるのか。昔話に魔人が出てくるぐらいだもんなぁ。

この町の異変が解決したらその噂話のある場所やら、クリストフさんに教えてもらった災厄領域の近くにあったっていう魔人の国の跡地を調べてもよさそうだ。

「オークラさん達のおかげで被害もなく済んでいるけど、大討伐まで起きたと思うと不安にもなってくるよ。他の冒険者にも情報提供をお願いしているけど、最近は例の魔物との見間違い報告ばかりではっきりとした情報もないんだ。やっぱり祠の件を解決して以降、あんまり活動はしなくなったみたいだね。せめてどこからあの魔物が来ているのかわかればいいんだけど……」

ベンスさんは腕を組んでうーんと考え込んでいる。異変を解決しているとはいえ、毎回相手が行動を起こしてから俺達も後を追っているだけだ。

だが、今回の異変で手がかりを掴んだ今、今度こそ相手が動く前にこっちから仕かけられる可能性が出てきた。

「もしかしたらですけど、次は異変が起きる前にこちらから先手が打てるかもしれません」

「なんだって⁉　凄いよオークラさん！　さすが彼女達のいるパーティのリーダーだね！」

「あっ、いえ。それも彼女達と相談して可能性がわかっただけですので」

「先手とは、今回の異変で何がわかったというんだ？」

首を傾げるグレットさんとベンスさんに、先日エステル達と話し合った考えを説明した。リシュナル湖の異変は近くにあるという神殿の聖地に行かせないようにする為で、もしかしたらそこで何かしているかもしれない、と。

「なるほど、そういえば私達があそこで遭遇した時も海の方に逃げていた。だが、そう思わせようとわざとやっている可能性はないのか？」

「それは否定できませんが、リシュナル湖の異変を考えると小島に何かある可能性は高いと思うんです。あまり人が立ち寄る場所じゃないようですし、隠れるにはもってこいのはずです」

「確かに……どちらにせよ手がかりがない今、そこを調べてみる価値はあるかもしれない」

「あの小島を調査するのなら神殿に一応許可を貰った方がいいかな。あそこは神殿が管理しているし、詳しい航路も神殿の人しか知らないんだ。危ないから絶対に無断で行かない方がいいよ。オークラさん達なら快く許可してもらえると思うからね」

「はい、イリーナさんにご相談しようかと思っていましたので、後日伺おうと思っています」

神殿の聖地なんだからやっぱり許可は取るべきだよな。それにベンスさんの言い振りからして、普通に船で行っても辿り着けるか怪しい。

この前の祠のように結界も張られていそうで何があるかわからないし、神殿に話を通しておいた方がいいだろう。

話もまとまり報告も終えたので、ベンスさんから今回の調査依頼の報酬を受け取り、俺とグレットさんは支部長の部屋を後にした。

なんと今回の依頼、クロコディルスの大量発生を解決したということで各五千万ギルの追加報酬。正確な数はわからないけど、クロコディルス・レックスが十体以上出現した異常事態ということでこの額だ。

今回の件はただ事じゃなかったということで、王都の冒険者協会にも報告するらしい。レックスは単体じゃ大討伐といえるほどの魔物じゃないけど、それが一度に複数体出てくるのは前代未聞だとか。

想定外の報酬でルンルン気分だが、この先のことを思うと少しばかり不安だから素直に喜べない。

冒険者協会内で待っていたノール達と合流し、依頼も終わったということでグレットさん達と別れの挨拶を始めた。

「オークラさん、今回はあなた方とご一緒できて助かった。私達も今後は異変について積極的に調べるつもりだ。お互いに協力できたら嬉しく思う」

「グレットさん達と協力できるのでしたらとても心強いです。神殿から伺ったお話も協会を通してお伝えいたしますね」

グレットさん達にはお世話になったし、これからも協力してもらえるなら心強い。……欲を言えばセヴァリアの異変が終わった後、魔石狩りグループのメンバーになってもらいたいところだ。信頼できる人達だしガチャ産のアイテムを渡しても問題はないはず。

挨拶も終えこれで解散、と思いきや、その前にマースさんが声をかけてきた。

「何かあればいつでも俺達に言えよ。出来る限りはお前達に協力してやるからよ」

「はい、ありがとうございます」

「あれだけ疑っていた方がここまで言ってくれるとは意外ですね。私達のことを信用してくださったんですか」

「か、勘違いするんじゃねーぞ！　拠点にしているセヴァリアで何かあったら困るってだけだ！　ちっ、もう行くぞ！」

シスハの言葉を聞いたマースさんは、顔を赤くして髪をくしゃくしゃとかきながら協会から出て行ってしまった。グレットさん達はそれを見てくすっと小さく笑うと、俺達に軽く頭を下げてその後を追っていく。

「最後まで素直じゃない方でしたねー」

「でも、会った時に比べるとだいぶ対応も柔らかくなっていたのでありますよ」

「そうね。これもお兄さんとシスハのおかげかしら」

「うふふ、私の手にかかればこんなものですよ！　私は神官ですからね！」

腰に両手を当てて胸を張る神官様を見て、俺もエステルも額に手を当てて溜め息を吐いた。確かにシスハのおかげで打ち解けられた部分もあるけど、絶対に半分ぐらいは面白がっていただろ……。

シスハに感謝しつつも呆れながら俺達も協会を出て、日も落ちていたのでそのまま帰宅した。

「ルーナさん！　私は帰ってきましたよー！」

家に着いた途端、シスハは満面の笑みを浮かべてダダダっとルーナの部屋目がけて走っていく。その姿にまた呆れながらも室内を見ると、特に荒れてないし俺達が留守の間家の中は平和だったご様子。

「今回も家の中が荒れてないし無事に過ごせたみたいだな」

「むふふ、フリージアはいい子でありますからね。ルーナと仲良くしていたに違いないのであります よ！」

「本当にそうだといいけれど」

エステルが頬に手を当てて心配そうにしていると、シスハが向かった部屋の先からドタバタと走り回る音が聞こえる。そしてバンッと音を立てて扉を開けながら、血相を変えて慌てた様子のシスハが出てきた。

「ど、どうしたんだ？」

「ルーナさんがどこにもいらっしゃらないんですよ！　ノールさん！　モフットさんの小屋にフリージアさん達はいらっしゃいませんか！」

「む？　ちょっと見てくるのでありますよ」

ルーナがいないだと？　もう日が沈んで外は真っ暗だし、いつも通り寝てると思っていたけど部屋にはいないようだ。フリージアの姿も見当たらないみたいだし、モフットの小屋にでも入っているのか？

そう俺も考えたが、小屋の様子を見に行ったノールは腕にモフットを抱えて一人で戻ってきた。抱き抱えられた白い毛玉は、プープーと寝息を立てて気持ちよさそうにしている。

「モフットしかいなかったでありますよ。フリージアの部屋はどうなのでありますか？」

「既に確認済みです！　ああ、一体どこに行ってしまわれたのですかルーナさん……」

「名前を呼んだらすぐに来るフリージアが来ないいってことは、家の中にはいないいんじゃないかしら？」

あの地獄耳のフリージアなら、名前を言えば何々！　とか騒ぎながら居間に来るはずだ。それがないってことはやはり家の中にいないいってことなのか？　だけどそうなると、同じくいないルーナも外出していると？

確かにフリージアの外出の付き添いを頼んではいたけど、こんな夜遅くまで外出するとは思えない。まさか何かトラブルに巻き込まれたんじゃ……と考えが過《よぎ》った瞬間、またバンッと扉が開く音が聞こえた。

玄関の方から音が聞こえたので振り向くと、そこには満面の笑みを浮かべるフリージアの姿。

「あー！　やっぱり帰ってきてた！　おかえりー！」

「ただいまでありますよ。外にいたのでありますか」

「うん！　ルーナちゃんと散歩してたんだ！」

フリージアが片手を上げながら元気よくそう言うと、遅れてルーナが家の中に入ってきた。

「ふぅ、やれやれ。急に走ったと思えば平八達がいたのか」

「ルーナさん！　おかえりなさいませ！」

「うむ、ただいま。シスハもおかえりだ」

よかった、トラブルに巻き込まれた訳じゃなかったみたいだな。だけど夜に散歩をしているとは思わなかったぞ。

「こんな時間に外に出かけていたのか」

「昼は平八達に呼ばれるかもしれないから夜に散歩をしていた。このポンコツに何かあっても夜なら誤魔化せて都合もいい」

「確かに私達が調査をするのって昼間が多いから避けた方がいいわね。だけどよくフリージアがそれで納得したじゃない」

「えへへ、夜の散歩もお月様が綺麗で楽しいんだよー。ルーナちゃんも夜の方が楽しそうにしてくれるし！」

「別に楽しんでいる訳ではない。日光がない方が気分的にいいだけだ」

「またまた～、鼻歌歌いながらお出かけし――ててて⁉　痛い！　ルーナちゃん痛いんだよ！」

ツンツンと指先でルーナの頬を突《つっ》いたフリージアは、ルーナに思いっきり指に噛み付かれた。ほほぉ、夜ならあのルーナもそれなりに機嫌よく散歩をするみたいだな。しかし俺達のことを考えて夜に散歩をしているとは思わなかった。

言われてみると調査をするのは大体日中だし、ルーナ達を呼び出すのはその時間になる可能性が高い。だったら昼は家で待機して、夜になってから外出した方が呼び出しの心配もない。

フリージアなら日が出ているうちじゃないと嫌だ！　とか言いそうだけどそこまでわがままじゃなかったか。

「とりあえず俺達がいない間に問題はなかったみたいだな」

「……大丈夫だ、問題ない」

少し間を置いて答えたルーナは、目を逸らして俺と視線を合わせないようにしている。おい、どう見ても問題があったようにしか見えないんだが。

「今の間は何だ。もしかして何かやらかしたんじゃないんだろうな？」

「何もしてないよ！　お昼はモフットと遊んで、夜はルーナちゃんと散歩していただけだもん！　変わったことなんて町の外にいた魔物射貫《いぬ》いたぐらいだよ！」

「やってるじゃねーか！　何やってんだよお前！」

「いひゃい！　やめへ！」

元気よく答えたフリージアを見て、つい頬を両手で押さえてグリグリと潰してしまった。マジでなんてことしてくれてんだよ！　誰かに見られたらどうするつもりだ！

俺がグリグリやっている間に、エステルがルーナに理由を尋ねた。

「どうしてそんなことしたの？」

「壁を登って散歩中に外で襲われている奴らを見つけた。だからフリージアが魔物を射貫いた。止められなかったのはすまなかった。私達の周囲に人の気配はなかったから見られてはいないはずだ」

「壁を登って散歩するのもどうかと思うでありますが……手を出したくなるほど危なそうにしていたのでありますか？」

「うん……でもでも、凄く離れていたから大丈夫！　……だと思う」

「ちなみにどのぐらい遠くの魔物を射貫いたのですか？」

「うーん、前にラピスって魔物を倒したのより遠かったかなぁ。誰にも見られていないから安心してほしいんだよ！」

ラピスってことは、前にルゲン渓谷でフリージアの腕試しをした時だな。あれでも一キロ近くは離れていたが、あれ以上の狙撃をしたってことか？　こいつはポンコツ気味だけど実力は本当に優秀だな。

……まあ、人助けをしたみたいだから大目に見てやるべきだが、人目に付きそうな場所でやらないでほしい。ルーナが止められなかったと謝っているのは、襲われているのを見て止めるのを躊躇《ちゅうちょ》したってところか？

一応目撃者はいないっぽいけど、遠くから見られていたり助けられた相手がブルンネに来て噂が広がっているかもしれない。しばらくフリージアに町の中で弓を持たないように注意した方がよさそうだ。

全く、セヴァリアの異変も謎が深まるばかりだが、こっちもこっちで色々と大変だなぁ。

翌日、早朝から俺達はテストゥード神殿に向かっていた。

見つけたテストゥード様の御神体を返すことと、聖地である離れ小島に行く相談をする為だ。今日は冒険者として行くつもりだからルーナ達は連れて来ていない。

「依頼終わってすぐに神殿に行くなんて、最近の俺達は忙しいなぁ。おかげで魔石集めが疎かだぞ」

「仕方ありませんよ。落ち着いたら存分に魔石集めをしようじゃあありませんか！」

「シスハはいつも元気ね。けれどクロコディルスの大量発生である程度魔石は稼げたんじゃないの？

ほら、ギガスやレックスって希少種だったんでしょ？」

「ああ、あの一瞬で四十個ぐらいは稼げたかな。大体一フリージア程度か」

「フリージアを魔石の単位にするのは止めてあげるのでありますよ……」

前回のアイテムガチャで魔石は千個を切っていたが、暇を見てちょくちょく魔石狩りをして千三百個程まで集まっていた。ディウス達から送られてくる分もあり、それに加えて先日の大量発生で希少種も大量に狩れたのは大きい。

まだまだ集めたいところではあるが、一応安心できる数貯まっているのは助かる。あの魔物の大量発生を意図的に起こせるのなら、一瞬で魔石も集め放題なのに……って、そんな物騒なことを考えるのは止めておこう。

「魔石集めの方は今後やるとして、今はセヴァリアの異変だけでも解決しちゃわないとな。いい加減はた迷惑な騒動起こしてる奴を見つけ出してやる」

「そうね。ここで黒幕の正体かそれに準じる情報さえ手に入れれば、後は協会長のおじさんに伝えてAランク冒険者に任せることもできるもの」

「色々と解決はしていますけど私達はまだBランクですからね。そろそろ荷が重くなってきていますよ」

「そうでありますねぇ。大事になってきているでありますし、Aランクの冒険者パーティが主導して異変解決に乗り出した方がよさそうでありますよ」

異変はできるだけ解決したいと思っていたけど、規模がどんどん大きくなっているからなぁ。ノールが言うように俺達主体じゃなくて、Aランク冒険者が先頭をきって行動してくれたら助かる。それを俺達は補助する形で協力していくのが理想的だ。

そんな話をしつつ白い道を歩いていると神殿が見えてきた。入り口には見覚えのある紫の髪の女性、イリーナさんが箒《ほうき》で地面を掃いている姿が見える。

一生懸命掃除をしているのを見てちょっとほっこりしたが、彼女も俺達に気が付いたのかこっちを見ると箒を置いて小走りで近付いてきた。

「オークラさん！　またいらしてくださったのですね！」

「ど、どうも」

イリーナさんは真っ先に俺の手を取り、凄く喜んでいるような眩しい笑みを浮かべた。ぐっ、こう真正面からそんな笑みで見つめられたら照れちゃうじゃあ——ひぇ、悪寒が⁉

背後から強烈な視線を感じて振り返ると、眩しい笑顔のエステルさんとシスハがジーッと俺を見つめていた。手を握られてニヤケそうになっていた顔を引き締めて、手を離してもらって改めてイリーナさんと向き合う。

「シスハさん達もいらしてくださりありがとうございます！　……あれ、本日はあの子達が一緒ではないのですね？」

「はい、実は最近セヴァリア周辺で起きている異変絡みのことでお聞きしたいことがありまして、今日は冒険者としてこちらに伺わせていただきました」

「異変について……何か私共の神殿と関係のある異変が起こったというのですか？」

「ええ、とても重要なことなの。もしかしたら神殿長のおじさんにも話を聞くことになるかもしれないわ」

「神殿長にもですか……オークラさん達がそこまで仰るなら、よっぽどの大事なのですね。わかりました、お話を聞きたいと思いますので中へお入りになってください」

「ありがとうございます。事前に連絡もなく突然来てすみませんでした」

「いえ、神殿も関わっているとなると無下にできないお話です。むしろこうしてお越しくださってでお伝えいただけることに感謝いたします」

快く承諾してくれたイリーナさんに連れられて、俺達は神殿の中に入り客室間へと案内され席に着いた。

「神殿と関係があるとのことでしたが、一体どのような異変が起こったのでしょうか？　……はっ！　まさかまたテストゥードの祠が襲われて⁉」

「いえ、今回は祠が襲われていた訳じゃありません」

「そ、そうでしたか……よかったです」

「この前の祠の時は気が付いたのだから、もし祠が襲われたとしてもお姉さん達が気が付くんじゃないのかしら？」

「先日もお話しした通り、あの祠は神殿との中継地点として中心のような場所なんです。ですから異常が起きたのを私共も察知できました。他にもいくつか察知できる祠もございますが、全ての祠の異常をすぐに把握することはできないのです」

なるほど、重要な場所だけは察知できても、それ以外の場所はわからないのか。でもすぐにはわからないって言ってるから、時間が経てばわかるってことなのかな。よし、聖地である離れ小島についても聞いてみるとしよう。

「ちなみにですけど、例の聖地に関して何かわかることはありませんか？」

「申し訳ございませんが、私共にわかることは何もございません。あの場所は聖地として崇めておりますので、極力私共も手を加えていないのです。そうでなくともあの場所は特殊でして、魔物も全く近寄らず知らない者が行ける場所でもございません」

「それってやはりその守護神の力が働いているってことなのでありますか？」

「私共はそう信じております。ですので、あの地に干渉するのは畏れ多く、私共はただ祈りを捧げに行く聖地として定めているのです」

うーん、聖地だからこそそのままにしておきたいってことだろうか。それにイリーナさんのこの様子からして、その小島で異常が起きてもわからない、と。

まあいいか、一旦話を変えるとしよう。

「とりあえず今回私達が神殿を訪れた件なんですけど、まずはこれを見てください」

俺はリシュナル湖で発見した手の平サイズのテストゥード様の御神体を机に置いた。それを見た瞬間、イリーナさんは目を見開いて驚きの表情に変わる。

「……えっ？　これってまさか……テストゥード様の御神体⁉　どうして、どうしてあなた方がそれをお持ちになっているのですか！　一体どこで、いつ、どうやって手に入れたのですか！」

バンバンと机を叩きながら身を乗り出して、目を見開いたまま俺の目と鼻の先の近さでイリーナさんは叫び出した。やばい、目が血走って狂気を感じるような顔をしているぞ！

「お、落ち着いてください！　私達は偶然といいますか、ある事情でそれを拾っただけなんです！」

「そ、そうね。今回の異変でそれを見つけて、シスハが御神体だって気が付いたからここに話を聞きに来たのよ」

「穏やかな人だと思っていたでありますが、ちょっと怖いでありますよ……」

「信仰の対象である守護神様の御神体を見つけたとなれば、こうなるのも仕方ありませんよ。私としてはこの後の方が怖いです」

まさか御神体を見せただけでここまで興奮するとは思わなかったぞ。エステルさんですら顔を引きつらせて冷や汗をかいている。これからこの御神体が利用されてたってことも話さないといけないのだが……この様子を見ると話すのが怖いな。

俺達の反応にしまったという顔をして、イリーナさんは席に座り直した。

「も、申し訳ございません。つい取り乱してしまいました。えっと、こちらの御神体ですが、私共の方でお預かりさせていただいてもよろしいでしょうか？」

「はい、確認とお返しをする為に持参いたしましたので」

「ありがとうございます！　ありがとうございます！　祠の救済だけではなく御神体までご返納していただけるなんて、なんとお礼を申せばいいか……オークラ様、本当にありがとうございます！」

机に置いた御神体を大事そうに両手で持つと、イリーナさんは一度部屋から出て行った。やはり御神体だけあってすぐ神殿で保管しておきたかったんだろうな。

少ししてイリーナさんは戻って来ると、真剣な面持ちで俺を見ながら口を開いた。

「それで……テストゥード様の御神体は一体どちらでお見つけになられたのですか？　もしや今回起きたという異変と何か関わりがあるのでしょうか？」

「そういうことになります。今回は私達は例の魔物が確認されたリシュナル湖という場所に調査に行ったのですが、そこで大量発生した魔物と出くわして、その際に先程の御神体を見つけたんです」

「そうだったのですか。ですが何故テストゥード様の御神体がリシュナル湖に……それに魔物の大量発生ですか？　一体どのような状況でそのようなことになったのでしょうか」

さて、御神体を利用されていたって説明をしないといけない訳だが……こえぇ、めっちゃ怖い。

首を傾げて可愛らしい仕草をしているイリーナさんを前に黙り込んでいると、不意にポンッと肩を叩かれた。振り向くとそれはシスハで、親指でグッジョブして任せろとジェスチャーしている。

おお、さすがシスハだ。最近は何かとお世話になっているし本当に頼りになる奴だな！　ここは任せるとしよう。

「続きは私からお話しいたします。イリーナさん、落ち着いて聞いてくださいね。まず結論から話しますが、今回の魔物の大量発生に守護神様の御神体が利用されておりました」

「……御神体を利用？」

「はい、何者かによって負の力が付与されたのか、御神体を中心にして魔物を発生させるように利用されていたんです」

いきなり地雷を踏みやがったぞ⁉　どうしてド直球に言っちまうんだよ！　もっと遠回しに言うなり段階を踏むなりしないとイリーナさんが怒り狂って……。

そう不安に思いながら恐る恐る彼女の反応を窺《うかが》うと、瞳孔が開いたまま瞬きもせず唖然とした様子で固まっていた。

助かった……？　と思った次の瞬間、顔を真っ赤にして全身を震わせながら奇声を上げてイリーナさんは立ち上がる。

「キィイイイイ！　魔物を、発生、させるのに、利用⁉　どこのどいつがそんなことをしたのですかぁぁぁぁ！　今すぐその身で罪を償わせてやりますぅぅぅぅ！」

ダンダンと床を足で踏み鳴らして、頭を両手で押さえてぐわんぐわんと振り回して左右を行ったり来たりしている。

ヒィィ⁉　やっぱりこうなっちまったじゃないか！

あまりの反応に恐怖を覚えたのか、隣に座っていたエステルが俺に身を寄せてきたほどだ。ノールまでヒィと小さな悲鳴を上げてエステルの方に身を寄せている。そしてイリーナさんをこうした元凶であるシスハは、てへっと舌を出してやっちゃいましたって顔をしている。

しばらくイリーナさんの狂乱が続いたが、暴れ疲れたのか肩で息をしながらようやく治まった。

「はぁ……はぁ……今すぐ探し出して神罰を与えなければ、与えなければ。オークラ様、それを行った人物は今どちらにいるのでしょうか？」

「あっ……えっと、わからないです」

「わからないぃぃぃぃぃ⁉　どうしてわからないのですかどうしてぇぇぇ！」

「ごめんなさいぃぃぃ！　許してください！」

目を見開いたままのイリーナさんに両肩を掴まれて、前後に激しく揺らされた。

ひぇぇ⁉　助けてくれ！　こえーよこの人！　俺にどうしろって言うんだ！

目の前のイリーナさんへの恐怖に動けずにいると、突然彼女が声を上げた。

「あっ――」

一瞬ビクッと全身を震わせて痙攣《けいれん》すると、イリーナさんはさっきまでの様子が嘘のように静かになってソファーに座り込んだ。

突然のことに困惑していると、いつの間にかシスハが席から立ち上がって彼女の背後へと移動していて肩に手を置いていた。

「全く、落ち着いて聞いてくださいって言ったじゃありませんか」

「おぉ、あの錯乱を一瞬で沈めたのでありますよ。一体どうやったのでありますか？」

「うふふ、ちょっとしたツボがあるんですよ。この辺りを回復魔法を纏《まと》いながらグリッと突くんです。これでしばらくは何を聞いても心が落ち着いたままのはずです」

「神官だけあって妙な技を知っているのね。これで安心して話が聞けそうだわ」

あそこまで発狂していた人を止めるツボって一体……相変わらずよくわからない技能を身に付けている奴だな。だけどおかげさまで助かったぞ。……あれ、でも元々の原因はシスハじゃねーか！

「すみません、また取り乱してしまったみたいで……」

「い、いいえ、落ち着いてくださったみたいでよかったです」

あんなに大人しかったイリーナさんがあそこまで錯乱するなんて、信仰心って恐ろしいんだなぁ。

完全に彼女も落ち着いてくれたようなので俺達は話を再開した。

「お姉さん、あの御神体はもしかするとこの前の祠の件で盗まれた物かもしれないの。元々あそこに祀られていた物って、持ってきていた物と同じ大きさなの？」

「ぬ、盗まれた……だから祠を探した時に何も感じなかったのですね……。元々あそこに祀られていた物ですが、再度祀った物とほぼ同じ大きさでした」

「ということは、まだ犯人の手元に御神体の残りがあると考えていいわね。これからもまだまだ同じようなことが起きるかもしれないわ」

「お、同じぃ、ようなことぉぉぉぉ……あっ、あっ、あっ」

イリーナさんの頬がヒクヒクして言葉が怪しくなり始めたが、肩に手を置いたままだったシスハがまたグリグリするとすぐに元の表情へ戻った。ここまでくると凄いを通り越してある意味怖くなってくるぞ。体に悪影響がないといいのだが。

正気に戻ったイリーナさんは、恐る恐るといった様子で俺に質問をしてきた。

「御神体を利用した人物ですが、本当におわかりにならないのでしょうか？」

「今のところわかりません。だけど手がかりがあるかもしれない場所はわかっているんです。先程も少し触れましたが、それが例の聖地なんです。なので私達をその島に案内してほしいんですよ」

ここで本題だった聖地である小島の件を話してみたのだが、イリーナさんは眉をひそめて叫ぶように話し始める。

「そんな、そんなはずありません！　だってあの島に悪意を持った者が近づけるはずがないんです！」

「そこまで言い切るなんて、その聖地ってどんな場所なのかしら？」

「特殊な場所だってさっき言っていたでありますが、空を飛ぶ魔物なら行けるのではないのでありますか？」

「たとえ空を飛べたとしても、あの島には近づけないはずです。祠の加護と同様の力があの島には働いております。それにあの周囲は常に濃い霧が立ち込めておりまして、私共でなければ島がどこにあるのかわからないのです。それにあの島は定期的に動いていますので」

「島が動いているんですか？」

「はい、一定の範囲内ではございますが島の位置は変わります。テストゥード様にお仕えしている私達でなければ、正確な位置は把握できないのです。ですからあの島に悪意を持っている者が近付くのは不可能なはずです」

　何だか想像していた以上に特殊な島みたいだな。そもそも定期的に位置が動くってどういうことだよ。それに霧も濃いとなると、本当にイリーナさん達なしじゃその島に向かうのは無理かもしれないな。船で行ったとしても、その霧の中で迷子になって最悪帰ることすらできなくなりそうだし。

　そう俺は思っていると、今度はシスハがイリーナさんに質問をしだした。

「でもこの前の祠の件だって、神殿の皆様からしたら悪意を持った者が中に入るのは不可能だと思っていたんじゃないんですか？」

「それは……」

「相手はかなりのやり手みたいだから、不可能だって断言しない方がいいと思うわ。もしこれで既に聖地に入り込んでいたら、このままだと取り返しのつかないことになるかもしれないのよ？　リシュナル湖の異変を考えると、誰も近寄らせない為にやった可能性だってあるんだもの」

シスハとエステルの発言を聞いて、イリーナさんは黙り込んでうつむいてしまう。そのまましばらくジッとしていたが、顔を上げると何かを決意したような表情をしていた。

「私の一存では判断致しかねますので、神殿長にお伝えして神殿の皆に意見を聞こうと思います。申し訳ございませんが、お昼過ぎにもう一度いらしていただけませんでしょうか？」

「はい、構いませんよ。急な話で混乱させてしまってすみません」

「いえ、オークラ様達も私共のことを想って来てくださったのですから感謝申し上げます。元々オークラ様とは聖地にお連れするお約束をしておりましたし、すぐに出発できるよう私も訴えかけようと思います」

聖地の小島に行くのはイリーナさん一人じゃ判断できないみたいだな。ここは彼女に神殿の人達の説得を任せて、島に行けるようにしてもらうしかなさそうだ。

笑顔で宣言したイリーナさんに見送られて、俺達は一度神殿を後にした。

「イリーナさんなら今すぐ行きましょう！　ぐらい言うかと思ったけど、そういう訳にもいかないみたいだな」

「特殊な島だって話だったものね。行くとしても何か準備が必要なのかもしれないわ。だけどお姉さんのあの様子からして、何とか神殿の人達を説得してくれると思うわ」

神殿の人達じゃないと行けないとは、一体その聖地ってどんな場所なんだろうか。濃い霧が発生して島の位置まで動くとか、間違いなく普通の島じゃないのは確かだ。そこにこれから行くかもしれないとなると、気を引き締めないといけないな。

ちょっとした緊張感ある空気が俺達の間に流れ始めたが、そこでシスハがいつもの調子で話し始めた。

「神殿や教会も一枚岩じゃありませんからねぇ。聖地で何か起こってるかもと言われても、部外者の私達を連れて行くのに反対する人がいるんだと思いますよ」

「ふーむ、神殿というのも大変なのでありますね。シスハが同じ立場としたらどうやって説得するのでありますか？」

「うふふ、物理的に説得させていただきます。と、言いたいところですが、私がいた教会じゃよく返り討ちにあっていましたから、世の中上手くいかないものですね。大神官様には一度も勝てませんでしたし」

「色々と突っ込みたいでありますが、シスハでも返り討ちに遭う人物がいたのでありますか……」

物理的に説得する事態になる教会って、一体どんだけヤバイ奴らの集まりなんだよ。しかもあのシスハを撃退できる人物がいる教会とか、修羅の世界の住人の集まりだろ。そんなところに行ったら生きて帰って来られる気がしないぞ。

「それにしてもイリーナさんを大人しくさせたツボ押しは凄かったな。他にもああいうツボってあるのか？」

「はい、色々とございますよ。そうですねぇ、例えばこのツボを押しますと疲れを忘れて一時的に元気になります」

そう言ってシスハがそっと俺の二の腕に触れた瞬間、電流が走ったような感覚が全身に広がり体が硬直した。

「あががっ――か、体が……」

「あれ？　間違えましたかね」

「ふ、ふざけるな！　さっさと治しやがれ！」

「恐ろしいツボがあるのでありますね……」

「もう、二人して遊んでちゃ駄目じゃない」

てへっと舌を出すシスハにツボを押してもらうと、先程の硬直が嘘のようになくなった。全く、間違えて全身硬直させるとか勘弁してくれよ……けど、おかげさまで緊張していた空気が少し和らいだ気がする。

神殿での話し合いが終わるのを待つ間、俺達は一度帰宅したのだが……俺は悩んでいた。

「うーむ、どうしたものか」

「む？　何かあったのでありますか？」

「ああ、ルーナ達のことでちょっとな」

神殿での話を聞いた後、どうしたらいいかずっと悩んでいた。そんな考えごとをしている俺の足元では、さっきからゴロゴロとフリージアが床を転がりながら叫んでいる。

「ぶー、また平八達だけでお出かけなんだよー！　ズルいんだよー！　私も冒険したいんだよー！」

帰ってきた翌日にまた俺達がいなくなるのがご不満みたいだ。散歩で外出させていたからそこまで騒がないと思っていたけど、置いてけぼりにされるのも嫌なのか。本当に困ったエルフだな。

そんなポンコツエルフとは対照的に、ルーナがシスハの膝の上に座りながらダルそうな声で嘆いている。

「またこのポンコツと留守番だー。疲れるぞー」

「はぁー、私もルーナさんと離れるのが嫌ですよー」

ルーナまで既に留守番モードなのか、二人して今にも溶けそうな表情をしてやがる。というかシスハまでそっち側の雰囲気に交じってるんじゃねぇ！

ノールと共にそんな彼女達の様子に呆れていたのだが、エステルが真面目な声色で話しかけてきた。

「お兄さん、悩みごとってもしかしてフリージア達をどうやって聖地に連れて行くかってこと？」

「さすがエステルだな。まさにその通りだ」

悩んでいたことを的中させるとは、本当にエステルさんは凄いな。俺が考えていたのはズバリその通りで、フリージア達を小島に呼ぶにはどうしたらいいかということだ。

最初はいつも通りビーコンで呼べばいいと思っていたが、想像していたよりも島が遠い可能性がある。それでも陸地の近い場所に置く、エアーロープにビーコンを吊るして空中に設置、エステルに頼んで陸地を作ってもらうなどなど、方法はいくつか浮かぶから問題はないと思っていた。

だが、神殿で話を聞いた感じからすると、聖地でビーコンが機能してくれるかすら怪しい。

「島が動くとか霧が立ち込めているとか、間違いなく特殊な力が働いている場所だ。ビーコンは迷宮とかで使えないことがあるし、今回も電波が妨害されて機能してくれないかもしれない。聖地に着いた後にそれがわかっても手遅れだし、ビーコンを当てにできない」

「なるほど、それは問題でありますね。フリージア達がいるといないとでは天と地ほどの差なのでありますよ」

もし現地でフリージア達を呼び出せない！　なんて事態になったら最悪だ。島に着いた後に戻れるならまだいいけど、そう簡単に帰れるとは思えない。それにもし敵がいたとしたら、海を渡って逃げるのは危険過ぎる。どんな罠があるかわかったもんじゃないし、行くなら絶対に万全の状態で行きたい。

そうなると取れる手段は……。

「今回はビーコンで呼ぶんじゃなくて、イリーナさんに頼んで普通にフリージア達も同行させるか？」

「えっ！　一緒に連れて行ってくれるの！」

「まだ話の途中なんだからはしゃがないの」

「はい！　黙ります！」

エステルに注意され、フリージアは手で口にチャックをしてビシッと敬礼し黙り込んだ。それでも嬉しさを隠し切れないのか、体がプルプルと震えている。うーん、こういうのを見ると連れて行くのが心配になるんだよなぁ。

それはとりあえず置いておいて先に話を進めよう。

「だけど普通に連れて行くとしても、イリーナさんにどう説明したらいいか悩んでさ」

「今回ばかりは慎重に考えた方がいいと思うわ。ビーコンが使えない可能性を考えると、何かあったら私達も逃げられないもの。フリージアとルーナは絶対に欠かせないわ」

そうか、フリージア達を呼べないってことは、俺達もビーコンで逃げられないってことだ。祠の時は脱出装置があったからよかったけど、外となると逃げる手段がまるでない。これはさらに最初からフリージア達を同行させるべきだと思ってきたぞ。

だけどフリージア達を連れて行くとして、どうやって説明すればいいんだ？　正直にこの二人は強いから戦力として連れて行きます、って言うのはなぁ。いざとなればそうするつもりだが、何かいい言い訳はないだろうか。

それからどうしようか悩んでいると、突然ノールが声を上げた。

「あっ、もし船に乗るようならインビジブルマントはどうでありますかね？　あれなら一緒に乗っていても、神殿の人達にわからないのでありますよ」

「うーん、守護神の加護があるあの人達だと何かのきっかけでバレる可能性がありそうです。それに船に乗ったらフリージアさんがジッとしていられると思えませんよ」

「そんなことないもん！　私はちゃんと大人しくする！　本当のマジだよ！　信じて！」

フリージアが両手をグーにして必死に訴えているが、シスハ達を見るとまるで信じていない目を向けている。最初は我慢できたとしても、途中でわーとか声を出して、最終的にインビジブルマントを脱ぎ捨てて走り回る姿が目に浮かぶ。

うん、隠れながら一緒に来てもらう案は無理だな。

「インビジブルマントは悪くなさそうだけれど、止めておいた方がよさそうね。もしかしたら船じゃなくて、例のダラって子で連れて行かれる可能性もある訳だし」

「あの様子を考えるとそっちで行く可能性は十分にあるな」

「それだとインビジブルマントは絶対に使えないでありますね。むぅ、困ったのでありますよ」

神殿でのイリーナさんの反応を思い返すと、祠の時と同じように一刻も早く向かうべきですって言いそうだもんなぁ。そうなると間違いなくダラに協力してもらうだろうし、透明になって一緒に乗るのは厳しいか。

結局その後もいい案が出てこなかったのだが、黙って俺達の話を聞いていたルーナが口を開いた。

「平八、私達をそのまま一緒に連れて行け。疑われたら前のように、私はエステルの使い魔扱いでいいだろう」

「えっ、だけど……」

「いちいち隠れるのもめんどうだ。道中が安全という保証もない。平八達に何かあったら困る」

まさかルーナが真っ先に連れて行けなんて言うとは……しかも俺達を想ってのことっぽい。ちょっと顔と耳を赤くして恥ずかしそうにしているぞ。

この言い訳は以前にも使っているから、いざという時はルーナが本気を出しても大丈夫だ。フリージアは耳さえ見せなければ問題ないから、これで実力を見せればイリーナさんも同行を許可してくれるだろうか。

「やっぱり今回は普通に連れて行くべきね。ルーナ達が戦えることを知られるよりも、島での危険を少なくする方が重要よ」

今回は素直に戦力になるから連れて行くって言うしかなさそうだな。

「現地に呼べない可能性を考えると、それも仕方がないでありますね」

「やった！　平八達と一緒にお出かけできる！　私がしっかりとお守りしちゃうんだよ！」

「……この調子で本当に大丈夫か少し心配だわ」

エステルが不安そうに頬に片手を添えて、喜ぶフリージアを見ている。一応フリージアも俺達を守るって認識らしいけど、何故か喜ぶ姿を見ていると俺も不安を覚えてくるぞ。ルーナよりもこいつの方が大丈夫なのか心配なんですが。

「島に着いた後のことばかり考えていますけど、ルーナさんが仰ったように道中も考えるとそれが無難ですよね。船やダラさんに乗っている最中にディアボルスに襲われたら、私達だけじゃ対応するのは厳しいですし」

「私も空間を指定して爆破できるようになったけど、使うまでに少し時間がかかるから対処し辛いわね。その点フリージアならすぐに撃ち落とせそうだもの」

「えへへ、そんなに期待されると照れちゃうよー」

フリージアは頭を擦って笑っている。対空戦力としては間違いなく一番期待できるけど、やっぱりどこか不安になるぞ。この判断が吉と出るか凶と出るか……同行させるのが怖いなぁ。

ルーナ達を連れて行く決断をして、お昼過ぎ頃に彼女達を伴って再度神殿を訪れた。だが、まだ話し合いは終わっていなかったみたいで、俺達は神殿の客間に案内されて待たされる。

「遅いな」

「話し合いが長引いているのでありますかね？」

「それほど神殿にとって神聖な場所なんですよ」

「場合によっては説得できずに、島へ行けないかもしれないわね」

イリーナさんは何が何でも説得するような雰囲気だったけど、そう上手くはいかなかったか。あの人だったら勢いだけで押し切れそうだが、神殿の人は守護神が関わると皆あんな感じだったりして。

絶対話し合いには参加したくないな。大人しく終わるのを待たせてもらうとしよう。もし駄目だったら……どうしよう。

そんな不安を煽《あお》る俺達の会話を聞いていたフリージアが声を上げた。

「えー、ノールちゃん達と冒険できると思ったのに……残念なんだよぉ」

「来たのに無駄足か。相手に断られたのなら仕方がない。うむ、残念だ」

フリージアは肩を落とし、ルーナは口では残念と言いながら微笑を浮かべている。同じ残念でも含んでいる意味がまるで対照的だな……。

なんて思っていると、ドタドタと廊下から走る音が聞こえ、バンッと勢いよく俺達のいる部屋の扉が開いた。そして中へ入ってきたのは、興奮した様子で満面の笑みを浮かべるイリーナさんだ。

「オークラさん！　やりました！　聖地へ赴く許可をいただきましたよ！」

そのままの勢いでイリーナさんは俺のところまで詰め寄ってきて、俺の手を両手で握り締めながら顔を近づけてくる。

「これもオークラさんのご活躍のおかげです！　本当にありがとうございます！」

「そ、そうですか」

近い近い！　どうして毎度真っ先に手を握ってくるんだ！　……いやまあ、ちょっぴり嬉しいんだけどさ。

そう思っているとエステルさんの不機嫌そうな声が聞こえてくる。

「その割には結構時間がかかったみたいね。やっぱり反発する人もいたのかしら？」

「反発される方も中にはいらっしゃいましたが、丁寧に説明をしてご理解いただきました。神殿長からも認めていただいたので、心配はございませんよ。神殿長もすぐにこちらへ足を運ばれると思います」

やっぱり俺達が行くのに反対していた人達がいて、説得するのに時間がかかっていたんだな。神殿長も認めてくれたのなら安心できる。

イリーナさんが言った通り、少し遅れて神殿長もこの部屋へとやって来た。

「オークラ様、せっかくあなた様が我々の危機をお伝えくださったのに、お待たせして申し訳ない」

「いえ、急に来てあんなことを言い出したら混乱しても無理はないですよ。断られるかもしれないと思っていたぐらいですから。信用してくださってありがとうございます」

「御礼なんてとんでもない。オークラ様達には御神体まで取り戻していただき、二度もお世話になっているのです。ですから今回の件も信用するのは当然の行い。ですが反対した者達もテストゥード様のことを想っての意見でしたので、そこはご理解くださると幸いです。どうか聖地をお守りいただけるよう、何卒よろしくお願い申し上げます」

そう言って神殿長は頭を深々と俺達に下げた。神殿長が自ら頭を下げてお願いされるとは……というか、信用して当然とまで言われるなんて。

反対する人もいるって考えてはいたから、別に悪く思うこともない。せっかく信用して許可をしてくれたんだし、気合を入れて聖地に向かわないとな。

神殿長はイリーナさんに箱を手渡すと部屋を後にした。

「聖地へ向かうにはテストゥード様から賜ったこの甲珠が必要となります。今回もダラに乗って皆さんを私が案内いたしますので、さっそく出発いたしましょう」

イリーナさんが箱を開けると、その中には青色に輝く宝石が入っていた。六角形になっていて規則的な模様が入っている。

あれが島に行くのに必要な物なのか。それを持ち出さないといけないから、反対する人もいたんだろうな。それと今回もやはりダラに乗っていくのか。急ぐ必要があるし、船で行くんじゃ時間がかかるだろうから助かる。

さて、これで島に行くことはできるけど、その前にもう一つ許可を貰わないと。

「イリーナさん、出発の前に一つお願いがあるんですけど、彼女達も一緒に連れて行ってもいいですか？」

「はーい！　私も一緒に行きたいんだよ！」

「気は進まないが同行しよう」

俺が手を向けると、フリージアは元気よく手を上げて挨拶をし、ルーナは腕を組んで仏頂面をしている。そんな二人を見てイリーナさんは困惑した表情を浮かべた。

「先程からお二人がいて気になってはいたのですが、どうして彼女達を同行させるのでしょうか？　フリージアさんはご立派な弓を持っているようですけど、ルーナさんを連れて行くのは大変危険かと」

「心配するな、私は強い。魔法が使える。ポンコツよりも役立つ」

「むぅー！　そんなことないもん！　私だってちゃんと力になるよ！」

見た目でわかってもらえるよう、フリージアにはディバインルクスを持たせていた。そのおかげでイリーナさんもフリージアが射手だとわかったみたいだが、ルーナには疑問を抱いているようだ。

腕を組んで自信満々そうに自分で強いと言っているが、エステルよりも小さいルーナが言っても説得力がないな。でも、ここで引き下がる訳にはいかない。

「えっと、ご不安になるのもわかりますが、実はこの二人に時々狩りや調査を手伝ってもらっているんですよ。冒険者ではありませんけど、最低でも私達と同じBランクの腕前はあります」

「そ、そうなのですか⁉　フリージアさんの弓を見ればそれも頷けますが……ルーナさんもなんですか？」

「うむ、実際に見せてやろう。ついでにポンコツの弓の腕も見せるといい」

「了解しましたなんだよ！」

あまり時間をかける訳にもいかないが、信用してもらう為に二人の力を見てもらうことになった。

人気のない神殿の庭に案内してもらい、エステルに土魔法でそこそこ大きい的を作ってもらう。

「はい、これで的は完成ね。ちょっとやそっとじゃ壊れないようにしておいたわ」

「こんな簡単に的を作れるとは、やっぱりエステルの魔法は便利でありますね」

「それではさっそくやってみましょう！　おりゃぁぁぁぁ！」

制止する暇もなく、エステルが作り出した土の的にシスハが拳をぶち込んだ。縦が三メートルほどある的のど真ん中に命中すると、バンッと音を立てて爆発が起きた。

シスハの奴、殴るだけじゃなくてプロミネンスフィンガーまで使いやがったぞ！　フリージア達が試す前にぶっ壊してどうする！

と思ったが、煙が晴れると土の的は全く傷が付いていなかった。

「……傷一つありません。さすがエステルさん産の標的ですね」

「お前がやってどうするんだよ！　時間も勿体ないからさっさとルーナ達にやらせるぞ」

「手が爆発した？　シスハさんはそのような技まで習得していらっしゃるとは、やはりシスハさんは凄いです！」

イリーナさんが拳を爆発させたシスハに向かって憧れの眼差しを向けている。相変わらずシスハの攻撃的な部分を尊敬するのはやめてもらいたいのだが。でも、これで的の耐久性はわかってもらえたはずだ。

さっそく俺達は離れて、まずはルーナが実力を見せることになった。いつものように気だるそうな表情をしているが、手を前に突き出すと魔法陣が現れる。そこから黒い影のような物が飛び出すと、土の標的に向かって次々と尖った先端が突き刺さってゴリゴリと表面を削っていく。

ある程度削ると影が広がって標的を包み込み、バキッと音を立てた後、影は地面に沈んで消える。そして影が消えた後には、土で作られた標的は跡形もなくなっていた。

「ふむ、並の魔物ならこれで即死だ」

「あ、あの爆発でも無傷だった的を一瞬で壊すなんて……本当にルーナさんも凄い方だったのですね」

「さすがルーナさんです！　私よりも遥かにお強いんですから！」

イリーナさんが目を見開いて驚愕している。そしてシスハは拍手をして自分のことのように自慢げだ。

おいおい、エステルとまた違った意味で凶悪な魔法だな。土の的は一体どこに消えたんだ。まさか見えないぐらいバラバラに細かくなっているんじゃ……。

「あんな魔法まで使えたのかよ。というかかけ声すらないんだな」

「声を出すのがめんどうだ。普段は槍を使った方が早い。魔法など使わない」

「確かにルーナだったら魔法を使うよりもそっちの方が戦いやすいわよね」

「ルーナは槍だけじゃなくて魔法も使えて、羨ましいのでありますよぉ」

耳を誤魔化すのに闇魔法の幻惑を使えるのは知っていたけど、攻撃的なものも使えたんだな。これも闇魔法の一種だと思うけど随分と凶悪だ。

それでも槍で攻撃した方が遥かに強いから、魔法を使う必要は確かになかったか。近接主体で魔法まで扱えるなんて、ノールからしたら羨ましいだろうな。

ルーナの実力を確認してもらい、今度はフリージアの番だ。フリージアはディバインルクスを構えてやる気満々な表情をしている。

「むっふん！　次は私の番！　もうポンコツなんて言わせないんだから！」

「おー、頑張れポンコツ」

「うん！　頑張るんだよ！」

ルーナがパチパチと拍手をしてそう言うと、嬉しそうに片腕を上げて喜んでいる。

あのぉ、宣言した直後にポンコツって言われてるんですが……。本当はポンコツ呼ばわりされているの、大して気にしていないんじゃないか？

「フリージア、あまり本気でやるんじゃないぞ」

「任せて！　ちゃんとルーナちゃんみたいに的を壊すからね！」

「後ろにいくつか壁を作っておきましょうか……」

「ああ、頼んだ……」

駄目だ、こいつ話聞いてねぇ。フリージアの様子を見てエステルも不安に思ったのか、土の標的を作り直す際に後ろにいくつも壁を付け足している。もし貫通して後ろに飛んでいったら大惨事になっちまう。

準備も整ってフリージアは弓を構えた。さっきまでのおちゃらけた雰囲気がたちまち消え失せて、弦を力強く引っ張っていく。そうして放たれたディバインアローは、標的のど真ん中をぶち抜いた。

かと思いきや、二発、三発とフリージアは矢を立て続けに放っていく。一発目で上半分が消し飛んで後ろの壁も粉砕し、二発目と三発目で跡形もなく粉々になった。

フリージアはそれを終えると、満足そうに腰に手を当てて満面の笑みを浮かべている。

「えっへん！　ちゃんと的を粉々にしたんだよ！」

「おぉう……的が跡形もないのでありますよ」

「魔法じゃなくて物理攻撃で粉砕しやがったぞ」

「壁を作っておいてよかったわね。分厚くしておいたのに三枚ぐらい貫通しちゃってるわ」

「むぅ、私だって槍を使えばあれぐらい」

「ルーナさん、張り合ってはいけませんよ。私はわかっていますから」

やっぱり注意しても無駄だった。エステルが壁を作ってくれてよかったぞ。ルーナが頬を膨らませて対抗心を抱いているが、魔導師だって誤魔化しているんだから止めてもらいたい。

相変わらずフリージアの弓の威力は凄いが、三発も耐え切るとはエステルの用意した的の耐久力もなかなかだ。これは頼りになるな。

肝心のイリーナさんを見ると、目を点にして唖然とした表情をしている。ルーナだけでも驚いていたけど、フリージアのとんでも火力を見て驚いたみたいだ。

「えっと、彼女達も連れて行って問題ありませんよね？」

「あっ、はい。むしろ頼もしいぐらいです。このような方々まで連れて来ていただけるとはお心強いです」

「そう言ってもらえるなら連れて来てよかったです。ですが、彼女達のことは他の方にはご内密にしていただけると……」

「何か事情がおありなのですね。ご安心ください。私共の為に協力していただくのですから、決して彼女達のことは口外いたしません」

フリージア達の実力を目の当たりにして困惑したみたいだが、イリーナさんは苦笑しながら答えてくれた。よかった、やはりイリーナさんは信頼の置ける人だな。

二人の実力を確認してもらった俺達は、ダラに乗って聖地に向け出発した。まずは聖地のある離れ小島を目指すべく、リシュナル湖方面に向かって飛んでいく。

「えへへー、やっぱり空を飛ぶのは気持ちがいいんだよー」

「うむ、乗っているだけで目的地に行けるのは楽だ」

「……船じゃなくてよかったのでありますよ」

笑顔ではしゃぐフリージアとは対照的に、ノールはホッと胸を撫で下ろしている。一言も言っていなかったけど、実は船に乗るのは嫌だったのか。シスハがいるから酔ってもすぐに治してもらえるが、それでもあれを味わうかもしれないと思うと不安になるのも仕方がない。

イリーナさんがダラを連れて一緒に来てくれて本当によかったぞ。改めて御礼を言っておかないと。

「イリーナさん、一緒に来ていただきありがとうございます。お話はしていましたが、今回は危険が伴うかもしれませんから……」

「承知の上でご同行させていただいておりますので、心配なさらないでください。ルーナさんやフリージアさんまで協力していただいているのに、私が行かない訳にはいきません。それにテストゥード様の為でしたら、この身に何が降りかかろうと後悔はございません」

胸に手を当てて決意のこもった瞳でイリーナさんはそう答えた。聖地で何かあると既に伝えているから、危険があることは彼女もわかっているはずだ。テストゥード様を信仰する気持ちがそれほど強い証拠かもしれないけど、それでも感謝しないといけないな。

ただ、何が起きても後悔はしないって部分はちょっと心配だ。

「わかりました。だけど安心してください。私達が必ずあなたとダラのことをお守りいたします。戦うことは私達に任せて自分の身を最優先に考えてください」

「オークラさん……私とダラのことを気遣ってくださるなんて、あなた様はとてもお優しい方なのですね。あぁ、やはりオークラさんには神殿に入っていただいて……」

イリーナさんが胸に両手を当てて、頬を赤らめながら俺の方を見ている。う、うん？　妙な雰囲気で何やら呟いているのですが……神殿に入って？

不穏な言葉に首を傾げたが、イリーナさんが言い終わる前にエステルが会話に割って入ってきた。

「それで、聖地まではどの程度かかるのかしら？」

「あっ、そうですね……明日には聖地に到着すると思います。今日は海の間近まで移動して、明日の朝に移動を再開しましょう。そこから数時間で島に辿り着けますので。ダラに乗っているとはいえ、夜の海上は危険ですから早朝が望ましいです」

「この子に乗っていれば平気そうだけど、それでも夜だと海って危険なのね」

「はい、遭遇することは稀なのですが、夜になるとウミニュウドウと呼ばれる魔物が徘徊しているんです。上空にいれば恐らく安全ですが、もしものことを考えると朝を待った方がいいと思います」

「ほほぉ、この周辺にはそんな魔物もいるんですか。珍しそうなので是非見てみたいですね」

シスハが興味深そうに頷いているが、夜の海に現れる魔物なんて遭遇したくはないな。

詳しくウミニュウドウの話を聞くと、人と同程度から山のように大きな個体もいるようで、テストゥード様の加護が薄い沖の方に行くと襲われる可能性が高まるそうだ。影のような真っ黒な見た目をしていて、船ごと丸呑みにして海の中に引きずり込んでいくらしい。セヴァリアでは子供が船で沖に行ったりしないよう、昔から恐ろしい魔物として教えられるとか。

元の世界で似たような妖怪の話を聞いたことがある気がするが……スカイフィッシュといい、異世界の海ってやっぱり恐ろしいぞ。

そんな話をしながらも、あることを確認しようと俺はイリーナさんに質問をしてみた。

「ダラの存在って知っている人は多いんですか？」

「はい、セヴァリアに住む人なら知っている方は多いと思います。ダラはよく町の上空を通りますので、認知してもらえるように神殿に訪れる方に紹介もしているんですよ」

やはりダラが神殿にいることは広く認知されている、か。今回出発した時も神殿から町の上空を通って来たし、セヴァリアの住民には目撃されちゃうよな。

イリーナさんの話を聞いてエステルも俺と同じことを考えたのか、俺が今思っていることを言ってくれた。

「うーん、そうなると相手もこっちが空を飛んで来るのを想定しているかもしれないわね」

「ああ、俺達が神殿に関わっているのは知っているだろうし、島に来るって勘付かれていたら厄介なことになりそうだな。俺だったら絶対に対策しておくぞ」

「そこまで考え付くなんて、大倉さんにしてはなかなか冴えていますね」

「ははは、ジーニアス平八と呼ばれていたこの俺を舐めないでもらおうか」

「よっ、さすがですねじーにあす平八さん！」

「じーにあす平八凄いね！　よくわからないけど！」

ちょっとした軽口を叩くと、シスハとフリージアだけがよいしょしてくれた。が、ルーナは凄く冷めたジト目を向け、エステルとノールは苦笑いをしている。虚しい……言うんじゃなかったぜ。

気恥ずかしく思っていると、ノールが腕を組んで真面目な話を始めた。

「空を飛んでいるとなるとこちらは反撃の手段が限られるでありますし、海上で何かあったら困るでありますね」

「海に落ちるのは嫌だ。泳ぐのは得意ではない」

「ルーナちゃん泳ぐの苦手なの？　落ちても助けてあげるよ！」

「むぅ、別に得意じゃないだけだ。……落ちたら頼んだ」

「うふふ、私もお助けいたしますので安心してくださいね」

ルーナはちょこっとだけ口を尖らせて否定したが、意地を張らずにあっさりとフリージアに助けを頼んでいる。あのルーナが素直に頼むってことは、本当に泳ぐのは得意じゃないんだな。やる気がないだけで大体何でも出来そうだと思っていたから、苦手なことがあるってわかると何かホッとするぞ。

イリーナさんは俺達の話を聞いて、少し考える素振りをして不安そうに眉をひそめながら口を開いた。

「ダラならある程度の事態が起きても対応は出来ると思います。ですがオークラさん達が警戒する程の相手と考えると……」

確かにダラは強い。ディアボルスのステータスすら上回っているから、並大抵の魔物じゃ全く脅威にはならない。だが、俺達を乗せている状態でもし襲われたとしたら、振り落とさないように自由に動くのは難しいと思う。

俺達が空から来ると相手が予想していたとすると、複数のディアボルスが待ち伏せしている可能性は高い。それだけじゃなくて他にも何かあるかもしれないし、道中だけじゃなくて島に着いてからも何が起きるかわからない。

いくら覚悟を決めて一緒に来たとはいえ、イリーナさんが不安に思うのも仕方がないだろう。

「心配しないでください。一応空を飛んでいても注意しておこうと言いたかっただけですから。その為にこの二人を連れて来ていますし、私達でも色々と対応は可能です」

「そうね。フリージアがいれば空を飛ぶ魔物でも対処できるし、私やお兄さんもやれることは多いわ。それでも注意はしておいた方がいいけれど」

「任せて！　どんな相手だって射貫いてみせるんだよ！」

「急に立ったら危ないでありますよ！」

フリージアが立ち上がって弓を掲げながら、ドヤ顔で自分の胸をトンと叩いていた。そんな彼女の足をノールが慌てて押さえている。

この前乗った時も落ちかけたのか、ノールがガッシリと体を押さえていたからな。また落ちるかもしれないと慌てたみたいだ。

そんなノール達の様子を見て、くすりとイリーナさんは笑った。

「やはりオークラさん達はとても頼もしいですね。あなた方と一緒ならどんな困難にも立ち向かえそうです。これもテストゥード様のお導きに違いありません。私とダラも精一杯頑張らせていただきますね」

イリーナさんの言葉に応えるように、ダラは胸ビレを大きく揺らしている。俺達と一緒に来てくれた彼女とダラを守る為にも、一層気を引き締めていかないとな。

イリーナさんが言っていた通り、日が暮れる頃には目前に大海原の広がる岸壁まで到着した。山を回り込んだりせず一直線に進めるから随分と早いご到着だ。やはり空を飛んでの移動は圧倒的に速い。

俺達も魔法のカーペットを持っているとはいえ、あまり高い山は通れないからな。その内ガチャのアイテムで飛行機でも出てくれないものか。

とりあえず予定通り今日はここで野営をして、明日の朝離れ小島である聖地に向けて出発だ。イリーナさんは到着すると、すぐに崖の際《きわ》に近付き両手を合わせて何やら祈りを捧げている。明日に向けての安全祈願だろうか。邪魔したら悪いから、その間俺達は野営の準備でもしようかな。

「わーい！　ノールちゃん達と野営！　これも楽しみにしていたんだよ！」

バッグからテントを二つ取り出してテントの設置をしていると、フリージアが俺の周囲を走り回って喜んでいる。

非常にやりづらいんですが！　どうしてこいつはこんなに落ち着きがないんだよ！

「フリージアは出発してからずっとこんな調子ね」

「前に連れ出した時も野営したいとか騒いでいたからな。色々な意味で今日を無事乗り切れるか不安だぞ」

「大丈夫でありますよ。フリージアはいい子でありますからね」

ブルンネからセヴァリアに向かう時フリージアも連れて移動していたけど、あの時は野営をせずに暗くなったら帰宅していたからな。

今日のフリージアは今までと比べてもかなりテンション上げ上げだ。ただでさえ騒がしいのにこれ以上はしゃぎ出したら手に負えないぞ。ここはノールに頑張って抑えてもらおう。

そして野営となるともう一人心配なお方であるルーナはというと、テントを見て腕を組みながら眉をひそめていた。

「むぅ、忘れていた。私は寝床が変わると寝られない」

「そこは我慢してくれよ。寝袋は出すからさ」

「なんでしたら私が膝枕をいたしますよ！　ささ、どうぞどうぞ！」

「うむ、それならお願いしよう」

座って膝を叩きながらカモンカモンとアピールするシスハの太ももに、さっそくルーナは寝転んでいる。相変わらずシスハはルーナに甘々だな。これで満足してくれるだろうし、ルーナの方は問題なさそうだ。全くもってうらやまけしからん光景だぜ。

さてと、それはいいとして食事はどうしようか。うーむ、久しぶりにあれにしよう。

「気合を入れる意味も込めて、今回はガチャの食料を使うとするか」

「おお！　久しぶりに食料を使うのでありますか！　むふふ、ガチャのお食事は美味しいのでありますよぉ」

「自宅で料理するようになってからあまり使っていなかったものね。でもお姉さんがいるのに大丈夫なの？」

「魔法で保存しておいたとか言っておけば平気だろ。ここで料理作るのも手間かかるし、味気ない食事をするのはちょっとな」

この人数となると料理を用意するのも時間がかかるし、主に作るであろうノールに負担もかかる。だからこういう時こそガチャ産の【R食料】の出番だ。ワンタッチで美味い料理が出てくる上に片付ける必要もないから、野営時には本当に役に立つ。

イリーナさんがいる手前使うのは少し躊躇《ためら》う気持ちもあるけど、明日起きるであろう戦いに備えて英気は養いたい。ノールなんて特に食事で戦闘力が変わりそうだからな。少しでも美味い物を食べてもらおう。

さっそくスマホをタップして次々と食事を出していくと、その辺を走り回っていたフリージアがこっちへ来た。

「ご飯できたの！　いい匂いがするよ！」

「もう嗅ぎ付けてきたか。ノールみたいな嗅覚をしているな」

「えへへ、そんな褒められると照れちゃうんだよぉ」

褒めてないのだが……まるでノールやシスハと同じような反応する奴だな。二人の影響を受けたのか、それとも元々こうなのかわからないが、突っ込んでも仕方がないからスルーしておこう。

フリージア達に出した料理を配った後、今も崖の際で祈りを捧げているイリーナさんに声をかけた。

「イリーナさん、食事の準備ができましたので一緒に食べませんか？」

「食事の準備、ですか？　私も保存食は持ってきておりますが、ここで料理をお作りに？」

「あー、実は既に作っておいた物を魔法で保存しておいたんですよ。沢山ありますので遠慮なくどうぞ。ノール達からの評価もいいので味は保証しますよ」

「魔法でそんなことまで可能なんですね。わかりました、ご一緒させていただきます。お食事までご配慮くださり、誠にありがとうございます」

特に疑問に思った様子もなく、イリーナさんはすんなりと受け入れて俺達と食事の席に着いた。ダラはというと、どうやら自分で海に潜って獲物を採っているらしい。やはり魔物だけあって逞《たくま》しい。

イリーナさんは用意されていた食事を見て驚いている。ノールが食べているジュージューと音を立てる分厚いステーキ、エステルが食べているとろりと卵が半熟になったオムライス。どちらも今出来たばかりの物にしか見えない。というか今さっき出した物だからある意味出来たてだ。

イリーナさんにはランダムに出てきた、魚介の入ったクリームシチューを用意しておいた。彼女はスプーンを手に取ると、シチューをすくって恐る恐るといった様子で口に運ぶ。

「っ⁉　お、美味しいです！　なんですかこの料理は！　こんな美味しい物食べたこと……あっ、大声を出してしまいすみません……」

「いえいえ、お口に合ったみたいでよかったです」

ノール達が食べているのは自分で出した分だから、イリーナさんの分は俺が出した物を選んでおいた。

二回押したらピザとシチューが出てきたけど、ピザに比べたらまだシチューの方がイリーナさんには馴染み深いはずだ。もし駄目そうならもういくつか出そうと思ったが、この様子なら心配ないな。

「この料理凄く美味しいんだよぉー」

「ノールさんの料理も美味しいですけど、やっぱりこれは美味しいですねぇ」

フリージア達も各々《おのおの》出した物を満足そうに食べている。だが、ルーナだけはフォークを握り締めて不満そうに眉をしかめていた。彼女が出した料理、それはチキンライスにハンバーグ、フライドポテトなどが盛られたお子様ランチ。

ご丁寧にライスの上には小さな旗が刺さっていて、それがパタパタとはためいている。

「美味いが妙に腹立たしい。何故旗が付いている」

「特別感があって羨ましい！　その旗記念に取っておこうよ！」

「何の記念だ。……貰っておこう」

不満そうにしていたが、フリージアに言われてライスに刺さっていた旗を抜いて持って帰るつもりのようだ。

ルーナの見た目からして、お子様ランチが凄く似合っているのだが……ひぃ⁉　何か知らないけどめっちゃこっちを睨《にら》んでる！　まさか考えていることがバレているんじゃ……エスパーか！

そんなこんなで割と穏やかに食事をしていると、イリーナさんが呆然としながら俺達を見ていることに気がついた。

「どうかしましたか？」

「これから戦うことになるかもしれないというのに、皆さん随分と楽しそうにしていらっしゃいますから……」

「すみません、ちょっと緊張感に欠けていたかもしれません」

「いえ、そんな謝らないでください。以前他の冒険者の方に護衛をしてもらった時は、場が緊張してよく疲れてしまいましたので。皆さんを見ていますと私も気持ちが落ち着いてきて安心できます」

イリーナさんは胸に手を当てて、心底安心しているかのように語っている。確かにイリーナさんの気持ちはわからなくない。楽しそうに食事をしているノール達を見ると、明日どんな戦いになるか不安な気持ちが薄れていく。

普段から俺も散々助けられているからなぁ。本人達は全くそんなつもりはないんだろうけど、一緒にいると本当に勇気付けられる。……うん、これからもこうやって過ごす為にも、明日は全員無事に終えられるよう頑張らないとな。

そんな賑やかな食事を終え翌日、予定通り早朝からダラに乗り聖地に向かって海上を移動していた。

「夜に襲撃されるかと思ったけど何もなかったわね」

「むぅー、何もなくてちょっと残念なんだー」

「残念がるな。シスハのおかげで私はよく寝られた」

「うふふ、満足していただけたようでよかったです」

昨夜は一応襲撃に備えて夜も警戒していたのだが、特に何も起きなかった。これから島に来るかもしれないんだから、比較的近い陸地も警戒していると思ったのだがそうでもないらしい。

もしかすると聖地に黒幕、もしくはディアボルス達がいるというのはただの杞憂の可能性も……そこまで甘くはないか。俺達だって夜は特に警戒するし、陸地で相手をしても無駄にやられるだけだと考えて襲撃してこなかったのもあり得る。どちらにせよ襲撃されずに済んで全員万全の状態だ。

ダラの背に乗せられて見渡す限り広がっている海を進んでいく。その途中、ノールが海を見下ろしながら若干不安そうに呟いた。

「こうやって海の上を飛んでいるとちょっと怖いでありますね。近くに陸地もないので、落ちたら自力で戻れそうにないのでありますよ」

「そうね。目標になるような物もないし、どっちに行けばいいかわからないわね。そういえばお姉さん何も見ていないようだけど、小島がどの方角にあるかわかっているのかしら？」

もう陸地が見えないぐらい離れているから、今どの方向に進んでいるのか普通ならわからないな。

地図アプリには陸地から現在地の場所までちゃんと表示されているけど、それで確認するとダラは迷うことなく真っ直ぐにある方向を目指している。イリーナさんは特に方角を確認するような物を持っているように見えないが、何か方角を知る術《すべ》を持っているのかな？

エステルの疑問にイリーナさんは快く答えてくれた。

「はい、テストゥード様にお仕えする私共は、どの方角に聖地があるのか自然と理解できるのです。それにダラなら海上でも正確に自分達がどこにいるのかわかっております。一応方位磁針も持ってきておりますのでご安心ください」

ほお、守護神に仕えているだけあって、やっぱりそういうのもわかるんだな。それにダラも自分で飛べるんだし、本能的に自分が今どこにいるのか理解しているのか。地図アプリで確認しても迷っている感じはしないし、イリーナさんとダラに任せておけば目的地に確実に行けそうだ。

そう思いながら地図アプリを見ていたが、表示されている範囲の中に赤い点が三つ出現した。

「イリーナさん、一旦止まってください」

「は、はい！　ダラ、止まって！」

イリーナさんの叫び声に応じて、ダラはすぐに進むのを止めてその場で浮遊している。

「急に止めたってことは魔物の反応があるのかしら？」

「ああ、ちょっと先をうろちょろしてやがる。イリーナさん、確認しますので少しずつ私の言う方向にダラを進めてもらっていいですか？」

「わかりました！」

今さっき地図アプリに表示されている隅っこに反応が出てきたから、まだまだ俺達から離れた場所にいる。しかもいる方向はダラが真っ直ぐに進んでいた先で、明らかに俺達が来るのを待ち伏せしている感じだ。

なので少し進路から外れて、回り込むようにその魔物がいる場所に近付くことにした。ある程度近付いた場所で再度ダラを止めてもらい、望遠鏡で魔物の反応をある場所を見てみると、ディアボルスが三体飛んでいる。

「あー、例の魔物が三体いるぞ」

まさか最初から三体もディアボルスが徘徊しているとは、これは相手もかなり本気だってことだろうか？　ここだけ警戒しているとは思えないし、一ヵ所で三体となるとそれなりの数のディアボルスに島周辺の警戒をさせていそうだ。地図アプリのおかげで遭遇する前に発見できて本当によかった。

ダラに乗った状態の遭遇戦でいきなり三体を相手にするのは厳しい。ある意味レーダーの役割を果たしている地図アプリに感謝しなければ。

「どうするでありますか？　見つからないように迂回しながら進んだ方がいいでありましょうか？」

「この子に乗ったまま戦うのは出来るだけ避けたいわね。でもわざわざ見回ってるってことは、他の場所にもいるはずよ」

「避けて進んだとしても、結局島に着く前には見つかってしまいそうですね。もっと上を飛ぶというのは……ダラさんはどのぐらいの高さまで飛べるのでしょうか？」

「申し訳ありません。高く飛べるには飛べるのですが、それを維持し続けるのは難しいと思います」

高度を上げて避けるのは無理、と。いや、だけど上空にいる時に下に潜り込まれる危険を考えたら、どちらにせよその選択肢はないか。もし上を通っている時に気付かれたら、ダラの背に乗ったまま
じゃロクに反撃もできない。ダラ自身が反撃できるかもしれないけど、できれば接近を許さずに俺達で対処しておきたいからな。

本当なら戦闘は避けたいところだが、むしろ今の内に徘徊している奴らを叩いた方がいいんじゃないか？　もしここで避けて進んだとしても、別のところで見張っている奴がいるかもしれない。

それもまた避けて進んで……なんて繰り返していたら、いつまで経っても島に近づけなそうだ。最悪の場合ちょっとしたミスで島の近くでディアボルスに見つかりでもしたら、避けてきた奴らが一斉に集まってきて包囲されてしまう。

まだ俺達は包囲網の外にいるだろうから囲まれる心配もないし、今の内なら少なくとも三体は確実に始末できる。さらにあいつらに手を出したら散らばって警戒している奴らもこっちに来るだろうから、逆に待ち伏せするのも可能だ。最悪の場合はここからならまだ陸地に引き返すこともできる。

よし、今の内に殺っておくべきだな。

「避けながら進まないで今の内に各個撃破しておこう。ここで倒しておかないと、最悪島に着いた後追加で相手をすることになるかもしれないからな。ここで数は減らしておきたい。恐らくだけど、手を出したらほぼ同じタイミングで他に散らばっている奴らが集まってくるはずだ」

「前回の反省を活かして三体で行動しているのでありましょうか？　あれなら不意打ちされても一体ぐらいはこっちを確認できるでありますよね」

「だんだん学習してくるとは厄介な魔物ですね。今回は海上なのでなおたちが悪いです」

「やれやれ、群れて行動する魔物はめんどうだ」

全くもってその通りだな。ディアボルス一体一体は離れて飛んでいるが、お互いに確認できる距離を保っていた。これなら三体の内一体でもやられたら即座に反応できるし、同時に三体やられるリスクを減らしている。祠で闇討ちされた経験がちゃんと反映されているみたいだな。

一体でも残れば周囲を警戒しているであろうディアボルスにも情報が伝わる算段だろう。見つかっただけで即座に他の個体にまで情報が伝わるとか、いくらなんでも厄介過ぎるぞ。まあ、その特性を利用して逆に待ち伏せしたりもできるんだけどさ。

そんなことを考えていると、俺の話を聞いていたイリーナさんは訝《いぶか》しげな表情を浮かべていた。

「オークラさん達は例の魔物について随分と詳しいのですね」

「あっ……は、はい。クェレスから何度か相手をしてきましたから、特性はある程度理解しています。それに今までの情報をまとめると、あの魔物に指示を出している誰かがいるはずなんです」

「指示、ですか。……なるほど、その何者かが聖地にいる、ということなんですね？　その魔物がいるということは、もういるのはほぼ確定で……ふふ、ふふふふ」

イリーナさんが俯《うつむ》いて不吉な声で笑っている。怖いんですが……神罰を与えなければとか叫んでいたからなぁ。犯人を見つけたらどんな反応をするのやら。イリーナさんが暴走しないように気をつけておかないと。

「と、とりあえず、そういう訳なので私の言った通りにダラに動いてもらってもいいですか？　魔物の来る方角やタイミングは大体把握できますから、上手く立ち回りましょう」

「わかりました。ご指示に従わせていただきます。オークラさん達は本当に色々な技能をお持ちなんですね」

地図アプリのおかげで周囲の状況はばっちり把握できるから、今いるディアボルスを倒した後にやってくるであろう増援もどこから来るか丸わかりだ。それを上手く利用して、こっちが先に攻撃できるように立ち回るとしよう。

まずは目前の三体を倒す為に、ディアボルスの動きに注意しながらフリージアが攻撃可能な距離までダラに近付いてもらう。

「これ以上近付くと見つかりそうだな。フリージア、ここから狙撃できるか？　出来るなら一体だけでも確実に仕留めてくれ」

「任せて！　飛んでいる獲物を撃ち落とすのは大得意だよ！」

ドンっと胸を叩いてフリージアは自信満々な表情をしている。弓の腕に関してだけは本当に信用できるからな。

ここからディアボルスまで、大体二キロはありそうだ。空を飛ぶだけじゃなく動き回っている相手に、この距離で当てるのは至難の業だと思うのだが、フリージアならやってくれる凄みを感じる。

エステルから支援魔法を受けた後、フリージアはいつものように真剣な顔つきで矢を四本同時に弓に番えた。そして大きく呼吸をして息を吐き出すと同時に矢を放つ。

エステルの強化された支援魔法を受けたフリージアの矢は視認できない速さなのか、放った直後に望遠鏡で見ていたディアボルスに命中。体が一瞬で弾け飛んだせいでどこに当たったのか詳しくわからないが、頭に確実に命中していたと思う。

フリージアはそれを確認することなく、一発目を放つとすぐにまた弓に矢を番えて放っていた。慌てて残りのディアボルスを望遠鏡で見ると、既に空中でバラバラになり落ちながら消えていくのが二体目。

最後の三体目はギリギリ避けたのか原形を止めていたが、翼を撃ち抜かれてバランスを崩しクルクルと回転しながら落下している。そこに容赦なくフリージアはさらに矢を放ち、落下していくディアボルスを撃ち抜いて止めを刺した。

全てのディアボルスをまさに瞬殺したフリージアは、いつものような緩い雰囲気に戻ってドヤ顔をしている。

「えへへ、全部撃ち落としたんだよ！」

「おぉう……まさか三体共瞬殺するとは……」

「やっぱり遠距離相手だと頼りになるでありますね。しかも飛んでいる相手に的確に当てるなんて凄いのでありますよ」

「それほどでもあるかもなんだよ！」

「むぅ、ポンコツとはいえ凄いのは認めてやろう」

「わーい！　ルーナちゃんに褒められちゃった！」

一体だけでも先制で倒して、混乱している間に残りの二体も仕留めようと思ったのだが、まさかここまで瞬殺できると思わなかった。強化されたエステルの支援魔法もあるが、やっぱりフリージアの狙撃の腕前は凄まじいの一言だ。

当てられるか心配していたけど、それどころか一度に四発も当てやがった。しかもディアボルスの防御力も軽々上回っているし、あんなの喰らったら俺だってひとたまりもない。

イリーナさんは俺達のやり取りをポカンとしながら見ていたが、会話を聞いてもう戦闘が終わったのを理解したのかハッとなり声を上げた。

「えっ……えっ⁉　い、今ので倒してしまわれたのですか！　魔物の姿は全く見えませんでしたが……」

「あー、こいつは本当に弓の腕だけはいいので。豆粒ぐらいにしか見えない相手でも簡単に当てちゃうんですよ」

「うん！　弓は自信があるんだ！　遠くの敵は任せてほしいんだよ！」

「そ、そうなのですか。神殿で一度見せていただいていておりましたが、ここまで凄い腕前とは思いもよりませんでした。とても頼りになる方なんですね」

改めてフリージアのその実力を目の当たりにしてイリーナさんは困惑していたが、これで本当に頼りになるとわかってもらえただろう。知っていた俺ですら、やはりこの狙撃を見ると改めて凄いと感じてしまうぐらいだ。……ポンコツエルフだけど。

とりあえずこれでディアボルス達は俺達の存在に気が付いたはずだから、すぐにでも周囲を警戒していた奴らが集まってくるはずだ。全く、島に着く前にこんな戦闘をするはめになるとは、無事に島まで辿り着けるのだろうか。

それから少し時間を置くと、案の定地図アプリに赤い点が二つ表示された。恐らく増援できたディアボルスだ。俺達がさっきまでいた場所へ向かっている。

だが、単純に向かう訳じゃなく倒された地点にあまり近寄らず周囲を警戒しているようだ。同じ場所にそのまま行ってもやられるって考えているのか？　やはり一瞬でやられたにしても、ある程度の情報は共有されているみたいだな。とにかく今は俺達の姿を確認したいって感じの動きをしている。

しかし、それはこっちも想定済みだ。既に三体のディアボルスを倒した場所から離れて、反応が現れてからすぐにフリージアの弓の射程圏内まで移動した。

ディアボルスの姿を確認した後、最初と同じようにフリージアによる遠距離からの狙撃。回避する暇も与えずにディアボルス達は矢に貫かれ光の粒子になり消滅していく。

それから同じようなことが三回続き、全て別々の場所から飛んできた計六体のディアボルスがフリージアによって葬りさられた。

「へへっ、よーしよし。順調に数を減らせているぞ。フリージア、お前は凄く頼りになるな」

「うん！　力になれて嬉しい！　ドンドン撃ち落とすよ！」

まさかここまで上手くいくなんて、フリージアを連れて来て正解だったな！　何の被害もなく九体もディアボルスを倒せたのは大戦果だ。既に祠の時にいた数を超えている。我々の圧倒的勝利だ！

まともに戦っていたらかなり苦戦していたはずだが、これもフリージアの力をフルに発揮しているおかげか。相手にこちらの位置を悟らせず、遠距離からの先制攻撃で確実に息の根を止める。すぐに場所を移動して新たにやって来た奴を同じように仕留めていく。我ながら素晴らしい戦い方じゃあないか！

「相変わらず大倉殿の作戦はエグいでありますね。ちょっぴり魔物に同情してしまうのでありますよ」

「遠距離から一方的に攻撃しているものね。こういう戦い方に関してはお兄さんが一番頭が回って頼もしいわ」

「うむ、戦わずに済んで楽だ」

「戦いとは非情なものですからね。私達の力を最大限に活用してくださっていますし、大倉さんの卑怯な戦法にはいつも舌を巻きますよ」

「お前喧嘩売ってるだろ？」

「うふふ、褒めているんですよ」

この俺を卑怯だと！　……まあ、卑怯な戦法だって自覚は多少しているのだが。俺は安全圏から一方的に仕留めるのが性に合う。

しかし、魔物相手にわざわざ正々堂々戦う必要ないからな。安全かつお手軽に倒せるならそれを実行するべきだ。今回は特に相手の数の方が多いんだから、卑怯で卑劣な手だとしてもどんどん使っていくぞ。

シスハの褒めているのかわからない物言いに続いて、イリーナさんも声をかけてきた。

「私もオークラさんの考えられた作戦は素晴らしいと思います。そのおかげでこうして私達は無事にいられるのですから」

イリーナさんはニッコリと笑みを浮かべ、俺のことを素直に肯定してくれる。ああ、なんていい人なんだ。シスハにもこのぐらい愛嬌があってくれても……と思ったのだが、続くイリーナさんの発言に肝を冷やす。

「それに聖地を荒らす輩《やから》など報いを受けて当然です。オークラさんが悪く思うことなど一つもございません。きっとテストゥード様もお喜びになられていますよ」

「あ、ありがとうございます」

「色々な意味で怖いでありますね……」

イリーナさんがめちゃくちゃいい笑顔をしているんですが……黒いオーラが背後から出ているのが見えるようだぞ。やっぱりシスハみたいに冗談交じりの会話をしてくれる方が俺には合ってました。

そんな緊張を紛らわすやり取りをした後も、さらにディアボルスがやってくるか警戒を続ける。しかし、俺の予想と違いしばらく待っても地図アプリに新たな反応が現れることはなかった。

「うーん、もうこないみたいだな。あれでこの周囲を警戒していた奴らは全滅したのか？」

「九体もいるなんて相手もかなり力を入れているみたいね。だけどこれで戦力はかなり削れていそうだわ」

「あの魔物が九体いるだけでも相当な脅威でありますよ。それを島に着く前に倒せたでありますし、大倉殿の読みは正解でありましたね」

祠ですら六体しかいなかったのに、今回は見張りだけで九体もディアボルスを投入している。ここまで力を入れているってことは、聖地に黒幕がいる可能性はかなり高くなってきた。

もしあそこで無視して島に向かっていたら、この数も後で相手にしないといけなかったと思うとゾッとするな。各個撃破する案にして本当によかった。

「それにしても色々な方向から魔物がやってきましたよね。それほど分散させていたってことでしょうか？」

「この広い海域をカバーするならそれなりの数がいるだろうな。だけど九体も倒したから残っていてもだいぶ少ないと思うぞ」

「後は島に行くだけ。今回は私が働くことなく終わりそうだ」

ルーナがいつも以上に嬉しそうにしている。全部フリージア任せにしていたから、俺達は何もすることがなかったなぁ。

ノール達との話の区切りがいいところで、イリーナさんが俺に出発の確認をしてきた。

「それでは一刻も早く聖地に向かいましょう。オークラさん、それでよろしいでしょうか？」

「うーん、そうですね……」

もうディアボルスが来るようには思えない。警戒している奴もほぼ壊滅したと思っていいだろうし、後は島に行くだけ。だけど、何か引っかかることがあるんだよなぁ。

一回ならわかるけど、三回も二体ずつに分けてわざわざやられた場所に送ってくるだろうか。一瞬でやられたってわかっているんだから、六体同時にこの場所に送った方がまだ俺達を発見できるし見つけた後も戦える。それなのにわざわざ個別に送ってきたのは、何だか妙な違和感を覚えるのだが。

このまま島に向かうか迷っていると、突然フリージアが声をあげた。

「むむっ？　平八、あそこに何かいる」

「えっ？」

いつもなら大声を出すフリージアが小声で呟いた。彼女がチラチラと見る後方を俺も確認してみたが、そこには何もいない。ノール達も同じように確認しているけど、発見できないみたいだ。

「何もいないでありますが……」

「海にも魔物がいるようには見えないわね」

「地図アプリにも何も映っていないぞ。前にも同じようなこと言ってたよな」

フリージアは前に断崖絶壁にあった祠のところでも同じようなことを言っていた。しかもその後スカイフィッシュに襲われた訳だが……まさか今回も同じようなことが？

空は勿論、海にも魔物がいるようには見えない。地図アプリにも反応はない。だけどフリージアがいると言うなら間違いなく何かがいるはずだ。

「絶対にいるんだよ。撃ち落とすから見てて」

フリージアは弓に矢を番え、虚空目がけて矢を放つ。すると、矢は空中に突き刺さる。直後、何もいなかった空間から一体の青い魔物が悲鳴を上げながら姿を見せた。

「なっ!?　あの魔物は！」

「この前リシュナル湖にいた魔物でありますよ！　急に現れたのであります！」

フリージアの矢が突き刺さり現れた魔物、それは青いディアボルスだ。こいつはこの前見た奴か！

いつの間にこんな近くまできてやがったんだ！

慌ててイリーナさんを体で遮るように守りながら、こいつのステータスを確認した。

ディアボルス・スカウト　種族：ディアボルス　【状態】眷属
レベル▼80　HP▼3万5000　MP▼1500
攻撃力▼300　防御力▼700　敏捷▼320　魔法耐性▼70
固有能力**【気配探知】【思考共有】**　スキル【ハイド】【コーリング】

こいつはディアボルスの上位種なのか？　それにこの固有能力とスキルは……待て、コーリングってまさか！

「フリージア！　早く始末するんだ！」

俺が叫ぶとフリージアは返事をすることなく弓を構える。青いディアボルスは最初の一撃で腹に矢が刺さって苦しんでいたが、フリージアが動いたのを見て逃げようと……はしなかった。そのまま何も行動させることなくフリージアは矢を放ったが、命中する前に青いディアボルスは叫ぶ。

フリージアの矢が頭に突き刺さると同時に異変は起きた。青いディアボルスはそのまま光の粒子になって散ったが、その周囲に大量のディアボルスが姿を現したのだ。

それに驚く暇も与えてくれず、現れたディアボルス達は一斉にこっち目がけて手に持っていた三叉槍を投げ付けてきた。ノール達はすぐさま状況を把握したのか、向かってくる槍を迎撃しようと動く。

一番に動いたのはフリージアで、今までにない速さで次々矢を放っている。フリージアの矢が当たった槍は矢の威力に負けてへし折れ、矢は止まることなく槍を投げたディアボルス達に刺さっていく。

エステルも風魔法で迎撃しているのか、えいえいとかけ声と共に杖を振って槍を撃ち落としている。ノールはレギ・エリトラではなく蛇腹剣を手に持った。剣を振ると刃が鞭のようにしなって自由自在に動く。それでフリージア達が撃ち漏らした槍を払い落としている。

最後にルーナが出発前に使った影のような魔法を使って、ダラの周囲に展開させた。槍が近くまで飛んでくると影が伸びてそれを飲み込み消滅させる。

俺もセンチターブラを展開して、イリーナさんに万が一のことがないように守りに徹した。ノール達の活躍で第一波を防ぎ切ったと判断し、俺はすぐにイリーナさんにダラを動かすよう頼んだ。

「イリーナさん！　距離を取ってください！」

「は、はい！」

突然のことに動揺していたイリーナさんは、俺の言葉に反応してダラにディアボルス達から離れるように指示を出す。

さっきのディアボルス・スカウトが使ったスキルは、間違いなくコーリングだ。GCでは使うと離れた場所にいる仲間を呼ぶスキルだった。そしてハイドは体を透明にして身を隠すものだ。

この二つを組み合わせて隠れたまま近付いて、一気に味方を呼んで襲撃するのがディアボルス・スカウトの役割に違いない。ステータスもそれに特化しているのか、敏捷が極端に高くそれ以外が通常のディアボルスに比べると低い。

普通のディアボルスが偵察をする役割だと思っていたけど、まさかこんな奴までいるなんて。こいつは上位種なのか？　リシュナル湖で急に姿を現したのもハイドで隠れていたからに違いない。あの時はフリージアがいなかったから俺達も完全には反応できなかった。まさか地図アプリにも映らないなんて。何にせよ、今はコーリングで呼ばれたディアボルスをなんとかしないと。

振り返って確認すると、追いかけてくるディアボルスの数は十五体。九体で全部だと思っていたのは甘かったみたいだ。わざわざ二体ずつディアボルスがこっちに来ていたのは、俺達の位置確認とスカウトが近付くのを悟らせないようにか？　くっ、完全に油断していたな。罠にはめていたつもりが完全に裏を読まれていたぞ。

ダラの方がディアボルスより速いから追いつかれはしないが、後ろから追いかけてくる奴らは三叉槍を投げてくる。それをフリージアが迎撃しつつ、隙を見てディアボルス達を撃ち落とす。さすがに余裕がないのか、何も言わず真剣な表情で次々矢を放っている。

それでも十体以上のディアボルスからの攻撃は防ぎ切れず、ノール達の攻撃もくぐり抜けて槍がダラの体を掠めていく。それを見たのかイリーナさんがダラの名前を叫んだ。

「ダラ！」

「ご安心ください！　私が支援魔法と常に回復魔法をかけていますから、今のダラさんはこのぐらいじゃビクともしません！」

「お姉さんのことも私達が守るから安心してダラに指示を出してちょうだい」

「シスハさん、エステルさん……ありがとうございます！」

シスハは攻撃手段がないからか、完全に守りに徹しているようだ。ダラは元々ステータスも高いし、シスハの回復魔法も合わさればいくら攻撃されてもビクともしないはず。エステルも槍を迎撃しつつもディアボルスに反撃できる程度に余裕が出来たようだ。

ディアボルスの数も徐々に減ってきているし、このまま反撃に転じるぞ！　そんな現状打破を思い浮かべた瞬間、黙って矢を射っていたフリージアが叫んだ。

「平八！　見えないのが近くにいるよ！」

「何ぃぃぃぃ⁉　呼んだ中に交じってやがったのか！　撃ち落としてくれ！」

「あっ！　ダラの下に潜り込んじゃって撃てない！」

おいぃぃぃ！　まだディアボルス・スカウトがいるのかよ！　普通のディアボルスじゃ追いつけないから、またコーリングして呼び寄せるつもりか！

「エステル！　ダラの下を爆破できるか！」

「ええ、任せて！　――えいっ！」

エステルのかけ声と共に、ダラの真下の空中で爆発が起きた。その爆発に巻き込まれたのか、煙が晴れるとハイドが解除されその場で止まっている青いディアボルスを発見。

爆破と同時に投下しておいたセンチタープラを飛ばし、動き出す前に捕獲する。俺のセンチタープラに翼ごと拘束されたディアボルス・スカウトは海に向かって落下していく。

「よし！　やれ、フリージア！」

「うん！　任せて！」

身動き取れずに落下していく青いディアボルスに、フリージアは容赦なく矢をぶち当てて瞬殺。無事にディアボルス・スカウトを処理し終えると、通常のディアボルス達が俺達を追いかけるのを止め逃げ出し始める。

勿論逃がすことなくダラに追いかけてもらい、容赦なくフリージアの矢によって全滅させた。指揮官を失って逃げる相手は脆《もろ》いもんだな。

「ふぅ、何とか乗り切ったか」

「あの魔物が十五体に青い種類が二体……見回っていたのも含めて全部で二十六体もいたのでありますか」

「このレベルの魔物がこんな沢山いたなんて、冒険者協会が知ったら大騒ぎ間違いなしね。私達でもここまでの魔物を相手にしたのは滅多にないんじゃないかしら」

「一体でも大討伐級に匹敵しそうな強さですからね。今の時点でも大事件ですよ」

「やれやれ、攻撃を避けられないのはめんどうだ。フリージアがいて助かった」

「えへへ、どういたしましてなんだよ！」

ディアボルス二十四体に上位種っぽいスカウトが二体、想像を絶する数だな。もしこの数を一斉に相手にしていたら、相当苦戦させられたと思う。戦力の逐次投入で各個撃破できたのが幸いだったな。最初に九体個別に倒していたのと、ダラに乗っていたのも大きい。囲まれずに一定の距離を保って遠距離攻撃できるのは、フリージアの力を活かすのに最適だった。

島に着く前にまるでボスラッシュを体験したようで疲れたんですが。前はディアボルス一体相手にするのも大変だったのに、その辺にいる魔物みたいにポンポン出てこないでくれ。ディアボルスをこんな扱いできる奴がいるなんて、島に行ったら一体どれだけの戦力が待ち構えているのか怖くなってきたぞ。

でも、こうやって俺達もディアボルスを軽々と狩れるぐらい強くなっているんだ。必ず今回で黒幕を突き止めてこの騒動を終わらせてやるぞ！

そう俺が意気込みを新たにしていると、戦闘を終えてからイリーナさんが体を震わせているのに気が付いた。俺達はもう慣れていたけど、ディアボルス級の魔物の攻撃に晒されたんだから怖いに決まってるよな。

「イリーナさん、大丈夫ですか？」

「オークラさん……いえ、オークラ様！　皆様はなんと頼もしい方々なんですか！」

「えっ」

怖がっているのかと思いきや、イリーナさんは目を輝かせて恍惚《こうこつ》の表情を浮かべて俺達を見ていた。あれれ、すっごく怖い雰囲気がするんですが。

「これもテストゥード様が皆様と私達が出会うよう、導いてくださったのですね。あなた方は我々にとって救世主様に違いありません！　このイリーナ、皆様方には感服いたしました。どうか、聖地へ共に向かい我々をお救いください」

「あっ、えっと、最初からそのつもりで……お、お願いですから頭を上げてください！」

「何だかさらにややこしくなった気がするのでありますが……」

「お姉さんの中でどんどん私達が神格化され始めているようね」

「終わった後色々と面倒なことになりそうですね……」

イリーナさんの俺達に対する評価が、とんでもないことになっているようなんだが……怖いんですけど。まだ島に着いていないというのに、今から終わった後のことを考えると頭が痛くなってきそうだ。

ディアボルス達を全滅させてから数時間後、聖地に向かって飛んでいた俺達の目前にとんでもない光景が見えてきた。

「おお！　何か凄いのが見えてきたんだよ！」

「あれが聖地を覆っている霧でありますか。全く中が見えないのでありますよ」

上空まで届くほど分厚い真っ白な霧が壁のように海上を覆っていた。まるで雲がそのまま落ちてきたみたいだ。その遥か上からダラに乗って俺達は霧を見下ろしていたが、水平線の先まで続いていてどれだけ広がっているのかわからない。これは濃霧とかいうレベルじゃないぞ。中に入ったら一メートル先でも見えるか怪しい。

シスハ達もこの霧には驚いているのか、唖然とした表情をしている。

「あそこまで濃い霧となると案内なしで進むのは無謀ですね。空を飛べたとしても辿り着ける気がしませんよ」

「そうね。もし案内がなかったら私があの霧を魔法で消し飛ばすしかなかったかも」

エステルさんはまた物騒な考えをしている。時々こういう発想するから怖いです。だけど魔法だったら確かに霧は消し飛ばせそうだ。

なんて考えているとルーナが腕を組みながらそれを否定した。

「あの霧から妙な気配を感じる。そう簡単に消せると思えない」

「あら、やっぱりあの霧も普通じゃないのね。あれも守護神と関係あるのかしら？　お姉さんが一緒に来てくれて本当によかったわね」

言われてみるとぴったりと綺麗に霧は縦に伸びていて、まるで境界線のようになっている。どう考えても自然に発生したものじゃなさそうだし、簡単に消せるものでもなさそうだ。もし神殿から許可が下りずイリーナさんが来てくれなかったら、この霧を突破するのは無理だったかも。

「あの中に聖地と呼ばれている小島があるんですか」

「はい、聖地はあの霧によって守られているのです。霧を抜けるにはテストゥード様から賜った甲珠がなければ不可能のはずなのですが……」

「むむっ、島に何かいるとしたら、一体どうやって霧を突破したのでありますかね」

この先にディアボルスを操る黒幕がいるとしたら、そいつはどんな方法を使ったんだろうか。エステルの魔法でさえ簡単に消せそうにないのに、この霧の中に入って移動する島を探し当てる。そんな芸当が本当に可能なのだろうか？　実はまだ聖地に到着していないなんていうことは……ディアボルスがあんなにいた時点でその線は薄いな。

　ダラが霧の間近まで迫ると、イリーナさんは持っていた箱の中から青色の宝石、甲珠を取り出した。それを彼女が大事そうに両手で持った途端、甲珠は輝き出して霧に向かって光を放つ。すると光が当たった部分の霧が一瞬で消えて、濃霧の中に一本の道ができ上がった。

　それを見てフリージアがパチパチと手を叩いて感激している。

「霧がなくなった！　その宝石凄いんだね！」

「これがテストゥード様の甲珠のお力です」

　おお、アイテムを使って道ができていくとはまるでファンタジーじゃないか！　……既に十分この世界はファンタジーだった。ノール達のゴリ押しの印象が強くて、こういう正当な手段を使うのが稀な気がする。半分ぐらい俺が原因かもしれないけど。

　でき上がった霧の道に入ると、中はまさに白一色といった感じだ。もしこの霧に包まれていたら、上下左右の感覚すらなくなりそう。

　後ろを見ると俺達が通り過ぎた途端、すぐに背後の道が濃霧によって閉じていく。本当に甲珠を持つ人じゃないと通す気がないんだな。セキュリティーも完璧じゃあないか。

　その光景を眺めていると、シスハもきょろきょろと周囲を見て興味深そうにしている。

「中はこれまた凄いですね。もし甲珠なしで中に入っていたら、自分がどっちにいるかもわからなくなりそうです」

「でもお前達って暗闇でも平然と動いてるよな。この霧だって平気なんじゃないか？」

「いえ、この霧はルーナさんが言ったように特別な物みたいです。この領域に入ってから位置感覚が掴めません。大倉さんの方でも何か異常はありませんか？」

「……あっ、本当だ」

地図アプリを確認してみると、画面が真っ白になって自分達の位置さえ表示されていない。ガチャ産のアイテムですら妨害されるなんて、やっぱりこの霧は普通じゃないな。これじゃビーコンも使えるか怪しいし、ルーナ達をそのまま連れてきたのは正解だった。

そんな俺達の会話を聞いていたのか、エステルが不安そうな表情で声をかけてくる。

「これじゃ魔物が近くにいてもわからないからちょっと怖いわね。あの魔物が襲ってくるかもしれないもの」

「大丈夫じゃないか？　あいつらだってこの霧じゃ俺達の場所はわからないだろ」

「だといいのだけれど。一応警戒はしておいた方がいいと思うわ」

ディアボルスを操る黒幕が小島にいるとしたら、この霧を突破する術を持っているってことだ。そうなればこの濃霧を利用しない手はない。俺だったら絶対にここで待ち伏せさせて敵を叩きにいくぞ。この霧の中なら襲われないだろうなんて安易な考えはせず、ちゃんと警戒はしておかないとな。

そう気持ちを引き締めていると、ノールが気になる質問をイリーナさんにしていた。

「もし間違って漁師さんがこの霧に入ったらどうなるのでありますかね？」

「悪意を持たぬ者でしたら、陸地に向かって霧の中から出されるだけです。漁師の方々の間では、この付近で遭難したら霧を目指せと言われているそうです」

「それじゃあ悪意を持って入ってきたらどうなるの？」

「その者達の姿を見ることは二度とありませんね。この霧の中にはテストゥード様の眷属《けんぞく》もいらっしゃるので、そういう不届き者には神罰が下ります」

おう、イリーナさんが微笑みながら凄く怖いこと言っているんですが。……ん？　それより気になること言ってなかったか。テストゥード様の眷属がこの霧の中にいるだと？

「ダラのようなまも……ゴホン、眷属が他にもいるんですか？」

あぶねぇ、魔物って言いかけた途端ギョロリとした目でイリーナさんに見られたぞ。眷属って言い直したらまた微笑んでくれたけど、本当にこの人怖いな。

「はい、テストゥード様にはダラの他にも眷属がいらっしゃります。例えばですね……この子とかがそうです」

笑顔でそう答えたイリーナさんが片手を上げると、霧の中から何かが飛び出してきた。そしてダラと並走する形で飛んでいるのだが、それを見て俺はギョッとして心臓がバクバクと鳴り出す。飛び出してきた魔物、それは以前俺達を襲ったスカイフィッシュだ。

「あっ、その魔物って私達がたお――むぐっ⁉」

「黙ろうな！」

スカイフィッシュを指差してフリージアがヤバイことを言い出したので慌てて口を塞いだ。

ヤバイ、ヤバイよこれ、ヤバ過ぎる！　スカイフィッシュがテストゥード様の眷属だっていうのか！　前に襲われて倒しちまってるぞ！　知られたらどうなるかわかったもんじゃない。

チラリとエステル達を見ると、エステルは血の気の引いた青い顔をしていた。ノールは顔が見えないが同様の雰囲気。シスハとルーナはよくわかっていないのか、そんな俺達の様子を見て首を傾げている。

俺は恐る恐るイリーナさんに質問を始めた。

「そ、その眷属って一般的には知られていないんですか？」

「そうですね。この子達はこの霧の中以外では殆ど姿を見せませんので。ですが海の近くにある祠に何か異変があると、すぐに察知して向かうようです」

「も、もし冒険者とかが祠に近付いて襲われて、間違って倒したらどうなるのでありましょうか？」

「……ふふふふ、今までそのようなことはありませんでしたので、私にもわかりません」

ヒェ――イリーナさんの目から光が消えている。い、一体眷属を倒してしまったらどうなるのだろうか。実は既に俺達がスカイフィッシュを倒したの知っていたり……こっちを見ている視線が怖い！

だけど、祠に異変があったら向かう習性があるようだが、あの時どうして俺達は襲われたんだ？　確かに祠に近付きはしたが手は出していない。強いて言えばフリージアが何かに向かって攻撃したぐらいだが……あの時点で何かしらの異変があったのだろうか？

駄目だ、考えても全くわからん。思考という名の現実逃避をしながらも、目の前のイリーナさんにビクビクとしていると、彼女は苦笑を浮かべて話を始めた。

「実際のところは私達も眷属の方々の動向はわかっておりませんから、もし殺《あや》められてしまってもわからないのです。その場合はテストゥード様から直々に神罰が下るかもしれませんね」

「そ、そうでしたか」

よかった……いや、よかったのか？　とりあえずイリーナさんにスカイフィッシュを倒したことはバレていないようだ。テストゥード様から直々の神罰が下るというのは怖いのだが……。襲われたから仕方がなかったとはいえ、精一杯償うからお許しください！

心の中で懺悔《ざんげ》していると、イリーナさんにシスハが質問をしていた。

「それにしてもまるで眷属を呼んだかのようでしたが、イリーナさんはダラさん以外の眷属とも交流できるのですか？」

「はい。と言っても、言葉などを交わすことはできません。聖地の近くでしたら、呼びかけると傍に来てくださるんです」

「あら、それならお姉さんを守ってくれる眷族がここには多いのかしら？　それなら心強いわね」

「そうですね。ですが、あまり眷属の方々を頼るのは不敬ですので……」

イリーナさんはダラ以外でもテストゥード様の眷属なら、ある程度お願いしたりできるのか。スカイフィッシュまで戦力として加わってくれるなら非常に心強いのだが……イリーナさんはあまり乗り気じゃなさそうだ。

他の眷属に頼るのは状況次第として、可能な限り俺達だけで終えられるよう頑張らないとな。そう意気込み霧の中を進んでいる間に、俺はルーナにある物を手渡した。

「ルーナ、島に着く前にこれを使っておいてくれ」

「む？」

取り出したのはインビジブルマントと俺の血の入った複数の小瓶だ。

「……うむ、これで不意打ちすればいいのだな」

「おっ、渡しただけでよく察してくれたな」

「平八の考えそうなことはわかる。この前もそうだった。相変わらず卑怯な奴だ」

祠の戦いでもインビジブルマントを使った闇討ちをしたし、完全に俺の戦法は理解しているようだな。卑怯者呼ばわりされてはいるが少し笑っているから悪くは思ってなさそうだ。この中じゃ一撃の威力はルーナが一番あるからな。不意打ちするのに凄く相性がいい。それから魔物に襲われることなく霧の中を進んでいると、ようやく霧がなくなり視界が開けた。

「見えてきました。あれが我らの聖地――テスタです」

3章　降臨する神々

テスタ、そうイリーナさんが告げて俺達の目前に見えてきたのは、絶海の孤島。

上空から見る島は細長く不自然なほど綺麗な六角形。陸地は草木に覆われて緑豊かだが、所々黒い岩肌のような地面が露出している。見た感じ砂浜がなくて、海との境の部分は全て絶壁のようだ。

山のように盛り上がった島の中央部分は、穴が空いたようにぽっかりと開けていた。

「ここが聖地と呼ばれる島なのでありますか」

「あれー、想像していたより普通の場所だね。もっとこうビカビカキラキラしてるのかと思った！」

うん、俺も聖地って言うぐらいだから、もっとこう神秘的な場所を想像していた。島が綺麗な六角形になっているのはちょっぴり不思議に思うけど、その辺の島と大差ない気がする。小島と呼んでいた割にはなかなか大きな島には思えるけど。

「これが聖地テスタですか。島に名前があったんですね」

「一般的な正式名称はついておりませんが、神殿内では昔からそう呼ばれています。外部の方でも特別な方々にはお教えすることがあるんですよ」

神殿内だけの呼称ってところか？　ベンスさんも小島としか言ってなかったし、本当に一般的に名称がないんだろうな。というか、今特別な方々には教えるって……さらっと俺達のこと特別認定しましたよ宣言されてるんですけど！

「オークラさん、どの辺りに降りればよろしいでしょうか？」

「あー、エステル、どこがいいと思う？」

「そうねぇ、とりあえず島の端っこがいいんじゃないかしら。島の上を通る時に攻撃されるかもしれないから、まずは安全に陸地に降りた方がいいと思うの」

このまま島の中央までひとっ飛び！　といけたら楽だったけどそれは無理か。木が多くて地上の様子が見にくいし、下から攻撃されたら対処するのが難しい。ここはエステルの言う通り陸地に降りるのを優先しよう。

地図アプリを見てみると、真っ白だった画面も元に戻って青い点が表示されている。やっぱりあの霧のせいで使えなくなっていたんだな。

地図アプリで近くに敵がいないことを確認しつつ、フリージアにもディアボルス・スカウトのような透明な敵がいないか警戒してもらいながら、ダラはゆっくりと島の隅っこへ降下していく。

ん？　陸地に俺達以外の青い点が出てきやがったぞ。一体何がいるんだ？　普通の野生動物はいないと思うし、これもテストゥード様の眷属だろうか。海際から離れて敵対する様子もなくこっちに来る気配もない。一旦保留しておこう。

今のところ敵の赤い点も地図アプリにないし、この近くにディアボルスはいないみたいだ。特に異変もないし無事に降りられそう……あれ？　そういえばさっきからシスハが全く会話に参加してこないな。

ふとそう思って彼女の方を向くと、島の方をジッと目を凝らして見ているのに気が付いた。

「シスハ、そんなにじっくりと島を見てどうしたんだ。何かあったのか？」

「いえ、何もありませんよ」

ないのかよ！　って突っ込みそうになったが、シスハは続けて気になることを言い出した。

「ですが、何もないからこそ少し不気味に感じているんです」

「うん？　何もないんだったら気にする必要もないんじゃないか」

「ここは聖地と呼ばれている場所なんですから、神殿や祠のように何か気配を感じてもいいと思うんです。なのにこの島からはまるで何も感じません。フリージアさんが察知している様子もありませんから、妙に違和感を覚えましてして」

「そうか。お前が言うなら一応気にしておこう」

いつもふざけている奴だが今回は割と真剣な顔をしていた。確かにフリージアも気にした様子がなくワイワイとはしゃいでいる。あんな濃霧に覆われていたこの島がただの島とは思えないし、やっぱりここで何か起こっているのだろうか。

だが、そんなシスハの不安を他所に、そのまま何も起こることなく俺達は無事に島へ上陸した。

うーん、実際に降りてみてもやっぱり普通の島としか思えないな。ここは何度も来ているであろうイリーナさんに聞いてみるとするか。

「イリーナさん、この島に来て違和感を覚える部分はありますか？」

「具体的に説明はできないのですが、雰囲気がいつもと違うように感じられます。眷属の方々はいつも通りでしたけど、何かがおかしいような……」

イリーナさんはキョロキョロと辺りを見ているが、その違和感の正体がわからないのか首を傾げている。雰囲気が違うってことは目に見える形で変化がある訳じゃなさそうだ。

シスハが言っているように、神殿とかで感じるような何かがなくなっているのかもしれない。元々何も感じない俺には全くわかる気がしないけどな！　とりあえず今は目指すべき場所を確認するとしよう。

「小規模の神殿があると聞きましたけど、それって島の中央にあるんですか？」

「はい、先程上空から見えたと思いますが、島の中心にある開けた場所に小神殿が建っております」

「結構歩くことになりそうね。この島って普段は魔物っていないのよね？」

「勿論魔物なんてテスタには一体たりとも存在しませんよ。ですが眷属の方はいらっしゃいます。甲珠を持つ私達なら歓迎してくださるので、出会っても決して驚かないでください。……もし危害を加えてしまうと大変なことになりますので」

イリーナさんはギラリと目を光らせてそう言う。

さっきから反応がある青い点はテストゥード様の眷属で確定か。もし攻撃しちゃったら島中の眷属が襲いかかってきそうだな。エイやスカイフィッシュに続いて、一体どんな眷属が姿を現すのやら。

そんな話をしていると、シスハが周囲を見ながら落ちつかない様子で声をかけてきた。

「大倉さん、先程からルーナさんの姿が見当たらないのですが……」

「俺が頼んで姿を隠してもらっているんだ」

既にルーナには霧を抜ける前にインビジブルマントを装備してもらっている。相手がどこで見ているかわからないし、視認できないであろう霧の中で準備は整えておいたのだ。今は場所がわかるようにか、透明なルーナはピッタリと俺の傍に寄り添って聖骸布を握っている。

俺の返事にシスハはホッと胸を撫で下ろしていたが、今度は問題児のポンコツエルフが声を上げた。

「えっ、ルーナちゃん隠れてるの！　むむ……あっ！　そこに――ぐへっ⁉」

「探すな！」

「また大倉殿は何か企んでいるのでありますか」

フリージアが俺の隣にいるルーナを指差す前に、額にでこピンを食らわせてやった。うぅーと唸《うな》りながら涙目になって額を手で押さえている。

わざわざ隠れてもらっているのに見つけ出そうとするなよ！　全く、相変わらずこいつは何をしでかすかわかったもんじゃないな。それよりも、一つ確かめておきたいことがあるぞ。地図アプリが島の中で使えるのならビーコンも使えるんじゃないか？　もしビーコンがこの島の中でだけでも使えるのなら、万が一に備えてどこかに設置しておきたい。イリーナさんのいる目の前で試すことになるけど仕方がない。

「イリーナさん、これから見ることは他言無用でお願いします」

「はい、オークラ様がそう仰るのなら、テストゥード様に誓って絶対に誰にも話したりはいたしません」

「あっ、はい。ありがとうございます」

何の疑う様子もなく即答してくれるのは助かるけど、キラキラと輝いた目で見られるのは若干怖いです。イリーナさんの返事を聞いて、さっそくビーコンを取り出して少し離れたところに設置する。勿論周囲に見ている存在がいないか念入りに確認してからだ。

俺を選択して飛ぶのではなく、透明なまま俺の横にいたルーナを選択してビーコンで飛ばす。傍から見ると何も変化は起きていないが、地図アプリでしっかりと彼女が移動しているのがわかる。

イリーナさんに言わないようにお願いはしたけど、これなら何が起こったのかわからないし念には念を入れた方がいい。俺の横に戻ってきたルーナは急に飛ばされて怒っているのか、ツンツンと鎧の隙間から指で突いてくるが甘んじて受けておこう。

「どうやらこの島の中ならビーコンは使えるみたいだな。これなら最悪何かあっても大丈夫そうだ」

「島の中限定だとあまり頼りにし過ぎるのは危ないけどね。お姉さん達も移動はできるのかしら？」

「ああ、イリーナさんとダラもしっかり入ってるぞ」

画面で確認するとイリーナさん達もパーティに追加されているから、ビーコンを使うのに問題はない。島の中心に向かう道中でいくつか隠して設置しておくかな。

ビーコンの確認も終わり、俺達は島の中心へ向かい移動を始めた。一番前を俺が進んで、その後ろにフリージア。中心にはエステルとシスハとイリーナさん。そして殿《しんがり》にノールの順番だ。

俺が先頭で若干不安だが、透明のままなルーナが傍にいてくれるから心強い。何かあってもすぐに反応してくれるはずだ。

ダラはイリーナさんを守るように、木々の隙間を縫いながら左右を行ったり来たりしている。凄く進み辛そうにしているけど、上空を移動すると今どこにいるか敵から丸わかりなので我慢してもらいたい。

しばらく森の中を進んでいると、上陸前から気になっていた島にいる青い点がこっちへ向かって来ているのに気が付いた。眷属だろうからノール達が攻撃しないよう事前に伝えようとしたが、その前にイリーナさんが声を出す。

「どうやら眷属の方がこちらへいらっしゃるようです。皆さん攻撃なさらないでくださいね」

おお、向かって来ているのがわかるとは、さすが眷属と通じ合っている人だな。一応警戒しつつも立ち止まって待っていると、木々の間から一体の魔物が姿を現した。

長細い体をしており、透き通った体内には綺麗な青い器官が見える。胴体の左右にある翼のようなものをパタパタとはためかせて浮かぶその眷属の姿はクリオネだ。

おいおい、ちょっと色が違っているけどクリオネだぞ。例によってこのクリオネも人より大きなサイズなのかよ。一応ステータスを見ておこう。

種族：シーエンジェル
レベル▼70　HP▼4万8000　MP▼2500
攻撃力▼2500　防御力▼800　敏捷▼55　魔法耐性▼20
固有能力【浮遊】　スキル【バッカルコーン】

「シーエンジェルと呼ばれる眷族の方です。テスタ以外では殆どお姿を拝見できませんので、参拝に同行してくださった冒険者の方々が大変興味深そうにされていました。いつ見てもとても神秘的なお姿をしていらっしゃります」

「……ちなみにですが、戦う姿を見たことはありますか？」

「……はい、ございますよ。ちょっとしたトラブルから威嚇なされたことがありまして……初めて見る方は少し驚かれるかもしれませんね」

おう、想像するだけで恐ろしい。俺よりも大きなクリオネの頭が割れて触手が飛び出してくる様を考えたら、トラウマ間違いなしだ。イリーナさんは顔に笑みを貼り付けて誤魔化しているけど、その時のことを思い出しているのか若干震えてるぞ。

クリオネ眷属と別れてそのまま島の中心を目指してしばらく進み続けたが、魔法の罠やディアボルスの襲撃もなく順調に島の中央へ向かっている。

「着いた途端襲われるかと思っていたけど、ここまで何もないと逆に怖いな」

「祠のように罠すらないようね。まるで私達に早く来いと伝えているみたいだわ」

霧に入る前にディアボルス・スカウトを送り込んできたくせに、島に着いてからは全く動きを見せないのは不気味だな。

そう思いながら地図アプリを見ていると、ようやく島の中央部分が表示範囲内に入った。するとそこには赤い点が表示されている。

「魔物がいるみたいだ。島の中心に集まっているぞ」

「そんな！　聖地であるテスタに魔物が寄り付いているなんて……」

既にわかっていたことだが、改めて魔物がいることを確認できたせいかイリーナさんは暗い表情をしている。しかも居場所は小神殿があるっていう島の中央部分だし無理もない。

「予想通りとはいえ中央に陣取っているなんて随分と余裕があるのね。数はどのぐらいいるのかしら？」

「反応は十体だな。さっき戦った奴みたいに反応を消す奴もいるから、これで全部とは限らないが」

「待ち構えていたにしては少ないでありますね。その反応の内の一つが今回の黒幕なのでありましょうか。赤いってことは敵対する意思があるってことでありますよね？」

「見つかれば襲ってくる可能性は高いだろうな」

この中に黒幕がいるとすれば、赤い点だから俺達と敵対する気まんまってことだな。居場所だけじゃなくて敵意があるかどうかもわかるから本当に優秀なアプリで助かる。

さて、いるのはわかったけどこれからどう動くべきか。敵対するにしても相手がどんな奴なのか知っておきたいな。話ができるような相手なら一度話をして情報も引き出したい。

が、そんな悠長なこと言ってられない勢いで襲われる可能性もある。この中にディアボルスを使役している奴がいるなら俺達が島に来ているのは想定済みだろうし、この島を見回るぐらいはすると思うんだけどなぁ。俺達が来るのをわかっているからあえて待ち構えているのだろうか。

それに島の中央にいるっていうのに、どうして眷属達は動かないんだ？　まさか攻撃しなければ襲わないとかじゃあるまいし。この赤い点の奴らをここの眷属は敵だと認識してないってことだよな。それが甲殊もないのに濃霧を突破した方法に関係ありそうだけど、今のところわからない。

わからないことだらけだけど、何にせよ敵に接触はしないといけない。そこでまず二通り考えた方法があるのだが……エステルさんに相談しましょう。

「エステル、お前達にここに残ってもらって俺が敵のところに行くのと、全員で最初から行くのとどっちがいいと思う？」

「お兄さんが危ない案は却下……と言いたいところだけれど、今回の相手を考えると一応話し合った方がよさそうね。お兄さんのことだから、まずは一人で見に行って相手の戦力を確認しようとしているのよね？」

「ああ、何も知らずに相手するよりそっちの方が戦いやすいだろ」

俺が考えたのは、まず俺が敵に会いに行って情報を集めることだ。さっきビーコンを使えるのは確認したから、もし敵に囲まれたとしても逃げることはできる。ビーコンは離れた場所で待機しているノール達に見守ってもらえれば問題もない。

そうすれば相手の戦力を知りつつ、上手くいけばステータスも見れて情報的に圧倒的有利になる。問題があるとすれば逃げる隙すら与えられずにボコボコにされる可能性があることか。

「有無を言わさずフリージアに狙撃してもらうって手もあるけど、話せる相手なら一度話はしておきたい。何か情報が得られるかもしれないからな」

「むぅ、倒すだけじゃ駄目なんだね」

倒すだけなら、位置を変えながらひたすらフリージアに遠距離から狙撃してもらうとかだな。だけどこの島の中じゃいずれ追いつかれそうだから、それも安直過ぎるとは思うけど。

それに今まで一度も黒幕には会えていないし、ここにいるのなら話をして情報を引き出したいところ。

「でもでも、やっぱり大倉殿一人で行くのは危ないのであります。この前だって祠に残ってボコボコにされたのでありますよ？　同じようなことはさせられないのであります。今度こそ全員で行ってちゃんと戦うのでありますよ！」

「オークラ様はまたお一人で魔物に立ち向かおうというのですか。二度も続けてそのようなことをさせる訳には参りません。私も今度はダラと共にお力添えをさせてください」

ノールとイリーナさんは俺一人で行くのは反対のようだ。あれは退却の時間稼ぎの為にやったことだが、めちゃくちゃボコられたからなぁ。またあれを味わうかもしれないと思うとちょっと腰が引けてくる。

苦い思い出に身を震わせていると、シスハまで俺の案を否定する意見を言い出した。

「私は全員で向かうべきだと思います。ここが聖地とはいえ今回も相手が先に待ち構えているんです。まとめて罠にはまる危険性はありますけど、全員でいれば色々と手も打てますからね」

「私もシスハの案に賛成ね。確かに事前に情報を得るのも大事だけど、相手もこっちを警戒しているもの。前回みたいに逃がさないように何か対策してきているかもしれないわよ。それにあの姿を消して仲間を呼ぶ魔物の存在を考えると、戦力を分散させるのは逆に危険だと思うわ。女神の聖域だってあるんだから、まとまっていた方がいいんじゃないかしら」

「シスハちゃん達が平八が一人で行くのに反対なら私も反対かなー。危険なら皆で行くべきだと思うんだよ！」

うーむ、五対一で圧倒的に俺一人で行く案は反対だな。透明のまま黙り込んでいるルーナも、また鎧の隙間から指で俺を突っついて反対だと訴えているようだ。

こんなに心配されてちゃ一人で行く選択はできないか。ここはノール達を信じて全員で挑むとしよう。

「よし、それじゃあ相手の様子を見つつ全員で行こうか。イリーナさん、可能な限り私達の中心にいるようにしてくださいね」

「はい、オークラさん達のお邪魔にならないよう、私も精一杯頑張らせていただきます」

イリーナさんも回復魔法を使えるし、ダラも一緒にいるからとても頼もしい。ようやくここ一連の騒動の原因とのご対面、一体どんな奴がいるのだろうか。

島の中央にある小神殿に敵がいるのもわかったので、待ち伏せや罠を警戒して進んでいく。が、何の妨害もなくあっさりと望遠鏡を使って見えるところまでやってきた。

あまりにも不自然過ぎるので一旦立ち止まって、茂みの中からしばらく様子を窺う。

「外にはいないな。地図アプリの反応を見る限りあの建物の中にいるみたいだ」

テスタにある小神殿はセヴァリアの神殿を小さくしたような建物でかなり立派だ。反応がある地点を望遠鏡で見ているが、建物の外に敵の姿はまるでない。どうやら敵はあの中に潜んでいるようだ。

くぅ、近付く前にどんな奴なのか確認したかったんだけどなぁ。これじゃフリージアに狙撃してもらうことも出来ないから厄介だぞ。

「この島にある小神殿の中で何かやっているみたいね」

「ぐぎぎ、神聖なるこの地で、さらには神殿に侵入し冒涜的な行いを……許せません！　今すぐ奴らに神の裁きを下し――がっ⁉」

「はいはい、少し落ち着きましょうねー」

小神殿の中にいると知ってイリーナさんは怒りに震えていたが、この前やったようにシスハが肩に手を置いて押すとすぐに治まった。ここでイリーナさんに暴走されても困るからな。犯人の姿を見たら怒り狂って今すぐにでも飛び出しそうだぞ。

「あの神殿の中には何かあるのでありましょうか？」

「あそこにはテストゥード様に祈りを捧げ甲珠を祀る為の祭壇があるだけです。外部の者が立ち入れない結界が張られていたはずなのですが……」

「この前の祠と同じように結界は破られているみたいね」

今ここに来ている奴がこの前の祠の結界も破ったのだろうか。祭壇しかない小神殿の中で一体何をしているんだ？　イリーナさんが言わないってことはこの前の祠のように、セヴァリア全体の加護に関係している訳でもなさそうだし。そもそもこの島に何をしに来てるのかすら謎だ。

それにこうやって俺達が一方的に確認しているのに相手からまるで反応がないな。中にいる奴らも動く素振りすらないし、まさか俺達が来ているのに気が付いてないのか？

「フリージア、周囲に魔物が隠れてる感じはするか？」

「ううん、何もいないよ。あの中からしか気配は感じないんだよ」

フリージアの索敵にも反応なし、か。以前の神殿のように罠も仕かけられていないし、ディアボルス・スカウトのように透明な魔物も配置されていない。

もし俺達が来ているのに気が付いててその対応をしているのなら、侮っているのかそれとも罠があって誘っているのか。こちらとしては簡単に近づけて楽だけど、それが逆に不気味に思えてくる。

「仕方がない。どんな相手なのかわからないけど神殿に向かおう」

結局相手の情報は何も得られなかったが、ここでずっと見ていても仕方がないし覚悟を決めるか。

ノール達にも賛同を得て、周囲に警戒しながらも俺達は小神殿の境内に足を踏み入れた。それでも何か起きる気配はなく、このまま中に入れるかと思ったのだが、入り口の直前で小神殿内の赤い点が全て外へ向かって動き出す。

「止まれ！　出てくるぞ！」

俺の叫び声に反応してノール達もすぐに戦闘態勢に入った。向かってくる敵の反応はゆっくりと歩くような速さで、何の焦りも感じられない。そしてヒタヒタと足音が聞こえ始め、ほの暗い小神殿の中から魔物が姿を現した。

周囲には九体のディアボルスが飛び回り、その中心には見たこともない魔物がいる。フォルムはまるで人のようだが、頭の左右には黒い二本の角、背中には大きな翼、そして極太の尻尾まで生えていた。

全身は硬質化しているのか鎧のように黒光りしており、真紅の眼光と相まってとても凶悪そうだ。体はスマートだけど、身長は二メートルは軽くあり凄く威圧感がある。

ヤバイ、こいつはかなりヤバイぞ！　鈍感な俺でもステータスを見なくたってかなり強いのがわかる！　強者《つわもの》のオーラがビンビンと出てるぞ！

ゴクリと唾を飲み込み相手の出方を窺っていたが、奴は全く予想外の動きを始めた。まるで紳士のように深々とお辞儀をしたのだ。

「ようこそいらっしゃいました。随分と遅いご到着でしたね」

おう、凶悪そうな見た目に反して随分といい声をしているんですが。まるで人と話しているかのようだぞ。

歓迎しているような物言いに聞こえるけど、当然全員警戒して誰も答えはしない。その反応に目の前の魔物は、ふむ、と何か納得したような声を出し、両手を広げておちゃらけた態度を取った。

「そう警戒なさらず。別にあなた方と敵対する気なんてありませんよ？」

「道中で俺達をディアボルスに襲撃させておいてよく言うな」

「ほお、私の使い魔の名をご存じで。たかが冒険者風情と思っていましたが、少し改める必要がありそうですね。ま、所詮は冒険者という認識は変わりませんが。あの程度の歓迎でやられるようなら招く価値もありません。ここに来られたことは誇ってもいいですよ」

何が敵対する気はないだよ。こっちは地図アプリで敵意満々なのマルッとお見通しだぞ。ディアボルス・スカウトに襲撃させたのは歓迎程度だと？　やっぱりこいつはディアボルスを操っている張本人みたいだ。

となると、こいつが魔人なのか？　俺の知っているGCの魔人に比べると随分と違うな。GCの魔人はもっと人に近い見た目をしていたが、こいつは魔物のような見た目をしている。ディアボルスを大きくしてちょっと変えれば似たようになりそうだ。

冒険者をバカにした発言をしているけど、迎え撃つ準備をしてなさそうなのは俺達を侮っているってことなのか？　ならば都合がいい、このまましばらく話して情報を聞き出すとしよう。

「このまま何もせずここから立ち去る気はないのか？」

「ご冗談を。脆弱な人間相手に私が退くとでも？　フハハハハ、これは滑稽だ！　むしろ自分達の心配をするべきですね。あなた方がどの程度の強さなのか、こちらは既に把握済みですよ。オークラヘイハチ、最近王都で噂の冒険者パーティだそうで。未だにBランク止まりのようですがね」

なっ、俺達のことを知っているだと⁉　ランクはプレートでわかったのかもしれないが、まさか名前まで知られているなんて。王都で噂とか言っているし、町で情報も得ているみたいだな。

透明化させたディアボルス・スカウトに情報収集でもさせていたのか？　俺達の強さを把握しているっていうのも、今までのディアボルスとの戦いで分析されていそうだな。それでこんなに自信満々な態度をしているのか。相手の方が俺達より情報を持っている今の状況はまずいな。

思わずぐっ、と俺が唸ると、その反応を見て満足そうな声で奴は話を続けた。

「Aランク冒険者ならまだしも、Bランク程度じゃ私の相手は務まりませんね。私の使い魔を倒していい気になってこんなところまで来るとは愚かですねぇ。私はてっきりAランク冒険者を呼んでくると思っていましたよ。ま、Aランクだろうと所詮は冒険者、私の相手ではありませんけどね」

鼻で笑うように言い切っている。本当に冒険者を下に見ているんだな。Aランク冒険者相手にもそこまで強気に出れるなんて、本当にこいつは強いのか。妙に上機嫌なのか身振り手振りをしてリアクションを取りながらペラペラと話している。

その隙を見て俺はスマホでこいつのステータスを確認した。

【
マリグナント　種族：アークデーモン
レベル▼98　HP▼65万9500　MP▼48万5000
攻撃力▼4800　防御力▼4500　敏捷▼200　魔法耐性▼60
固有能力【状態異常耐性】【従属の恩恵】【黒魔障《くろましょう》】【支配の魔眼】【低位武器無効】
スキル【眷属召喚】【眷属再生】【眷属強化】【テールエッジ】【ウイングマニューバ】
】

お、おおぅ⁉　強い、マジで強いぞこいつ！　HPとMPが今までとは桁違いだ！　固有能力もスキルもかなり持っている。見た感じこいつはディアボルスのような魔物を操って戦うのが主体か。

普通は召喚師といえば自分のステータスは低いことが多いはずだ。それなのにこいつは自分自身も相当な強さ。並の冒険者だったらこいつだけで全滅させられそうだ。

それにこの低位武器無効ってGCにもあった能力だな。NやRの武器での攻撃を全て無効にする初心者殺しの能力だ。この能力持ちの敵が出てくる辺りでSR武器に切り替えていないと完全に詰んでたからな。今の俺達には全く問題ないが、どうしてこんな能力を持っているんだ？

何にせよ、このステータスを見て俺は希望が見えてきたぞ。強いには強いけど十分に勝てる範囲だ。勿論油断はできないから、逆に油断し切っているこいつの隙を突こう。

「そんな愚かな冒険者にご教示願ってもいいか？　どうしてセヴァリアを、そして守護神の祠を狙ったんだ？」

「ふぅ、守護神ですか。この町の人間というか、神殿に仕えている者達も哀れですねぇ。ああ、ちょうどそこに一人いらっしゃるようで。魔物を守護神だと信じて祀っているとは、滑稽としか言えませんよ」

「な、何を言うんですか！　テストゥード様は魔物じゃありません！　守護神様です！」

「は、真実を教えても認められないとは、愚か過ぎてかわいそうになってきましたよ。あなたの横にいるそれも魔物じゃありませんか。この島に居る眷属とやらも全部魔物、魔物なんですよ！　フハハハハハ！」

「そんな、そんなことありません！　やはりあなたには神罰を与えるしかありませんね！」

マリグナントはバカにしたように笑いイリーナさんを指差し、それを受けた彼女は顔を赤くして怒っている。前にシスハがテストゥード様が魔物だって言ってたけど、本当にそうなのかもしれないな。そしてこいつはそれを知っている、と。

マリグナントはやれやれと手を上げて呆れたように首を振っていたが、イリーナさんを見て興味深げな声を上げた。

「おや？　あなたいい物をお持ちですね。その宝石を渡すのでしたら命だけは助けて差し上げますよ」

「わ、渡すなんてあり得ません！　何と罰当たりな！」

イリーナさんは青色の宝石、甲珠を胸に抱き抱えてマリグナントから隠した。甲珠を欲しがっている？　テストゥード様の御神体も奪ったみたいだし、関係する物を集めているのか？

何にせよ渡さない方がいいのは確かだ。俺はマリグナントの前に立ち塞がるように出て、イリーナさんを背中に隠した。

「私の慈悲を断るとは後悔しても知りませんよ。まあ、別にどちらでもいいのですが。それで狙っていた理由でしたっけか。実験の一環ではありましたが、最終的にあの町には滅んでもらおうかと思いましてね」

「滅ぼす⁉　何をするつもりでありますか！」

「だから実験の一環だと言ってるじゃありませんか。手に入れた力はすぐに試したくなる性分なんですよ。それにあの町には個人的な恨みは全くありませんが、ついでに同胞達の恨みを晴らそうかとね。もう五百年程昔の恨みになりますけど」

「悪者だ！　悪者だよ！　よくわからないけど悪者って感じがするよ！　倒さなきゃ！」

「くくっ、別にそう呼ばれても構いませんが、悪者とは失礼な方ですね」

五百年前、それって魔人がセヴァリアを襲った時期の話だよな。こいつはその時の復讐をしようとしているのか？　魔人側から襲ってきたくせに。だけど個人的な恨みはないってことは、その時の生き残りって訳でもなさそうだな。むぅ、こいつは色々知っていそうだし全部聞き出したいところだ。

「せっかく来てもらったことです。あなた達も最後までセヴァリアの終わりを見守っていくといいですよ。私の長年に渡る実験の集大成を見る観客がいないのはつまらないですからね」

「長年に渡る実験？　クェレスからずっと動いていたのはあなたってことでいいのかしら」

「フフフ、そう思っていただいていいですよ。もっとも、先に動いていた私をあなた方が邪魔をしてきた、と言いたいところですがね。Aランク冒険者や騎士団の同行は把握していましたが、まさかBランク程度にここまで邪魔をされるとは思いもよりませんでしたよ」

集大成？　これから一体何をやるつもりなんだ。それでセヴァリアが滅びるっていうのか。

そしてこいつにとってAランク冒険者はその実験とやらの脅威になりえると。騎士団っていうのはイヴリス王国の騎士団のことだと思う。これほどの強さの奴が警戒するとなると、Aランク冒険者も騎士団もノール達と同等かそれ以上の実力者揃いなのか？　……今は関係ないからこの疑問は後で考えよう。

それよりもいい感じで話を引き出していたけど、そろそろこっちからも仕かけようか。まずは相手の動揺を誘ってペースを乱すとしよう。

「なるほどな、お前の考えは全てお見通しだぞマリグナント」

「な、何？　今お前なんて……私の名をどこで知った？」

名前を言った途端、余裕そうにしていたマリグナントは笑うのを止めた。焦るよな、知られてないと思ってたのに相手が名前を知っていたら焦るよな。俺だってさっき名前を言われてドキッとした。そのお返しだ。

予想通りのマリグナントの反応を見て、さらに俺は口を吊り上げて笑みを浮かべた。

「ふふふ、俺が何も知らないとでも思ったのか？　こっちだってお前の手の内は既に把握済みだ」

「ぐっ……ハ、ハッタリを言うな！　そんなもので私は騙されんぞ！」

はい、ハッタリです。実際は何も知りません。今さっきステータスアプリで見た情報しか知らないです。

でも、内心焦っているのは手に取るようにわかる。こいつ余裕ぶってるけど揺さ振られるのに慣れていないのか。話が出来る相手だとステータスアプリってこういう使い方も有効だな。

「ディアボルス以外にお仲間は連れてきていないようだがいいのか？　まさかとは思うけど、お前とディアボルスだけで俺達を相手する気なのか？　ははは、随分と見る目がないみたいだな」

「……き、貴様らの相手など私だけで十分だ。あいつらの手を借りるまでもない」

「ほお、お前以外のアークデーモンはここにいないのか。魔眼を持っているようだがそれなら安心だな」

「何……だと？　私の正体だけじゃなく魔眼のことまで……お前は一体何者だ！　何故知っている！　ただのBランク冒険者じゃないのか！　答えろ！」

「お前が言ったようにただの冒険者、大倉平八さ」

決まった、何となくカッコいい台詞を言えた気がする。それよりもどうやらこいつにはまだ仲間がいるみたいだな。だけど今はこの島にいない。

よし、こいつはここで仕留めよう。いや、仕留めないと駄目だ。絶対に生きては帰さない！

「さあ来い！　正々堂々と戦おうじゃあないか！」

鍋の蓋を構えて、エクスカリバールで蓋をカンカンと叩いて挑発をした。それがふざけているように見えたのか、ダンッと地面を踏み鳴らしてマリグナントは激昂している。そして攻撃をするつもりなのか片手を上げて奴は叫んだ。

「くっ、図に乗るなよ人間――が⁉」

マリグナントは反応して背後を振り向こうとしたが、その前に背中から奴の胸を赤いオーラを纏う槍が貫く。驚愕の表情を浮かべるマリグナントの背後には、真紅の槍を持つルーナの姿があった。

ルーナのブラドブルグに貫かれたマリグナントは、胸から生えた真紅の槍を掴んで背後にいるルーナを見て叫んだ。

「お、お前！　一体どこから！」

「歩いて背後に回っただけだ。間抜けめ」

「クッ、やれぇぇぇ！」

マリグナントが叫ぶと同時に、周囲にいたディアボルス達がルーナに向けて一斉に槍を投げる態勢に入った。が、直後にフリージアの矢に射られ、複数のディアボルス達が消し飛んで光の粒子になって消滅。それにより一瞬ディアボルス達が怯んだが、マリグナントだけは意にも介さず尻尾に光を帯びさせて振り抜く。

ルーナは槍から手を離して飛び退いてそれを回避すると、再びその場から姿を消した。インビジブルマントは攻撃すると透明化が解除されるけど、それも一瞬でこうやって攻撃した後にまた姿を隠せる。

姿を消したルーナに驚いていたが、それよりもマリグナントは自分の胸を貫いているブラドブルグを見て声を上げていた。

「こ、この槍、異界の力を宿す武器だとぉ⁉ どうしてこんな物を持っていやがる！」

異界の力、だと？ どういう意味……いや、そんなの一つしかない。ルーナはＧＣのユニット、当然持っているブラドブルグもその世界の武器だ。この世界はＧＣの世界でもないはずだから、まさに異界の力そのもの。今までディアボルス越しでしか見てなかったけど、自分の体を貫かれて気が付いたのか？

つまりこいつは別の世界があると認識していることになるんだが……元の世界に帰る為の手がかりを持っているかもな。ちっ、どうせ聞いたって答えないだろ。ここでその情報を引き出す為に躊躇したらこっちがやられる。気になるけどこのまま仕留め切るしかない。

マリグナントの胸に刺さっていたブラドブルグが消え、自動回収でルーナの手元に戻った。突然胸から生えていた槍が消えたことで、さらに奴は動揺したのか動きが止まる。その隙を俺達が見逃す手はない。

ルーナが姿を見せた瞬間に走り出していたノールが斬りかかった。マリグナントはすぐ反応して剣を腕で防いだが、ギンッと鈍い音と火花が散って腕から青い血が噴き出す。

ノールはそのまま止まることなく、レギ・エリトラの行動速度低下も合わさって次々とマリグナントを斬り刻む。その間にもルーナが再び姿を見せて、風穴が開いたマリグナントの胸に槍を投擲《とうてき》して傷口を広げていく。

マリグナントも必死にノール達の猛攻に尻尾などで反撃しているが、二人の連携と行動速度低下のせいで上手く動けないようだ。

そんなマリグナントを助けようとディアボルス達も慌ててノールに狙いを定めようとするが、フリージアとエステルの遠距離攻撃がそれを阻止する。俺もセンチタープラを飛ばしてディアボルス達が近づけないように妨害し、ノール達がマリグナントを仕留める時間を稼ぐ。

さっきまでの余裕がまるでなくなったマリグナントは雄叫びを上げた。

「この俺がこんな奴らにぃぃぃぃぃ！　こんなはずじゃ――がっ⁉」

ノールとルーナだけじゃなく、ディアボルス達の隙を突いてフリージアが的確なタイミングでマリグナントを攻撃している。ポンコツエルフだけど戦闘に関しては本当に頼りになる奴だな。

敵が油断していたとはいえ、圧倒的に俺達に有利な展開だ。だが、マリグナントはノール達相手に二対一でまだ戦えている。ここはあいつを反面教師にしてこっちは油断せずに仕留めたい。

そう思っていたが、マリグナントと攻防を繰り広げていたノールの真横に黒い魔法陣が突然現れた。次の瞬間、鋭い鎌が中心から出てきてノールを襲う。

やらせるかよぉ！　いけ、センチタープラ！

俺がそう念じてディアボルスの妨害に使っていたセンチターブラを飛ばし、縦長の壁にしてノールと鎌の間に滑り込ませる。鎌が当たると一撃でセンチターブラは砕け散って光の粒子になってしまったが、その隙にノールは後ろに飛び退いて攻撃を回避できた。

「ノール！　大丈夫か！」

「平気なのであります。助かったのでありますよ。一気に仕留めたかったでありますが、そう簡単にはいかないみたいでありますね」

「ノール、お兄さん。どうやらまた別のディアボルスを召喚されちゃったみたいよ」

ノールが無事でホッとしたのもつかの間。エステルに言われてマリグナントを見ると、周囲にはさらに複数の黒い魔法陣が展開されていた。そこから姿を現したのは、鎌を持った四体の赤いディアボルス。スカウトとはまた別の上位種みたいだ。

それで終わりではなく、さらに通常のディアボルスが二十体、緑色のディアボルスが一体出てきた。おいおい、全滅させたと思ったらさっきより増えないでくれませんかね。

さすがにあの数は不味いと思っていると、ルーナも俺達の傍に戻ってきていてインビジブルマントを脱ぎ姿を見せた。

「すまん、仕留めそこなった。無理にでも頭を貫くべきだった」

「いや、攻撃する瞬間に反応していたから、頭を狙っていたら避《よ》けられていたかもしれない。あれで十分だ」

「ルーナさんに胸を貫かれてもあんなに動けるなんて、ただの魔物じゃなさそうですね」

「あいつの体力は六十五万もあるからな。大討伐級の魔物よりも強いぞ」

逃げ腰だったとはいえ、まさか胸を貫かれた状態でノール達の攻撃を防ぎ切るとは。ＨＰが高いと致命傷と思えるダメージでも普通に耐えてきやがるのか。だけど胸から血をボタボタと垂らして息を荒くしているから、相当なダメージだったはずだ。

そんな満身創痍になっているマリグナントは俺達を睨みつけて叫ぶ。

「お前ら、この俺によくもふざけた真似をしてくれたな！　タダでは済まさんぞ！」

「あれー、さっきまで私とか言ってたのに俺になってますよー。大丈夫ですかー？」

「ぐっ、バカにしやがって！　そこのガキと剣士を始末したら次はお前だ！」

ダンッ、と尻尾を叩き付けて地面にめり込ませて、わなわなと拳を握り締めている。こういう状況でも煽るとは、さすがシスハだな。とても真似できないぞ。

シスハによって気が逸れている間に、新たに現れたディアボルスの確認だ。

ディアボルス・アサルト　種族：ディアボルス　【状態】眷属
レベル▼80　ＨＰ▼8万　ＭＰ▼4000
攻撃力▼5500　防御力▼1500　敏捷▼180　魔法耐性▼50
固有能力【思考共有】【危険感知】　スキル【デスサイズ】

ディアボルス・メディック　種族：ディアボルス　【状態】眷属
レベル▼80
HP▼3万　MP▼1万5000
攻撃力▼100　防御力▼500　敏捷▼80　魔法耐性▼50
固有能力【思考共有】【魔法耐性向上】　スキル【ファーストエイド】【リジェネレイト】

「赤い奴は攻撃、緑のは回復特化みたいだ。赤い方は攻撃力が五千五百もある。注意しておけよ」

「そ、そこまで高いのでありますか⁉　さっき私を攻撃してきたのは赤い方……かなり危なかったのであります」

「色々な役割のディアボルスがいるのね。数も多いし相手するのが大変そうだわ」

スカウトだけじゃなくアサルトにメディック。それぞれ何か特化した役割を持つディアボルスがいるんだな。通常の黒いディアボルスに比べると数は少ないから、こいつらを召喚するのは制限があるのか？

新たに出てきたディアボルスのステータスを確認したところで、マリグナントが指示を出したのかディアボルス達が動き出した。それを見てルーナは舌打ちして槍を構える。

「チッ、来る。ノール、行くぞ」

「了解であります！　背中は任せるのでありますよ！」

「うむ、任された」

向かって来るディアボルスの群れにノールとルーナが迎撃に出る。当然ディアボルス達は槍を投擲して攻撃してきたが、フリージアが矢で槍を撃ち落としていく。

ディアボルス側は先頭に三体の赤いディアボルス・アサルト、その後ろに多数の黒いディアボルスを引き連れている。残る一体のアサルトはマリグナントの傍で待機しているようだ。

先頭を飛ぶアサルトとノール達がかち合うと、お互いに激しい打ち合いが始まった。

アサルトの攻撃力は今まで相手した魔物の中でもトップクラス。ノールはアサルトを真っ先に狙い、他のディアボルスには目もくれずに戦う。ルーナはそれをサポートするように周りのディアボルスを捌いて近寄らせないようにしている。マリグナントを追い詰めた時といい、二人共かなり連携が取れるようになっているようだ。

しかし、通常のディアボルスの動きがさっきよりも速くかなり苦戦している。フリージアとエステルの援護、さらに俺のセンチターブラで槍を弾いているが攻撃がかなり激しい。時折攻撃を受けてしまっているけど、シスハとイリーナさんが回復魔法を飛ばしているから問題ないようだ。

よく見れば通常のディアボルス達の体に、黒い光が纏わり付いているのに気が付いた。まさか、あれはマリグナントの眷属強化ってやつか？　フリージアの矢で撃たれても怯まなくなったし倒し切れていない。

ここでさらにマリグナントが加わってきたら不味いと思っていたが、奴は小神殿の前に鎮座していた。隣にはディアボルス・メディックがいて、緑色の光を放ってマリグナントの傷を癒している。回復などさせるかとディメンションブレスレットでエクスカリバールを持つ手を飛ばし、ディアボルス・メディックを襲った。が、マリグナントの近くに残っていたアサルトが割り込んできて鎌で受け止められる。

それを見てマリグナントが愉快そうに笑い声を上げた。

「フハハハハ！　無駄無駄！　お前らのやることなどお見通しだ！　このまま押し潰してやろう！」

ぐぬぬ、さっきのお返しとばかりに笑いやがって！

「ちっ、防がれた。アサルトがいたままじゃ狙えそうにないぞ」

「奇襲されるのを見越してあの赤いディアボルスを残していたみたいね。一度やられたから用心深くなったのかしら」

どうして一体だけ残していたのか疑問だったが、その為に傍に置いていたのか。確かステータスの固有能力に危険感知ってのがあったはずだ。それでどこから攻撃がくるのか予想ができるっていうのか？　くそが！　厄介が過ぎるぞ！

「私とイリーナさんが回復しているので間に合っていますけど、あまり長期戦になるのは避けたいですね」

「まとめて一気に殲滅できればいいんだが……なっ⁉」

モニターグラスに移していた地図アプリに、俺達の後方に赤い点が表示された。慌てて振り返ると、そこには既に矢で射られ落ちていく青いディアボルスの姿が。どうやらフリージアが気が付いて撃ち落としていたらしい。

攻撃されてハイドが解除されたから地図アプリに映ったのか。フリージアが気が付いてくれなかったら後ろから奇襲されていたぞ。

「フリージア、助かった。よく後ろから来ていたのがわかったな」

「周囲の警戒をするのは当然だもん。私は里の番人を任されていたからこういうの得意だよ」

こんな時に気になること言うんじゃあない！　番人しているフリージアとか想像できないんですけど！　この騒ぎが終わったらそこんところ絶対に詳しく聞くぞ！

それにしてもマリグナントの奴、余裕ぶって笑っていた癖に奇襲をしかけてくるとは、内心結構焦っているんじゃあないか？　今のところはギリギリ拮抗しているけど、マリグナントの回復が終わったらどうなるかわからない。

俺達も奥の手を色々と残しているとはいえ、あっちだってそれは同じはず。どうにか奴の回復が終わる前に攻勢に出たい。

すると俺と同じことを考えていたのか、エステルがある提案をしてきた。

「あの魔人っぽいのが後どれだけ召喚できるかわからないし、このままじゃジリ貧になりそうね。私のスキルで一掃しちゃいましょうか」

エステルのスキルか。確かにそれなら一気にあの数でも殲滅可能だ。

ディアボルスもマリグナントも魔法耐性は高いけど、スキル込みのエステルならその魔法耐性は０どころかマイナスまで下がる。今の彼女の魔法なら、瞬く間にディアボルス達を蒸発させてマリグナントにも大ダメージを与えられるはずだ。

ノールのスキルでも状況は打破できるかもしれないが、後のことを考えるとノールは動けるようにしておきたい。よし、ここはエステルにお願いしよう。

「わかった、やってくれ」

「ふふ、任せて。まとめて消し炭にしてあげるわ」

活き活きとしながら光のグリモワールを開いて杖を掲げている。……うん、任せたはいいけど、絶対にこの島無事じゃ済まないよね。だけどマリグナント達の強さを考えるとそれも仕方がない。

「イリーナさん、先に謝っておきます。これから行う攻撃でこの島と神殿にかなり被害が出るかもしれません」

「……このままあのような輩の好きにはさせられません。きっと何があってもテストゥード様ならお許しになってくださるはずです」

凄く申し訳ないけどイリーナさんの許可もいただいた。これで思う存分エステルに実力を発揮してもらえるぞ。

そんな訳で前に出て戦っていたノール達を呼び戻した。

「ノール、ルーナ！　一旦退け！」

センチターブラでアサルト達が追ってくるのを邪魔して、さらにガチャ産のアイテムである閃光玉を放り投げる。そして俺やノール達が直視しないようにセンチターブラを引き伸ばして壁にすると、空中で閃光玉は炸裂し眩い光が辺りを照らした。

それを合図にエステルのスキル攻撃が始まる。

「それじゃあいくわよ！」

エステルの全身から白いオーラが立ち上り、足元に魔法陣が出現した。彼女が杖を空に掲げると、さらに複数の魔法陣が展開されて光が集束していく。以前リシュナル湖で見た滅びの光と同じように、ドクンと脈打つ光の球体が形成される。その速度は以前の比ではなく、五秒程度で上空に十個の巨大な光の塊が。まるで夜空に輝く星のようだ。

閃光玉で視界を奪われて行動不能に陥っているディアボルスに向けて、無慈悲に杖が振り下ろされた。

「——えいっ！」

かけ声と共に繋ぎ止められていた光の塊が解き放たれる。女神の聖域の実験やリシュナル湖の時と違い一筋の光ではなく、濁流のように広がり音もなく俺達の目の前に巨大な光の壁が現れた。

ディアボルス達の悲鳴は聞こえることなく、さっきまで奴らがいた場所は全て光の壁に飲み込まれている。あまりの光景に俺もノール達も唖然としてそれを見守っていた。エステルさん、強化されてスキルまでとんでもないことになっているな……。

この攻撃ならさすがのマリグナントも終わり——と思っていたのだが。

「平八！　来るよ！」

フリージアがいち早く気が付いて光の壁の一点を見て弓を構えた。俺も地図アプリで状況を確認すると、なんと赤い点が一つこの光の壁の中を猛スピードで移動している。

光の壁を突っ切って、雄叫びを上げるマリグナントが姿を現した。

「グアアァァぁぁぁ！」

鎧のような皮膚はあっちこっちひび割れ、翼はボロボロになり、尻尾も皮膚が溶けて赤い肌が露出していた。しかし満身創痍な見た目からは想像できない速さで向かってきている。

エステルが滅びの光を撃つのを止めて火球をいくつか撃ち込んだが避けられ、フリージアの矢をいくつか体に受けながらも一直線に突っ込んできた。その勢いでエステルに攻撃してくるのかと鍋の蓋を構えて待ち構えたが、予想外にもマリグナントは俺とエステルの脇を通り過ぎる。

ノールとルーナがすぐに反応し攻撃を加えるが、ノールに腕と尻尾を斬り落とされ、ルーナに腹を貫かれても勢いは止まらない。そこまでして向かう奴の先には、一番後ろにいたイリーナさんの姿。

しまった⁉　奴の狙いはイリーナさんなのか！

慌てて俺も後を追いかけるが間に合う訳もなく、マリグナントはイリーナさんに迫ると片手を伸ばす。が、それを阻むようにダラが間に入った。

「邪魔だァァァ！」

マリグナントが叫びながら赤い目を光らせると、浮いて行く手を遮っていたダラが動きを止めそのまま殴り飛ばされた。

しまった、このままじゃイリーナさんが！　やらせてなるものかぁぁ！　そう俺が強くエクスカリバールを握りながら念じると、エクスカリバールは黄金に輝いた。これはエクスカリバールに付加されたスキル、黄金の一撃。発動したと同時に一気に体からＭＰが抜けていくのがわかる。

俺はディメンションブレスレットを使い、マリグナントの背中目がけて黄金に輝くエクスカリバールを突き刺した。

「──ぐおぉぉぉぉ!?」

黄金に輝くエクスカリバールが突き刺さったマリグナントは、前のめりになるように膝から崩れ落ちた。しかし、それと同時にイリーナさんが悲鳴を上げる。

「きゃあ！」

ギリギリ届いたのかマリグナントの腕はイリーナさんが持っていた青い宝石を掴んでいて、そのまま力任せに奪い取ると脱兎の如く小神殿の方へと逃げていく。

「イリーナさん！　大丈夫ですか！」

「え、えぇ……で、ですが甲珠が奪われて……あっ、それよりダラは！」

「ご安心ください。既に私が治しておきましたよ」

一瞬だが地面に落ちたダラは、何の問題もなさそうにまた浮いていた。イリーナさんはそれを見て安堵したのかホッと胸を撫で下ろしている。ダラの動きを止めたあれはマリグナントの固有能力の支配の魔眼か？　何にせよシスハの魔法で解除されているなら問題ない。

イリーナさんに怪我もなくホッとしたところで、逃げたマリグナントに視線を移した。小神殿の前はエステルの滅びの光により大穴が出来上がっていて、その上をマリグナントは飛んでいる。片腕と尻尾を失い翼も見る影もなく、さらには胸と腹に大穴が開いて血だらけだ。

あんな状態でも動けるなんてしぶといってレベルじゃないぞ。しかし、最後っ屁でイリーナさんを

D1

狙ったみたいだがそれも潰《つい》えたはず。完全に俺達の勝利、と思ったのだが、奴の手に見覚えのある物が握られているのに気が付いた。

それは黒い宝石。マリグナントが片手でそれを掲げると、呼応するように黒い宝石は光を放つ。しまった⁉　あれは魔物を発生させていた宝石に違いない！　まさかあいつ！

俺の嫌な予感は的中し、光り輝く宝石を奴は俺達に向かって投げてきた。それが地面に当たる前にフリージアが矢で射貫《いぬ》いたが、砕けると同時に辺り一面を黒い光が満たす。

あまりに強烈な光に目を閉じていたが、すぐに収まり目を開いてみると、そこはまさに地獄絵図だった。マリグナントと俺達を遮るように、おびただしい数の黒いクリオネが辺りを埋め尽くす。不思議な力でふよふよと宙に浮き、全員敵意剥き出しなのか地図アプリは真っ赤だ。

「おいおい何だよこの数！」

「さっき島で見かけたテストゥード様の眷族と同じ見た目だわ。例の魔導具で呼び出したのね。お姉さん、倒しちゃってもいい？」

「は、はい。姿は同じですがまるで別の存在です。同じ眷族であるダラが警戒していますからね」

「それじゃあ急いで突破するのでありますよ！」

ステータスを確認してみると、こいつらの強さはさっき見た眷族であるシーエンジェルと変わらない。イリーナさんの許可も得て、俺達は黒いクリオネと戦闘を始めた。

こっちが動き出したと同時にクリオネ達も戦闘態勢に入ったのか、丸い頭がパックリと割れてうねうね動くバッカルコーンを伸ばしている。それを見てフリージアが騒ぎ出した。

「頭が割れた⁉　うわっ！　何か伸ばしてる！　何あれ何あれ！」

「うるさい。黙って倒せ」

ルーナはクリオネ達に向かっていき、伸びてくる触手を槍でなぎ払っている。フリージアもそれを受けて真面目な雰囲気に戻り、クリオネの透明な胴体の中心にある青い臓器を矢で撃ち抜き始めた。

ノールも次々と斬り倒しながら進んでいき、俺もセンチターブラで貫いてそれを援護する。特にスキル継続中のエステルによる魔法の爆撃は効果的で、みるみるとその数は減っていく。

「数が多いだけであまり強くはないみたいね」

「ああ、ステータスは本物の眷属と同じだ」

「触手を伸ばして邪魔をしてくるし、完全に足止め用ね。お姉さんから奪った甲珠で何かするつもりよ」

「何にせよさっさとこいつらを片付けてあいつを追わないとな」

地図アプリを見ていると、大量の赤い点の中から一つ小神殿に向かって移動しているのがいた。これは間違いなくマリグナントだ。ここに来た時に神殿にいたから、あそこで何かしていたはず。早く追いかけて止めなければ。

マリグナントが発生させたクリオネ達を粗方片付け、急いで小神殿へと向かう。すると、小神殿の前に巨大な黒い魔法陣が展開されており、その中心には甲珠を手にしたマリグナント。息も絶え絶えになりながらも勝ち誇ったように口元を歪《ゆが》めている。

「ハァ……ハァ……認めてやろう。まさかここまで冒険者如きが戦えるとは思わなかった。だが、これでもう終わりだ」

イリーナさんから奪った甲珠を魔法陣に打ち付けた。すると青色だった宝石は黒く濁り始め、魔法陣が強く発光し光が小神殿に向かって飛び出す。その直後、ゴゴゴッと地響きが鳴って地面が揺れだした。

「な、何をしたのでありますか！」

「ククッ、予定より少し早いが仕方ない。その女の持っていたこの宝石で補わせてもらったぞ。お前らが守護神と呼ぶ存在を見せてやろう！」

そうマリグナントが高らかに宣言すると、俺の真横を光が横切った。何事かと周囲を見渡せば、あらゆる方向から光の粒子が飛んできていて、小神殿の中へ次々と吸い込まれていく。今まで魔物が発生する時に見てきた光だが、ここまでの量が集まっているのは見たことがない。

「——さあ、姿を現せ！　テストゥードよ！」

マリグナントが叫ぶと同時に、カッと小神殿の中が輝いて建物が弾け飛んだ。そして俺達の目の前に、山のように巨大な亀が姿を現した。

全身が黒く、禍々しいオーラを放つ大亀。まるで大地が悲鳴を上げているかのように、ビリビリとした空気が周囲に流れている。島を覆っていた霧はなくなり、一瞬で空を黒い雨雲が覆うと激しい雷雨と暴風を伴う嵐が訪れた。

だが、そんな嵐も気にならない程に大亀を見た俺は動揺していた。あ、あれは……神聖獣ミーズガルズじゃねーか⁉　あいつはＧＣのレイドボスだぞ！　え、何でどうして……。

そんな混乱する俺を他所に、マリグナントは高笑いを上げていた。

「フハハハハハハ！　素晴らしい、素晴らしいぞ！　実験は成功だ！」

全身ボロボロで今にも息絶えそうな状態なのに、まるで気にしていないかのように笑っている。それほどこの怪物を召喚できたことに歓喜しているようだ。

一方、ようやく事態を飲み込めたノール達は戸惑いを隠せないのか驚いている。

「あ、あれは何なのでありますか⁉」

「テストゥードって叫んでいたけど……まさか本物なの？」

「凄まじい力を感じますね。今まで戦ってきた魔物とは桁が違いますよ」

「ふむ、あれは不味い。勝てない」

「あわわ……逃げた方がいいかもなんだよ……」

ノール達ですらこの反応。あれが俺の知るミーズガルズだったら、今の俺達に勝ち目はない。ＧＣと同じステータスなら、体力だけで一千万は超えていた。一人のプレイヤーで倒し切れる相手じゃない。

だが、見た目は似ているだけで全く別の存在の可能性だってある。どうやらノール達はＧＣの存在だと気が付いていないみたいだが、単純に知らないのかそれとも……今余計なことを言っても混乱するだけだから一旦様子を見よう。

俺がそう考えていると、イリーナさんは巨大な亀を見て呆然と立ち尽くして呟いていた。

「あれが……テストゥード様……」

喜びとも悲しみとも取れない、何とも複雑な表情をしている。あの巨大な亀が本当にテストゥード様だとしたら、信仰しているイリーナさんとしてはどのように感じているのか。

戸惑った様子のイリーナさんを見て、愉快そうな声色でマリグナントが声を投げかけてきた。

「ええ、これこそがあなた方が守護神と呼んでいた魔物、テストゥードです。その証拠に御覧なさい、島を覆っていた霧が晴れているでしょう」

「一体何をしたんだ！」

「セヴァリア全域に広がっていた奴の力を集中させたんですよ。もっとも、早まったせいで完全とまではいかなかったようですが。ククク、今頃奴の加護が消えて町は大騒ぎしているかもしれませんね」

力を集中させた？　あの亀が現れる前に周囲から引き寄せられていた光はそれだったのか？　……いや、それよりもこいつ今気になることを言ったぞ。加護が消えて町が大騒ぎ？　まさかこの亀だけじゃなくて、セヴァリア中でも何か起こっているっていうのか！

俺はさらに問いただそうとしたが、その前に奴はイリーナさんを見て話しかけた。

「これも全てあなたが持っていたこの宝石のおかげですよ。特に強い力の残滓《ざんし》が残っていましたから、これがなければすぐに呼び出せませんでしたね。わざわざ持ってきてくださってありがとうございます」

「そ、そんな……わ、私のせいでテストゥード様が……」

マリグナントの言葉にイリーナさんは顔を青くしている。こいつ、わざわざイリーナさんが罪悪感を抱くようなことを言いやがって！

「イリーナさんのせいなんかじゃありませんよ。あれがなければ私達もこの島に来れませんでしたし、時間をかければどちらにせよ同じような結果になったはずです。むしろ今私達がここに居るだけマシかもしれません」

「オークラさん……」

「フハハハハハハ！　お前達がいるだけマシだと！　これは傑作だ！　この状況でよくそのような強がりが言えたものだな！　そのおめでたい頭だけは褒めてあげますよ！」

ぐっ、さっきまで必死で逃げ回っていやがったのに、立場が逆転した途端また挑発してきやがる。だけど、実際に今の状況はとてもよろしくない。完全に主導権を握られていて、俺達がどうなるかはあいつの意思で全て決まってしまう。

ひとしきり笑い終えたマリグナントは、一呼吸置いて俺達を見据えた。

「さて、不完全とはいえお前達を倒すには十分。この私をこんな目に遭わせてくれた代償はお前らの命で払ってもらうぞ。やれ、テストゥードよ！　奴らを消し飛ばしてしまえ！　異界から来たというその力、見せてみろ！」

マリグナントが残っている片手で俺達を指差し叫んだ。ついにその時がきた！　と、急いで女神の聖域を発動させようとしたのだが……命令されたはずの巨大亀はこっちを見る素振りもせず、その目はどこを眺めているのかわからない。

うん？　何やら様子がおかしいぞ。マリグナントもその反応は予想外だったのか、見るからにうろたえ始めた。

「ど、どうした⁉　何故動かない！　やれ、早くやれと言っている！　ええい、早くしろ！」

何度も俺達と巨大亀を交互に見て、必死にこっちを指差して焦っている。何が起きているのかわからず、とりあえず黙って様子を窺っていると、ついに巨大亀が動きを見せた。

ただし、それは俺達に向けられた物ではなく、目の前で騒ぎ立てているマリグナントに対してだ。

ギョロリと赤い瞳で見つめられたマリグナントは、何かを察したのか恐怖に怯えた声を上げた。

「ま、まさかお前⁉　やめ、止めろ！　待て、待って！　ひぃ――」

情けない声を出したマリグナントは、俺達に背を向けてその場から飛び去る。が、それを追うように大亀は奴の方を向き、その巨大な口を開いた。口内から眩い真っ黒な光が迸《ほとばし》ると、咆哮が辺りに響き渡り閃光が放たれる。

ビリビリと周囲に衝撃を撒き散らしながら赤色の混じる真っ黒い極太な光は、マリグナントを飲み込んで遥か上空まで突き抜けていく。その攻撃が終わると奴の姿は影も形もない。マリグナントが完全に消滅したのを証明するかのように、マリグナントがイリーナさんから奪った甲珠だけが空から落ちて俺達の近くに転がる。

その様子を見て、俺はただ立ち尽くして唖然とするしかなかった。

「な、何なんだ？　あいつが操っていたんじゃないのかよ？」

「自分でもコントロールできないほど強い魔物を召喚しちゃったのかも。自滅してくれて助かったわね」

「そうでありますね。これで黒幕もいなくなったでありますし、一件落着――ってこっち見てるでありますよ！」

ノールが叫ぶのを聞いて巨大亀の方を見ると、マリグナントを殺ったときと同じようにこっちを見て口を開いていた。

ヤバイヤバイ！　さっき撃ったビームみたいなのを俺達にも撃とうとしてやがるぞ！　マリグナントがやられて安心していたのにこれかよ！

慌てて女神の聖域を発動させようとしたのだが、イリーナさんがいつの間にか俺達から離れたところにいるのに気が付いた。その胸にはさっき落ちてきた甲珠が抱き抱えられている。

「イリーナさん！　早くこっちへ！」

「は、はい！」

俺達もイリーナさんの方に駆け寄って、何とか女神の聖域を展開するのに間に合った。案の定巨大亀からさっきと同じ閃光が放たれて俺達は黒い光に飲み込まれる。それでも女神の聖域はビクともせず、閃光を割るように立ちはだかってくれた。ギリギリ助かって一安心だけど、聖域に弾かれている凄まじい攻撃を見ると肝が冷えるぞ。

攻撃が止むと周囲に草木は一切残っておらず、左右の地面も深く抉《えぐ》れてその威力を物語っている。

巨大亀は俺達の姿を見ると、その図体に似合わず首を傾げて不思議そうにしていた。何でお前ら生きてるんだ？　とでも言わんばかりだ。何と傲慢《ごうまん》な。

「危なかった……あんなのまともに喰らったらひとたまりもなかったぞ」

「女神の聖域があって本当によかったですね。なかったら今の一撃で私達全滅でしたよ」

「ま、周りが更地になってるよ」

「そう怯えるな。この中にいれば安全だ。……気分は悪いが」

ルーナがぐったりとしているけど、外に出る訳にもいかないから仕方がない。さて、助かったのはいいがこれからどう動けばいいのだろうか。

「どうするでありますか？　一応異変を起こしていた本人は倒せたでありますが、あの亀が残っているのでありますよ」

「召喚者が消えても召喚された魔物は残るみたいね。あれが守護神と呼ばれている存在なら害はなさそうだけれど……」

「私達を攻撃してきましたからね。テストゥード様にお仕えしているイリーナさんも巻き込んでいましたし、意思の疎通ができる相手ではなさそうです」

確かに理性のある相手には見えないな。何かの勘違いで俺達を攻撃した訳でもなさそうだし、ただの魔物にしか見えない。テストゥード様が元々そういう魔物だって可能性もあるけど、まだ判断するには情報が少な過ぎる。倒した方がよさそうな相手ではあるが、まずは様子見だな。

チラリと話題に上ったイリーナさんを見てみると、その顔は青ざめていて体が震えている。

「イリーナさん、大丈夫ですか？　先程から顔色が優れませんけど」

「……大丈夫、とは言えないかもしれません。まさかテストゥード様が目の前で降臨なされるとは思いませんでしたので……あれは本当にテストゥード様なんですよね？」

「マリグナントはそう言っていましたけど……確認してみますね」

まだあれがテストゥード様だって決まった訳じゃないからな。ここは信頼と実績のあるステータスアプリで見るとしよう。これで正体もはっきりするはずだ。

パンタシア・ミーズガルズ　種族：？
レベル▼100　HP▼150万　MP▼80万
攻撃力▼7万　防御力▼11万　敏捷▼50　魔法耐性▼250
固有能力【海域の支配者】【守護の堅甲】【幻惑の霧】【自己再生】【状態異常耐性【大】】
スキル【カラミティブラスト】【シェルジェット】【シェルフォートレス】

あっ、やっぱりミーズガルズじゃねーか！　だけど名前にパンタシアって付いてるのは何なんだ？　ステータスも俺が知るミーズガルズに比べるとかなり低い。それでもまだ強いけどな。クエストボスとレイドボスの中間ってところか。

どうしてこの世界でこいつがテストゥードって呼ばれるようになったんだろ。謎が深まるばかりだぞ。

とりあえず絶体絶命の状況から多少の希望は見えてきた。ノール達の混乱もだいぶ治まったことだし、一度説明しておこう。

「落ち着いて聞いてくれ。あいつ、ＧＣのレイドボスだ」

「えっ……ど、どういうことなのでありますか！」

「つまりあの亀は別の世界から来たってことかしら？」

「ああ、ミーズガルズって言うんだが聞いたことあるか？」

俺の質問にノール達は首を横に振る。ミーズガルズは確か神々の領域というイベントステージで出てくるレイドボスだった。設定は詳しく覚えていないけど、女神が産み落とした聖獣って感じだったかな。何にせよ普通に出てくる魔物じゃないからノール達の知識にもないってところだろう。

「そういえばさっき、魔人が亀に攻撃の命令をした時、異界から来た力とか言ってましたよね？」

「うむ、私のブラドブルグにも同じことを言っていた」

「むむむ、よくわからないよ。でもでも、どっちにしろあの亀倒さないと駄目なんだよね？」

フリージアの言うとおり、あれがＧＣの存在であろうとなかろうと敵であるのに変わりはない。既に情報を持っていたであろうマリグナントは消し炭になってしまったんだから知りようもない。

情報があるとしたら守護神として祀っていた神殿だ。全てが終わったら詳しく話を聞こう。イリーナさんに今聞いても混乱するだけだろうし、あの亀のことはまだテストゥードと呼んでおいた方がよさそうだ。

今肝心なのは目の前のこいつをどうするかだ。とりあえずノール達にもステータスを見てもらおう。

「これ、見てみろよ」

「むっ――ぶっ⁉　な、何でありますかこれは！　ステータスアプリ壊れたでありますか！」

そう思いたくなるよね。だけどこれが正常なんだよ。シスハ達にもステータスアプリの画面を見せると、全員眉をひそめて同じような表情をしている。

「感じるだけじゃなくて実際に数値として見ると凄まじいの一言ですね。まともに戦って勝てる相手じゃありませんよ」

「ふむ、お手上げだ。私のスキルでも微々たるダメージしか与えられそうにない」

「色々と気になることはあるけれど、倒すにしても私のスキルはもう切れちゃったわね……」

「でもでも、守護神様倒して大丈夫なの？　さっきの魔人？　みたいなのが力を集めたとか言ってたよ。倒しちゃったらそれもなくなっちゃうかもだよ？」

エステルは既にスキルの効果時間が終わり、白いオーラが消えていた。反動で少し気分が悪そうにしているが、強化されたおかげで大分楽になってはいるようだ。

倒すにしても今の状態だとかなり厳しいぞ。万全な状態でも大分怪しくはあるのだが……それにフリージアが言っていることも気がかりだ。一体どうすればいいのだろうか。

目の前の化け物、パンタシア・ミーズガルズをどうしたらいいのか、全員で考えたが何もいい案は浮かばない。幸い女神の聖域のおかげで無事は確保されているけど、こっちからもロクに攻撃する手段がない。

エステルの魔法やフリージアの矢で攻撃を加えてみたが、全くダメージがなくお返しとばかりにビームが飛んできて周囲の地形が変わっていくばかりだ。だけど相手からしても俺達が無傷なのが不思議なのか、その場から動かずにこっちをずっと睨んでいる。

この状況じゃ下手に聖域の外に出る訳にもいかないし、効果時間が切れる前に何か考えなければ……そもそも倒していいのかわからないけどさ。

ここは一つテストゥード様に仕えるイリーナさんに聞いてみよう。俺達とは違った視点で考えているかもしれないからな。

「イリーナさん、どうしたらいいと思いますか?」

「ど、どうしたらいいかと聞かれましても……私如きでは役立つ案など……」

「何でもいいんです。私としてはあれは倒さないといけない魔物だと思います。でも、テストゥード様にお仕えするイリーナさんが何か感じるものありませんか? もし倒さずに済む手段があるようならその方がよさそうなので」

俺の言葉を聞いたイリーナさんは胸に抱き抱えていた甲珠をギュッと抱き締め、申し訳なさそうな表情を浮かべている。そして搾り出すような声で考えを口にしていく。

「私にも他の手立ては思いつきませんが……倒すべき、だと思います。あのお姿がテストゥード様その物だとしたら、拝見できたのは身に余る光栄です。それにテストゥード様のお力も確かに感じます。ですが、神殿で感じるような温かさがありません。ただテストゥード様の力を持つだけの、禍々しい魔物です」

イリーナさんは痛ましいものを見る目で、目の前にいるパンタシア・ミーズガルズを見ている。全身から黒いオーラが立ち上っているあれが守護神の姿だと考えると、あのままにはしておけないんだろうな。本当ならイリーナさんだって倒さずに済むならそうしたいだろうし、苦渋の決断ってやつか。

そんな彼女の決断に心苦しい空気が流れていたが、それを破るようにシスハが声をかけた。

「先程からお力を使っているようですが、甲珠を浄化しているのですか？」

「はい……私の力では何もできません。せめて甲珠のこの禍々しい力だけでも消し去れればと……」

「でしたら私もお手伝いいたしますよ。もしかしたらこれがあの魔物の力の源になっているかもしれませんからね」

「ふむ、確かに気味の悪い力がこもっている」

イリーナさんが胸に抱えていた甲珠は黒く濁り、ミーズガルズのように禍々しい黒いオーラが僅かに漏れ出ていた。それを打ち消すようにイリーナさんが力を使っているみたいだが、漏れ出す分を消すので精一杯なのか甲珠本体に届いていない。

「あの魔物の攻撃に巻き込まれたのに、よく傷一つなく無事に残っていたわね。守護神様の残した物だからかしら」

「マリグナントが召喚するのに使っていたでありますが、この宝石は何なのでありますかね。不思議な霧も晴れていたでありますし、守護神の力が宿っているのでありましょうか」

これを浄化できたらミーズガルズを倒す手段になり得るのだろうか？　ノールの言うようにマリグナントはこれを使って呼び出したみたいだし、やってみる価値はあるかもしれない。

シスハがイリーナさんの腕に手を添えると、力を流し込んでいるのかイリーナさんの体が輝き始めた。彼女も目を見開いて驚いた様子だったが、すぐに甲珠を浄化するのに専念している。

シスハから流し込まれた力に後押しされたのか、徐々に甲珠から漏れ出ていたオーラが消え失せた。さらに甲珠本体もどんどんと黒い濁りがなくなっていき、眩いばかりの青色に戻っていく。

イリーナさんが目を瞑《つむ》って祈るようにギュッと甲珠を抱き締めると、甲珠から黒い濁りが完全に消えて元の状態に戻った。そこでイリーナさんは力が尽きたのか、両膝を地面について汗を流しながら息を荒くしている。

「わぁー、綺麗になったね！　黒く濁る前より綺麗かも！」

「ハァ……ハァ……これもシスハさんのおかげです。本当にありがとうございます」

「いえいえ、私はお手伝いをしただけです。イリーナさんの守護神様を想う気持ちが甲珠を浄化したんですよ」

ほぉ、シスハにしてはいいことを言うじゃあないか。さてさて、無事に浄化できたのはいいけどこれで何か変化が起きれば……。

そんな俺の期待に応えるように、イリーナさんに浄化された甲珠は輝き始めた。

「な、何だ⁉　光り出したぞ！」

「今度は一体何が起きるのでありますか⁉」

俺達が驚愕する中、イリーナさんの持つ甲珠は暖かな光を発している。そして光が治まると、彼女の腕の中には一匹の青色の小さな亀が抱き抱えられていた。

「か、亀？」

『亀呼ばわりとは心外な。といっても我が真名を知るはずもないか。人の子らが名付けたテストゥードと呼ぶといい』

しゃ、しゃべったぁぁぁぁ⁉　いや、頭の中に直接声が響いてくるぞ！　というかこの亀、小さいけど見た目が完全にミーズガルズなんですが……。

全員が混乱する中、ふんっと鼻息を吹いて尊大な態度の亀にイリーナさんが声をかけた。

「テ、テストゥード様なのですか！」

『うむ、このような情けない姿を晒すのは不満だがそれも致し方ない。このような時でもなければ実体化できそうもなかったのでな。イリーナ、お前の力でこうして姿を見せることができた。礼を言おう』

「め、滅相もございません！　私のような者にそのような言葉を賜りまして、至上の喜びでございます！」

『そこまで畏《かしこ》まられても困るのだが……今はそのようなことを言ってる場合ではない。時間も限られておる。早く話を進めようぞ』

おぅ、まさか甲珠を浄化したら本物っぽい守護神様が出てくるとは思わなかったぞ。だけど本当にこの亀がテストゥード様なのか？　一応ステータスで確認しておこう。

【守護神】テストゥード　種族：？
レベル▼10　HP▼1万　MP▼5000

攻撃力▼１０００　防御力▼２０００　敏捷▼25　魔法耐性▼10
固有能力【守護神の祝福】【精神感応】　スキル【神力操作】

あれ⁉　こっちはテストゥードになってる！　どういうことなんだ？　とりあえず話を聞いてみるとしよう。

「えっと、あなたは本当にテストゥード様なんですよね？」

『うむ、貴様らがそう呼ぶ存在に相違ない』

「こうやって話ができるのは、目の前にいるあの魔物が出てきたのと関係あるのかしら」

『簡潔にいえば我を呼び出そうと力が集まった際に、我が意識も吸い寄せられたのだ。取り込まれかけたがイリーナの持っていた我が力の結晶に留まることができた。そして集まった力の一部を使いこうして姿を見せている。あのまま取り込まれていればあれと共に暴走していただろう。今のあれは意志もなく暴れ回る力の塊だ』

「暴走って……あれがあなたのお力でしたら制御することもできたんじゃないですか？」

『普通ならそれも可能だ。しかし、先程我が分体に消し飛ばされた輩が余計な力を吹き込んでおってな。恐らく呼び出した後に操る為の物だったはずだが、それには力が足りていなかった。我が力も不完全であのような状態になっておる』

マリグナントの固有能力に黒魔瘴っていうのがあったけど、恐らくそれが甲珠を黒く濁らせた原因だろう。あいつが宝石で魔物を発生させていたのも、その能力を封じ込めていたに違いない。あれと同じ物が召喚時に混ぜられていて、テストゥード様の分体は暴走していると。

そして目の前にいるミーズガルズは力の集合体で、今俺達といるテストゥード様は意識って感じか？　これまた面倒なことになってるなぁ。

「それであの分体とやらは倒してしまっても大丈夫なのでありますか？」

『それについては心配ない。分体を倒した後に我がまたその力を各地に送り届けよう。それにはセヴァリアの神殿に赴く必要があるのだが……詳しくはあれを止めてからだ』

「でもでも、あの魔物凄く強そうなんだよ！　どうやって止めればいいの！」

『暴走していたとしてもあれは我と同じような存在。本来の力の半分にも満たないであろうが、人の子では……む、この力、もしやそなたらは異界の存在か？　それに以前祠を守った者達ではないか』

俺達を見ながらテストゥード様は気になる言葉を漏らした。

えっ、またもや異界という単語が……もしやテストゥード様もそのことを知っているのか？　それにフリージアが祠で戦ったのも知っているようだ。祠で起きたことも認識しているのか。

これは色々と情報を聞き出す希望が見えてきたぞ。だけどその前に、ここでまずあれを確認しておこう。

「お聞きしますがあなたの本当のお名前はミーズガルズ、ですか？」

『ほお、我が真名を知る者達だったか。どうりで我らが女神と同種の力を感じるはずだ』

「女神？　一体何のことか……」

『……ふむ、どうやら女神のことは知らぬのか。詳しい話は後にしておこう』

この返事、やっぱり俺の知るミーズガルズの可能性が高い。けど、ＧＣと違って敵対する意思はないみたいだな。ＧＣだと聖域を荒らす不届き物に神罰を！　って感じで全力で殺しにくるのに全く違う存在に思える。

マリグナントに続いてまたもや謎が増えたんだが。俺達を見て女神と同種の力を感じるとか言い出したぞ。心当たりがあるとすれば……ガチャか。まさかガチャに女神様とやらが関わっている？　これはいよいよあらゆる謎が解けそうな感じがする。だが、それはこの危機を乗り切ってからか。

聞きたくなるのをグッと堪えて、続くテストゥード様の話に耳を傾けた。

『どちらにせよまともに戦えば勝ち目はない。だが、今の奴の状態なら十分にこの危機を脱する可能性はある』

「どういうことなのでありますか？」

『先程不完全だと言っただろう。あの状態であればある程度傷を負わせることで、集まった力が不安定となり保てなくなる。そこに我が手を加えれば集まった力は散らばるはずだ』

おお！　つまり倒し切らなくてもいい訳だ！　それならあのパンタシア・ミーズガルズをどうにかできるかもしれない！　……って無理じゃね？　打開策になりそうではあるけど、結局ここから出た瞬間やられる光景しか想像できない。そもそもあの防御力をどう突破すればいいんだ。

スキルを使ったノールですらダメージを与えられないし、ルーナは防御と魔法抵抗無視だとしても単発攻撃。エステルは既にスキルを使用済み……どうにもならないぞ！

シスハ達も一瞬は明るい表情をしていたが、すぐに俺と同じ考えに至ったのか眉をひそめている。

「そう言われましても、あれが相手だと傷を負わせるのすら困難だと思うんですけど……」

「私のスキルでもチマチマ削る程度にしかならない。エステルのスキルが回復するのを待つか？」

「魔法抵抗もかなり高いから決定打になるかは微妙だと思うわ。そもそも半日は回復しないわよ。何かいい方法はないかしら……」

現状で打つ手なし。完全に詰んだと思っていい状況だ。……仕方がない、ここは最後の手段を使うしかないな。

「よし、それじゃあこれに賭けてみようか」

そう言って俺はスマホを取り出して、あるアイテムを選びノール達に画面を見せた。それは、緊急召喚石だ。

「緊急召喚石……それで助っ人を呼ぶつもりでありますか？」

「ああ、このまま普通に戦ってもマリグナントと同じ目に遭うのが目に見えているからな。最悪助っ人が増えたところでどうにもならないかもしれないが……」

「それでも現状よりは出来ることも増えますからね。やってみる価値はありますよ」

「そうね。こういう時こそ使うアイテムだと思うわ」

緊急召喚石を使えば、この場にいるノール達以外のURユニットを呼び出せる。だけどこれを使って一人増えたところで、パンタシア・ミーズガルズにダメージを与えられるかはわからない。

こういう場合は戦闘職ではなく、支援職、それも呪術師のようなデバフ系で攻撃や防御、魔法抵抗を下げてもらうのがセオリーだろう。それ以外の職が来た場合は……今は運を天に祈るしかないな。

イリーナさんとテストゥード様は話の意味がわからないのか首を傾げている。

「それじゃあいくぞ！」

誰が来てもいいように覚悟の準備をし、緊急召喚石をタップした。**【緊急召喚石を使用しますか？】**と画面に表示され、当然Ｙｅｓを選択。スマホから光が溢れ出し、空中で人の形に光が形成されていく。

その光景を見てイリーナさんは驚いたように目を見開き、テストゥード様は、ほう、なるほど……と声を漏らしていた。

そうして呼び出されたURユニットは、褐色の肌をした黒髪の少女。太ももを露出させた黒いミニドレス姿だが、両手両足に防具を身に付けているため、軽装には見えない。頭部の左右から二本の黒い角を生やし、スカートの中からぶっとい尻尾が生えている。

こ、この娘はまさか、まさか⁉

「――名はカロン。お主が私を呼ぶ者か？」

そう名乗った彼女は、宙に座りながら足を組み、金色の瞳で俺達を見下ろす。

『Ｇｉｒｌｓ Ｃｏｒｐｓ』最強のユニット、カロン。俺が待ちに待ち焦がれた彼女が今、目前に降臨なされている。

うっそーん、まさかまさかのカロンちゃんきちゃったよ！　この大一番できてくれたのは凄く助かるけど、何で普通のガチャできてくれないの！

「この私を前にして何を呆《ほう》けておる。お前様が呼んだのだろう」

「あっ、は、はい！　私があなたを呼びました！　大倉平八です！」

「何とも冴えない奴だのぉ。それにへんてこな格好をしおって。このカロンちゃんを呼んだのならビシッとせい」

カロンは不機嫌そうに黒いオーラを纏いながら、頬杖をつき短い黒髪を弄《いじ》りながら俺を見下ろしている。今まで俺の姿を見た奴は大体は驚いていたが、さすがは龍神、微動だにしていないぞ。それにしてもどうやって空中で座っているんだ。纏っている黒いオーラが関係してるのか？

そんなカロンの姿を見てノール達まで気圧されているご様子。

「カロン……大倉殿がよく言っていた子なのでありますか」

「何ともいえない凄みを感じます。カロンさん、凄く頼りになりそうですよ」

「そうね。これでどうにかできる希望が出てきたわ。頼りにしているからね」

「はっはっー、同胞に頼りにされるのはいい気分だ。私のことはカロンちゃんと呼ぶがいいぞ」

ノール達の言葉に腕を組んで満足そうに踏ん反り返って笑い声を上げている。しかもカロンちゃん呼びまでさせようとしてやがるぞ。GCプレイヤーの間でもこれでカロンちゃん呼びが定着していたからなぁ。

カロンはさっきの召喚時みたいな威厳がある物言いをする時があるけど、基本的にはこういうお調子者らしい。らしいというのは俺がカロンちゃんを持ってなかったから、詳しいキャラシナリオとかは知らないからだ。

ノール達も俺もカロンのノリに気圧される中、ルーナはいつもと変わらず……いや、張り合うように腕を組んでカロンを見上げていた。

「随分と偉そうな奴だ」

「はっはっはっ、偉そうではなく偉いのだ！　私は尊く気高き存在だからな！　この私がきたからには安心するがよい！」

「おお！　心強いよカロンちゃん！　期待してるんだよ！」

「うむうむ、そういう素直な反応は好ましいぞ。この私が全力で協力してやろう！」

フリージアからパチパチと拍手を受け、カロンは後ろにひっくり返るんじゃないかってぐらい後ろに踏ん反り返っている。……フリージアと合わさったらこれまた手が付けられそうにないな。

カロンとノール達が会話しているのに気を取られていたが、カロンを召喚する瞬間を見ていたイリーナさんが唖然としているのが目に入った。

そしてイリーナさんが恐る恐るといった様子で、カロンを見ながら俺に声をかけてくる。

「こ、この方は一体……オークラさんの持っていた物から出てこられたように見えたのですが……」

『かの世界の龍人か。それにこの力……ただの龍人ではないな』

「ほほぉ、随分と小さいがなかなかの力を感じるぞ。ほれほれ」

カロンは空中に座るのをやめて飛び降りると、イリーナさんが抱き抱えていたテストゥード様の甲羅を指で軽く突っついている。守護神様相手に何しちゃってるのぉぉぉ⁉

『こら、やめ、止めろ！　突っつくでない！』

「テストゥード様になんてことを！　止めてください！　不敬です！」

「はっはっー、よいではないかよいではないかー」

「お、おい！　それ以上は止めないか！」

「そううるさくするでない。ちょっと遊んだだけではないか」

ふぅ、何とか止めさせたけど、イリーナさんがテストゥード様を抱き締めてめちゃくちゃ警戒しているぞ。守護神様相手に悪ふざけをするとは、龍神だけあってカロンは怖いもの知らずだな……。これ以上ちょっかい出されても困るから、早く本題に入るとしよう。

カロンはふてくされたように軽く頬を膨らませていたが、察してくれたのかすぐに真面目な表情になって話を聞いてくれた。

「してお前様よ。大体の事情はわかっておるが、とにかくあのデカブツを倒せばいいのだろう？」

「そうなります。とりあえずステータスを見てから作戦を考えたいのですが……」

「そんなことせずとも私一人で十分だが……まあよい。確認するといい」

さてさて、カロンは元々ＧＣで最強のユニットだったが、この世界ではどんな能力になっているのだろうか。正直いくらカロンでも、あのレイドボスのようなパンタシア・ミーズガルズを相手にするのは厳しそうだけど……ここは信じるしかないな。

さあ、ステータスオープン！

【神代の龍王】　カロン　種族：エンシェントドラゴン
レベル▼100　HP▼3万2600　MP▼1万5300
攻撃力▼1万1600　防御力▼5250　敏捷▼750　魔法耐性▼50　コスト▼75
固有能力『龍神の息吹』【一定範囲内の敵の攻撃力、敏捷を40％低下させ、味方ユニットに自動回復を付加】
スキル『龍魂解放☆5』【一定時間攻撃力、防御力を7倍にし、間合い延長【大】付加、敵防御力を50％減少させる。再使用時間【5分】】

はっ⁉　なんだよこれ！　俺の知ってるカロンのステータスじゃないぞ！　GC内最強だからってステータスが高過ぎだ！　それもスキルまで全く知らないものに変わってやがるぞ！

ノール達にも見せると全員驚いた表情で画面を凝視している。……例の機能は当然切っておいた。

「このステータスは異常だろ！」

「いくらなんでもこれは……強化された状態なのでありますかね？」

「スキルに星が付いているからそうかもしれないわね。これなら十分あの魔物を倒せそうだわ」

「凄まじいなんてものじゃありませんよ。アイテムによる期限付きの召喚だからでしょうか？」

確かにスキルの横に☆5ってマークが付いている。これはノールのスキルである『白銀のオーラ☆

2』と同じだ。つまりカロンは既に四回スキルを強化された状態ってことか？　それに名前の横に【神代の龍王】って称号も追加されている。これは一段階強化されたノールの【戦乙女】とエステルの【大魔導少女】と同じ表記。

何段階かわからないけどカロン自身も強化されている可能性が高い。緊急召喚石を使った場合は助っ人ユニットみたいなものだから、最初からある程度強いってことなのか？

カロンのステータスについてノール達と話し合っていたが、同じくステータスを見たルーナ達はカロンと話をしていた。

「ふむ、偉そうなだけあって本当に強いのだな」

「カロンちゃんすっごく強そう！　戦うの見るのが楽しみ！」

「はっはっはっ、よくわかっているではないか！　エルフの女、お主のこと気に入ったぞ！」

「わーい！　気に入られちゃった！」

フリージアは打ち解けるのが早いな……というか、カロンにエルフだってバレてやがる。強者の前じゃ誤魔化しは効かないってことなのか？

まあいいや、次はＵＲ装備の確認だ。こっちもステータスと同じようにぶっ壊れてそうな予感がするけど。


【ティーアマト☆5】

攻撃力＋1万3000

攻撃力＋50％
行動速度＋50％
間合い延長【大】
【原初の混沌☆５】
防御力＋９５００
防御力＋50％
ダメージ吸収
攻撃回避【大】

「ＵＲ装備まで強化された状態なのかよ⁉　だけど武器はどこにあるんだ？」

「それなら先程から見せているぞ。お前様の目の前にあるだろう」

目の前にあるって言われても……どこだ？　確かカロンは黒い大剣を振り回して攻撃していたはずだけど、今はその剣はどこにも持っていない。

キョロキョロと周囲を見渡して俺が探していると、カロンは愉快そうにニヤッと笑った。すると彼女が纏っていた黒いオーラが体から離れて、俺の背丈よりもデカイ真っ黒な大剣の形になる。そのオーラが武器だったのか⁉

「さっきから浮いていたのはそれを使っていたのでありますか！」

「そうともさ。これは私の意志で自由自在に形を変える。宙に座る程度造作もないぞ」

「形の変わる早さが段違いでセンチターブラの上位互換に思えますね。まあ、使用者として大倉さんが未熟なのもありますけど」

「これが攻撃力一万以上の武器になるなんて、考えただけでも恐ろしいわね」

自由自在に形を変える武器だと……GCで大剣を振ると黒いエフェクトが出て広範囲にダメージが入っていたけど、あれは大剣その物が伸びていたのか。

カロンが戦略兵器と呼ばれる所以は、物理による広範囲の超火力でみるみる相手のユニットが溶けていくからだ。防御特化である重装鎧ですらスキルなしだと防御の上から即叩き潰される。しかもHPも防御も高くて魔法耐性もあり、移動速度もかなり速い。

スキル発動時なんて下手な遠距離ユニットより遠くの敵を攻撃できたからな……あんなの絶対おかしいよ。せっかくいい陣形を保てていたのに、いきなり突っ込んできてこっちのユニットが壊滅していく様はトラウマものだ。高コストで総ユニット数が少なくなるとしても、十分過ぎる性能を誇っていた。

武器であるティーアマトを見せたカロンは、今度は自分のドレスの裾を掴んでヒラヒラとさせている。

「そしてもう一つが着ているこれだ。創世の闇を宿した絶品だぞ。はっはっー、凄かろう？」

「創世の闇とはまた壮大な雰囲気がするでありますね。私の装備だって負けていないのでありますよ！」

「ノールは妙なところで負けず嫌いなのね。だけどカロンのその服は、見ているだけでも吸い込まれそうに思えるぐらいだわ」

創世の闇？　思っていた以上にヤバそうな代物なんですが。特に目立ったところのないシンプルな黒いミニドレスだけど、言葉にできない不思議なものを感じるぞ。ノール達のＵＲ装備も十分に凄い物だけど、カロンのはさらにその上をいってそうだ。

ルーナは闇という部分に反応したのか、興味深そうにじーっとカロンの服を見ている。

「ふむ、闇その物が服の形をしている。心地のよい黒さだ。羨ましい」

「吸血鬼の小娘にしては素直ではないか。慧眼《けいがん》があるようで感心感心」

「むぅ、小娘扱いするな。貴様も小さい」

「はっはっはっ、お主よりは大きいぞ！　カロンちゃんより大きくなれるよう精進するのだな！」

「……話してて疲れる」

豪快に笑うカロンに頭をポンポンと撫でられ、ルーナはげっそりとしている。う、うむぅ、まさかここまでテンション高くて傲岸不遜だとは。

「それで、これで確認は終わりか？　会話を楽しむのもよいが、そろそろ呼ばれた責務を果たさなければな。まだまだ時間はあるとはいえ、そうゆっくりはできぬぞ」

「あっ、はい。それじゃあ主な攻撃はカロンに任せて、後は俺達で色々と援護する、って感じでいいか？」

「私達じゃあのミーズガルズにダメージを与えられそうにないものね。カロンが戦いやすいように私達で補助するのが一番かしら」

「カロンさんにお任せするだけなのは悔しいですが、それが妥当でしょうか。カロンさんでしたら私とエステルさんの支援魔法もかなり効果的だと思います」

パンタシア・ミーズガルズのステータスを考えると、現状カロンぐらいしか太刀打ちできない。女神の聖域から出た瞬間俺達はやられてしまうから、戦闘はカロンに任せるしかない。

エステルとシスハの支援魔法、それに加えて俺とノールのバフもある。後は戦いの流れを見ながら、カロンが有利に戦えるように援護していこう。情けない話ではあるが、今はもうカロンに全てを託すのみ。

「さあて、それでは大亀退治に興じるとしよう」

カロンがそう口にすると、全身から黒いオーラが溢れ出した。闇のようなオーラは形を変えていき、背中には黒い翼が生える。それと同時に短かった髪の毛が伸びて長髪に変わり、金色の瞳も神々しく輝く。

これがカロンのスキルである龍魂解放、一体これからどんな戦いが始まってしまうのだろうか。

黒いオーラを身に纏ったカロンは、エステル達の支援魔法を受けて女神の聖域から出ていく。そして目前にいる巨大な亀、パンタシア・ミーズガルズに向かう……ことなく、その場で両手を組み仁王立ちをしていた。

カロンが女神の聖域から出るとミーズガルズはビクンと反応して、即座にこっちを狙って口を開く。

「お、おい！　どうして立ち止まってるんだ！　攻撃してくるぞ！」

「そう騒ぐでない。奴の攻撃を待ってやってるのだ。いきなりこちらから仕かけるのは無粋だろう」

「油断し過ぎなのであります！　ミーズガルズの攻撃は危険でありますよ！」

「まあ黙って見ておれ。このカロンちゃんに全て任せておけい」

いくらカロンでも慢心し過ぎだ！　せっかく敏捷も高くて装備に攻撃回避【大】もあるのに、真正面から攻撃を受ける必要ないだろ！　俺だったら相手が気が付いてない内に先制攻撃するっていうのに！

そんな俺の考えとは裏腹に、カロンは堂々とミーズガルズが攻撃するのを見ている。

ついにミーズガルズの口からマリグナントを消し去った攻撃が放たれた。稲妻を周囲に撒き散らしながら迫る黒い閃光。それを見てもカロンは全く焦る素振りすらなく、ゆったりとした動作で真っ黒な大剣を振り上げた。そうして目前に迫った自分よりも遥かに大きな閃光に対して、カロンは大剣を振り下ろす。

「――ふんっ！」

大振りで放たれた一撃はミーズガルズの攻撃をかき消し、その余波で地面に大きな裂け目ができた。

マジか⁉　あれを正々堂々真正面から打ち消しやがったぞ！　心配していたノールもそれを見て口を開けて絶句しているぐらいだ。

驚いている俺達を他所に、カロンは嬉しそうな声で高らかに笑っていた。

「はっはっは！　なかなかやるではないかぁ！　幕開けの一撃としては上出来だ！　今度は私の番だぞ！」

カロンの姿が俺達の前から消える。さっきまでカロンが立っていた場所の地面が深々と陥没し一直線に抉れた。間髪いれずにズドンと鈍い音が辺りに響き、巨大な影が俺達を覆う。

ミーズガルズの巨体が嘘みたいに空中でクルクルと回転していたのだ。その下には片腕を振り上げた体勢のカロンがいて、その手は黒いオーラに覆われ巨大なドラゴンの手のように見える。

クルクルと回転していたミーズガルズはそのまま地面に落下すると、甲羅が下になった状態でひっくり返った。

「な、何が起こっているんだ！　いきなりミーズガルズが回転してひっくり返ったぞ！」

「あ、あれがカロンの実力なのでありますか……」

「油断じゃなくて本当に強いから自信たっぷりだったみたいね。あっさり勝負がついちゃうかもしれないわ」

「それはどうでしょうか。あの偽物の守護神様もかなりお強いですからね。このまま終わったりは……」

シスハがそう口にした途端、ひっくり返っていたミーズガルズは手足と頭と尻尾を甲羅に引っ込めた。そしてその場で回転し始め、周囲の木や岩は空中に舞い上がっていく。女神の聖域に竜巻に巻き込まれた物がガンガン飛んできて怖いぞ。

イリーナさんはあまりの恐怖のせいか、テストゥード様をギュッと抱き締めて縮こまっている。それだけで終わるはずもなく、回転した状態でミーズガルズは動き出した。進路にあるものは全て粉砕されていき、既に小神殿もバラバラになって消し飛んでいる。

「辺り一面更地になっちゃうのでありますよ！」

「女神の聖域がなかったら私達も巻き込まれてひとたまりもなかったわね」

「カロンさんの力を実感して本気になったみたいですね。勝負はまだまだこれからですよ」

これからが本当の戦いか……既にどちらもとんでもない力を見せているけど、これで本気でぶつかり合ったらどうなっちゃうんだよ。女神の聖域の外で行われている戦闘を見守っている。

歯痒い思いをしながらも、援護するとか言ってたけど俺達が入る余地がなさそうだ。何とも
回転し始めたミーズガルズは、なんとその勢いで空を飛び始めた。まるで小さな島が飛んでいるような光景だ。亀とは思えない速さで回転しながら空を飛び、勢いをつけて島の表面を抉るように突撃してはまた宙に去っていく。カロンを狙うように旋回してはまた突撃するのを繰り返し、その度に地面が抉られていき島の面影が消える。おかげで凄く見晴らしがよくなっちゃったぞ。島にいた眷属達は大丈夫なのか？

激しい攻撃をカロンは宙に飛ばされた岩などを足場にしてヒョイヒョイと避け、すれ違いざまにミーズガルズの甲羅に大剣で攻撃を加えていた。玉突きのようにミーズガルズは弾き飛ばされるが、その後またカロン目がけて飛んでいくことの繰り返しだ。

途中で頭だけ出して回転しながら光線を吐き出し辺り一面消し飛ばしているが、それもカロンの尻尾による一振りによって瞬く間にかき消される。カロンも空高く飛び上がり、お返しにとティーアマトを長細い鞭のように伸ばして振り回していく。

空を飛ぶミーズガルズに当たると大きく弾き飛ばせるが、それでもダメージは大したことないようだ。一回振る度に余波なのか島の森が線状に消し飛び海まで割れた。島を覆っていた黒い雨雲も消し

飛んで一瞬だが青空が見えたりもしている。

この戦いが終わるまで島が持つか心配になってきたぞ。俺やノールのバフまで加わっているから、カロンの攻撃力もとんでもないことになっているな。

しばらくお互いに空中で交戦していたが、突然白い霧に空が包まれて両者の姿が見えなくなった。あれはまさか固有能力にあった幻惑の霧か！　だけど一体何の為に……と疑問に思った直後、霧の中からミーズガルズが姿を現した。

回転するのを止め真っ直ぐ飛ぶミーズガルズの先には、攻撃を受け止めるカロンの姿。カロンは空中で踏ん張りがきかないせいか押し負け、そのまま島に突っ込んでしまう。轟音と激しい揺れを伴ってミーズガルズは俺達の目の前を横切っていった。島が割れるんじゃないかと思うほどの深い溝が出来上がっている。

おいおい、あんなの食らって大丈夫なのか。そう思う俺の横でフリージアが懸命に声援を送っていた。

「フレーフレーカロンちゃん！　頑張れ頑張れ負けるなぁ！　ねばーぎぶあっぷだよー！　ルーナちゃんも応援してあげようよ！」

「ふん、偉そうなのは気に入らないが力は認める。せいぜい頑張れ龍神」

ルーナの奴、もっと素直に応援してやればいいものを……さっきからずっと体をソワソワさせて心配そうにしているぞ。

彼女達が声援を送ってすぐに、遥か遠くまで移動していたミーズガルズが鈍い音と共に縦方向に回りながら宙を飛ぶ。そしてドンっと音がすると、自分で作った深い溝をなぞるように島を何度かバウンドして転がり、小神殿のあった場所にひっくり返った状態で止まる。

追うようにカロンも一瞬で戻ってきて甲羅の腹の部分に乗っかると、ドラゴンの手になっている拳を振り下ろす。威力が高過ぎるのかパンチをすると島が揺れ、周囲の地面が隆起しひび割れていく。当然一発で終わることなく何度も何度もパンチを加え、その度に衝撃が島に広がる。

ただパンチしているだけなのにとんでもない音がするんですが。というか、パンチするごとに山頂だった地面が沈んでないか？　女神の聖域で守られている部分以外の地面の高さが徐々に低くなっているんだが。

カロンの猛攻を見て、思わずといった様子でテストゥード様が呟き始めた。

『あの龍人、どうやらかの世界より相当な力を引き出している。元々かなり強大な力の持ち主のようだ。これもお主の持つ板の力か』

「うーん、正直その辺りの話はよくわからないんですけど……私の持っているスマートフォンの力だと思います。後で詳しい話を聞かせてください」

『承知した。何にせよ、あの様子なら我が分体の力を不安定にするほどの傷を負わせられるだろう』

よし、またよくわからない話をしていたけど、この危機さえ乗り切れば情報を得られそうだ。カロンちゃん、ミーズガルズを必ず倒してくれよな！　俺もフリージアみたいに応援するか！

そう思っているとノールがテストゥード様に質問を始めた。

「分体は飛べるみたいでありますが、このままだとその前に逃げられたりしないでありますかね？」

『その心配はないだろう。あやつはこの地を自分の領域として認識している。ここを捨てて逃げる選択などない』

「この島ってそんなに重要な場所だったのかしら？　お姉さんから聞いた話だと守護神様が向かった先にあった島だって話だけれど」

『ここは島扱いされているが、遥か昔に我から剥がれ落ちた甲羅の一部でな。それがこの地に根付いて今の形になったのだ。周囲を覆っていた霧も我が力の名残。あの輩は我が身の一部を使いその力を無効化してこの地に来たのだろうな』

なんと、この島って元々テストゥード様の一部だったのかよ⁉　だからマリグナントはこの島に来て召喚しようとしていたのか？　御神体もまた体の一部だって話だったけど、この島はそれとはまた別なのかな。

そしてこの島にマリグナントが来られたのは、祠で奪われた御神体を使ったからなのか。それで霧の中で迷うことなく眷属達にも攻撃されずに済んだと。俺達を侮って油断していたけど、マリグナントは本当に厄介な奴だったな。

他にも色々と気になる部分があったが、カロンに攻撃されていたパンタシア・ミーズガルズに変化が現れたので話を中断した。

ついにされるがまま攻撃されていたパンタシア・ミーズガルズの甲羅にヒビが入ったのだ。しかし、それと同時に甲羅が黒いオーラに包まれて雰囲気が変わった。それにはカロンも一瞬攻撃するのを止めたが、関係ないと言わんばかりにまた拳を叩き込んだ。

が、さっきまでと違いさらに鈍い音がすると、攻撃したはずのカロンが僅かに動きを止めた。それでもまた何度も殴っているが、勢いが明らかに落ちている。

あれは、もしかしてシェルフォートレスってやつを発動させたのか？　カロンの猛攻を受けて守り切れないのを悟って甲羅にこもりやがったな！　あと一息ってところだったのに、このまま龍魂解放が解除されるまで時間稼ぎをされたら非常にまずいぞ！

「せっかくヒビが入ったのに急に硬くなったみたいですね。あのオーラはスキルによるものでしょうか」

「元々ステータス的には防御寄りだし、スキルを発動されるときついな。カロンなら確実に勝てるだろうけど、時間制限がある中じゃ……」

「むむむ、もっとカロンの攻撃力を上げる物があればいいのでありますが……」

シェルフォートレス発動中でもカロンの攻撃の方が上回っているみたいだから、もっと攻撃力を上げる方法があればいいのだが。パワーブレスレットを重ねる……いや、それじゃそこまで攻撃力は上がらない。

もっと一気にミーズガルズの甲羅を破壊できるぐらい跳ね上げる方法は……あっ、あるかもしれないぞ！

思い付いたことを試す為に、俺はあるアイテムをスマホから実体化させた。それを見たノール達は首を傾げている。

「大倉殿、急に箱を出してどうしたのでありますか？」

「その箱って、確かこの前ガチャから出た合成箱よね」

「つまり何か武器を合成するつもりですか？　ですが今の状況を覆せる武器を作れるとは思えませんよ」

「ああ、俺だって確証がある訳じゃない。けど、このまま指をくわえて見ているよりはいいだろう」

「うん！　頑張ってるカロンちゃんの助けになるならやるべきだよ！」

「平八に任せよう。こういう時だけは冴えている」

確実に有効かわからないけど、少しでも可能性があるなら試す価値はある。それに合成箱で作った装備なら無駄にはならない。

今回混ぜようと思っている装備は、俺のエクスカリバールとSSRである破城槌だ。破城槌は対物特攻の力で、大討伐級の魔物であるラヴァーワイバーンの強固な皮膚を破壊した実績がある。これがエクスカリバールと合わさり、さらにカロンの力が加われば……！

箱を開けてさっそくエクスカリバールを左のベースと書かれている方に、右の素材と書かれている方に破城槌を入れる。混ぜる素材を箱の上にかざすと、光の粒子になって箱に吸い込まれていく。閉じると真っ黒い箱の蓋に**【素材から抜き出す能力を選択してください】**と表示された。

【破城槌】
攻撃力＋３０００
行動速度－２５０％

対物特攻

当然行動速度マイナスはいらないから、攻撃力と対物特攻を選択。能力だけかと思いきや攻撃力まで抜き出せるとは、完全に壊れアイテムだな。

【本当に合成してもよろしいですか?】という表示にＹｅｓを押す。すると箱が眩く輝き始めカッと強い光を発すると、箱が消えて黄金に輝くバールのような物だけがそこに残っていた。

おぉ、なんて神秘的な輝き……って、エクスカリバールはいつも黄金に輝いていたか。さて、これでエクスカリバールに破城槌の力が付加されたはず。確認しよう。

【エクスカリバール☆57】
攻撃力＋６０９０
行動速度＋３３０％
スキル付加 **【黄金の一撃】**
状態異常：毒（小）
木特攻：ダメージ＋10％
攻撃力＋３０００
対物特攻

わ、わかっていたけど想像以上にヤバイ代物が出来上がったんだが！　これを渡せばきっと……それにカロンのティーアマトならもしかしたら！

俺は女神の聖域から出て、出来上がった新エクスカリバールをカロン目がけて投げた。

「カロン！　この武器のスキルを使うんだ！」

対物特攻を付加しただけじゃなく、エクスカリバールにはスキルである黄金の一撃もある。ノール達本人のスキルと比べると攻撃力二倍程度じゃ微々たるもの。しかし、専用装備じゃないから誰でも装備すればそのスキルが付加される強みもある。

さらには黄金の一撃は消費ＭＰが五千を超える時、攻撃力が二倍じゃなくて三倍。カロンのＭＰは一万を超えているから、五十パーセントの消費で五千を超える。つまり彼女のエクスカリバールによる黄金の一撃は三倍だ。龍魂解放発動状態でさらに三倍の攻撃力を上乗せ、現状でこれ以上強化できる手はないはずだ。

投げたエクスカリバールを受け取ったカロンは一瞬怪訝そうな表情を浮かべていたが、すぐにこっちを見てニッと笑みを浮かべ親指を立てた。俺も返事にグッと親指を立て女神の聖域の中に逃げ帰る。カロンが完全に制圧してくれていたとはいえ、いつビームが飛んでくるかわからないから正直怖かったぞ。

再び聖域内からカロンを見ると、黄金の一撃を既に発動させているのかエクスカリバールは金色の光を発していた。俺が使った時とは段違いの輝きだ。

それだけではなくオーラ状になったティーアマトがエクスカリバールに纏わり付いて、黒と金が混ざり合って輝いている。自由に形を変えられるティーアマトならできると思ったけど、マジでエクスカリバールに纏わり付かせて使えるとは。

　カロンは合体させたティーアマトとエクスカリバールを掲げると、ヒビの入ったミーズガルズの甲羅目がけて振り下ろす。その一撃は甲羅のヒビを的確に捉えた。

　ビキビキと音を鳴らしながら甲羅のヒビは全体に広がっていき、エクスカリバールの黄金の輝きがそこから漏れ出す。甲羅にこもっていたミーズガルズは頭と手足を出し、苦しそうに叫んでジタバタともがいている。

　そしてついに、カロンが攻撃した部分の甲羅が砕けて、黄金の輝きが空に伸びて雲を割いた。

「やったぞ！　甲羅が割れ……っておいおい⁉」

　甲羅を砕くだけで終わらず、黄金の輝きはミーズガルズの体の下まで貫通している。地響きと共に黄金の輝きが地面を走り、中心から島が真っ二つに割れていく。

　今まで狩場を爆撃で壊すことはあったけど、とうとう島ごと破壊してしまった。こういうことに慣れているはずのノールですら驚愕の声を上げるほどだ。

「島が割れちゃったのでありますよ⁉　どうするのでありますか！」

「ついに島ごとやっちゃいましたか。エクスカリバールとカロンさんの組み合わせ、恐ろしいの一言ですね」

「凄いんだよカロンちゃん！　さすが龍神様だね！」

　凄いとか言ってる場合か！　やり過ぎだろ！　だけどちゃんとミーズガルズは仕留められたみたい

だな。頭は力なく地面に垂れ下がり、手足も動く様子はない。割れた甲羅の部分からは僅かだが黒い光が漏れ出している。

ダメージを与える役目を終えたカロンは、満足げな様子で俺達のところへ戻ってきた。全身を覆っていた黒いオーラが消えている。ちょうどスキルが切れたのか。

「はっはっは！　このカロンちゃんのスキル切れまで耐え切るとは、あの亀やるではないか！　なかなか楽しめたぞ！」

「お疲れ」

「うむうむ、労《ねぎら》いの言葉を口にするとは愛《う》い奴め」

「……手を載せるな」

笑うカロンに軽く頭をポンポンと叩かれ、ルーナは煩わしそうにしている。それからカロンはこっちを見ると、持っていたエクスカリバールを渡してきた。

「ほれ、お前様よ」

「おう、役立ったみたいでよかったぞ」

「よくすぐに武器だってわかったでありますね」

「龍神にかかれば全てマルッとお見通しだ。変てこな武器なのに強力ではないか。お前様はいい物を持っているな」

「即席で作った物だけど役立ったみたいでよかった。……まあ、エクスカリバールを褒められるのは何とも言えないんだけどさ」

「ある意味ガチャの外れ集大成だものね。それにＳＳＲを素材として混ぜることになっちゃったし」

「そのおかげであの魔物を倒せたんですから、大倉さんの発想は間違っていませんでしたよ。ホント稀ですが冴えていますよね」

カロンに太鼓判を押される性能なのは喜ばしいが、それがＳＲの積み重ねというのが悲しいところ。俺の中でも外れなのか当たりなのかわからなくなってきたぐらいだ。

次にカロンはイリーナさんが胸に抱いているテストゥード様に声をかけた。

「して守護神とやら、役目を果たしたと思ってよいか」

『うむ、あれだけ損傷すれば力を保っていられないだろう。甲羅から漏れ出ている黒い光、あれが我が分体を形作っている力だ』

「それが漏れてるってことは、後はこのまま放置していても消滅するってことかしら？」

『いや、それでは駄目だ。このまま我が力が散ってしまえば、この地から完全に力が失われる』

「そんな！　それでは町が魔物に……テストゥード様、どうすればいいのですか！」

『我が分体から力を散らしつつ取り込めばいいのだ。そうすればまたセヴァリアに力を分け与えられる』

なるほど、甲羅が割れさえすればテストゥード様が分体から力を吸いだせる、と。それを一旦自身の体に貯め込んで、再び神殿から各地に行き渡らせるってところかな。

しかし、続くテストゥード様の話はそう簡単なものではなかった。

『だが、あのまま取り込めば我もまた暴走するだろう。その前に浄化する必要がある。イリーナよ、あの悪意ある力の浄化を頼めるか』

「頼むなんて畏れ多いです！　喜んでやらせていただきます！　で、ですが私一人ではそれほどの浄化をするのは……シスハさん、どうかご協力をお願いできますでしょうか？」

「お任せください。カロンさんばかりにいい格好させられませんからね！　私も張り切っちゃいますよ！」

「頼もしいではないか。頑張るのだぞー」

カロンは役目を終えたとばかりに脱力し切っている。そんな彼女に声援を送られながら、イリーナさんとシスハが女神の聖域の外に出た。

万が一に備えて俺達も一緒に出ると、地面に降ろされたテストゥード様は輝き始める。それに呼応するように、パンタシア・ミーズガルズの甲羅から僅かに漏れ出ていた黒い光が一気に溢れ出した。そのまま霧散することなく黒い光はテストゥード様目がけて飛んでくる。

イリーナさんとシスハは前に出て祈るように両手を胸の前で合わせると、眩い光が辺りを包んだ。その光に黒い光が触れると一瞬で真っ白くなり、浄化された光がテストゥード様の体に吸い込まれる。対して力を吸い出されているパンタシア・ミーズガルズは徐々にだが体が薄くなっていく。

「おぉ、分体が消えていくのでありますよ」

「これで一件落着ってところかしら。カロンのおかげで助かったわ」

「そうだね！　カロンちゃんじゃなきゃ、きっとあの亀は倒せなかった！　龍神様は凄いんだよ！」

「はっはっは！　そうだろうそうだろう！　このカロンちゃんを褒め称えるといい！」

「うるさい。調子に乗り過ぎだ」

フリージアの尊敬するようなキラキラした眼差しを受けて、カロンは豪快な笑い声を上げている。尻尾もブンブンと左右に揺らしてご機嫌のようだ。凄くわかりやすいな。

全く、フリージアとある意味相性がいいみたいだぞ……あれ？　そういえばおかしい。スキル発動後だっていうのにカロンに何の変化もない。普通なら何かしらの反動があるはずなんだが。

「カロン、スキルの反動はないのか？」

「そんなものはないぞ。この通りピンピンしている」

「ええ!?　いいないいな！　どうしてなのカロンちゃん！　教えてほしいよ！」

「ふっふー、それはカロンちゃんだからだ！」

あー、なるほど……って、答えになってないじゃねーか！　なんだよカロンちゃんだからだって！

あまりにも堂々と言うもんだから一瞬納得しかけたぞ！

「冗談はさておき、今の私はお主らより強化されているからな。そのおかげだろう」

「つ、つまり私達の反動も同じぐらい強化されたら、なくなるのでありますか……」

「あら、それはいい情報を聞いたわね。けど、同程度に強化するって先が長そうね」

「ふええ……気絶しなくて済むようになると思ったのに、しばらく駄目そうなんだよ……」

「私は比較的軽いからどうでもいい」

「はっはっは、主様よ。同胞達の要望に応えて頑張るのだな」

「お、おう……」

ノール達から期待するような視線を感じるんだが……全員今のカロン並に強化するとなると、凄まじく遠い道のりになるぞ。一体どれほど魔石を使えばこれだけの強化を……！　へへっ、ある意味ガチャを回す口実が増えちまったじゃねぇか。

そんな会話をしている間にも浄化と吸出しは進み、ついにパンタシア・ミーズガルズの姿が完全に消滅した。それを証明するかのように荒れていた雷雨や暴風は治まり、黒い雲は消え青空から太陽の光が届く。

イリーナさんはその場で膝をつき、肩を上下させるほど呼吸を荒くしている。

「ハァ……ハァ……こ、これで終わりでしょうか？」

『うむ、イリーナよ。よくぞやってくれた。甲珠の浄化も含め、改めて礼を言おう』

「い、いえ！　勿体なきお言葉です！」

『そなたにも礼を言わせてもらおう。イリーナだけでは浄化をし切れなかった。誠に感謝する』

「いえいえ、当然のことをしたまでですよ。私は神官ですからね」

おほほと口元に手を当ててシスハは笑っている。イリーナさんがあれ程疲れているのに、全然余裕がありそうにしているな。これだけ神官として優秀なんだから、普段からもっとちゃんとしてくれよ！

力の吸収も無事に終わりホッとしていると、フリージアがしゃがんでテストゥード様に質問をしているのが耳に入った。

「守護神様、力を取り戻したんだよね？　なのに小さいままなんだ」

『この状態で姿を固定しているのだ。この方が都合がいいのでな』

「そうなんだ。ババーンと大きくなるんだって期待していたんだよー」

あれだけ巨大だったパンタシア・ミーズガルズの力を全て吸収しても、姿を小さく保ったままにできるんだな。こういうところも暴走状態と理性のある状態の差なのかね。今の姿ならイリーナさんに抱いてもらって移動も出来るし、これから神殿に向かうならその方が確かに都合がいい。

「これで後はセヴァリアの神殿に行くだけか。ふぅー、今回の異変は疲れちまったな」

「そうでありますねぇ。けど、これで無事終わりでありますよ」

「ほほぉ、私の召喚時間にもまだ余裕がある。ここは一つ軽く宴をしたいところだ！　美味い酒でもご馳走になりたいぞい」

「おお！　カロンさんもいける口ですか！　じゃあ時間になるまで心行くまで楽しみましょう！」

「うむうむ、お主とはいい酒が飲めそうだ。カロンちゃん秘蔵の一品をご馳走してやろう」

シスハとカロンがお互いにビッと親指を立てて、何やら共感しているご様子。おいおい、フリージアだけじゃなくてシスハとも気が合うのかよカロンちゃん！　どうして俺達の中でも特に問題起こす二人と意気投合しちゃうのぉ！　もしこれで今後ガチャから召喚石を手に入れてカロンが加わったら、一体どうなってしまうのだろうか。

異変が解決したと気の抜けた会話をしていたが、その空気はすぐにテストゥード様によって壊された。

『盛り上がっているところで悪いが、まだ終わりではない。急ぎセヴァリアへ戻るのだ。我が力が消えている間に、町へ魔物が向かっているはずだ』

「ど、どうしてなのでありますか⁉」

『神殿にある我が身の一部が力を失っている今、長きに渡って奴らを町から遠ざけてきたあれを破壊しようとするだろう。恐らく力を各地に分けていた祠も既に破壊されている』

何……だと。まだ終わってないのぉ⁉　セヴァリアの町に魔物が向かっているって、急いで戻らないとやばいじゃないか！　……まあ、実はすぐに帰るための手段は用意してあるんだけどな。

が、そうとは知らないノールは両腕を組んで唸り声を上げて心配そうにしている。

「むむむ、それじゃあ早く町まで帰らないといけないでありますよ！　でも、今からだと丸一日はかかるでありますよね。それまで大丈夫でありましょうか？」

「ふふふ、その心配はない。念の為にリシュナル湖の近くまでビーコンを配置しておいた。電波の届く距離まで行けばすぐにでも帰れるぞ」

そう、この聖地を訪れる際にイリーナさん達と野営した岸壁に、ビーコンを置いておいたのさ！　岸壁の近くには以前マースさん達と調査に行ったリシュナル湖もあり、そこまでビーコンは繋げてある。つまり岸壁まで行けばセヴァリアまでは一瞬で帰れるということだ。

マリグナントがパンタシア・ミーズガルズを呼び出してからそう経っていないし、魔物が町に押し寄せる前に帰れるはず。

「おお、さすが大倉殿！　用意周到でありますね！　それなら一安心なのでありますよ！」

「霧も晴れているからもしかすればここからでも届くかもしれないわね。今すぐ戻ればまだ間に合いそうね」

島に到着してすぐにイリーナさんとかもビーコンに認識されているかは確認済みだ。テストゥード様はどうかわからないけど、ちょっと確認を取ればすぐに認識されるはず。

スマホでビーコンの移動画面を表示して選択画面を開く。そこにはテストゥード様の名前も入っていた。よし、これなら問題なくビーコンで移動できる。

これでエステルの言うようにここからすぐに移動できればいいんだけど……最悪無理そうでも、ダラに乗って一時間もあればビーコンの使用範囲には行けるか。

「テストゥード様、イリーナさん、今すぐセヴァリアに戻りますけどいいですか？」

『うむ、こちらからも頼みたい。移動はダラに任せよう』

「いえ、町の傍まで一瞬で移動できる方法があるのでそれを使います。その後はダラにお任せします」

「ま、町まで一瞬……まさか転移の魔法を使えるのですか⁉」

「うーん、少し違うけどそんな感じかしら」

正直ビーコンのことは内緒にしておきたかったけど、既に色々とイリーナさん達に知られてるから今更だろう。それに町の危機なのに出し渋っている訳にもいかないしな。セヴァリアに戻るという方針が決まり、さっそく移動することになった。

しかし、それを聞いたカロンちゃんは凄く不服そうに口を尖らせている。

「なんだなんだ、せっかく宴を開こうとしておったのにまだ何かあるのか。これではこのカロンちゃんは戦う為だけに呼ばれたみたいだぞ」

「いやまあ、それは否定できないんだが……すまないな」

「カロンさんとの酒盛りを楽しみにしていたのですが、町の危機となればそうも言ってはいられませんか」

「まあよい。ならばそのセヴァリアとやらに行くのも付き合ってやろう。時間の許す限りお主らの力になってやるぞ」

「わーい！　カロンちゃんが一緒なら凄く心強いよ！」

元々一緒に来てくれるつもりだったみたいだけど、フリージアの素直な喜びの声にすっかりカロンも乗り気になったようだ。そんな訳で全員ダラの背に乗って、そのままビーコンでセヴァリアまで行こうとしたのだが、ちょっとした出来事が起きた。

「ほほう、空飛ぶ魚類の魔物に乗るとは。なかなか愉快そうではないか」

カロンちゃんがどっこいしょとダラの背中に乗った途端、ダラは全身をブルッと大きく震わせて尻尾も天を向いている。その反応にイリーナさんは心配そうに声をかけた。

「ダラ、どうしたの？」

『その龍人に怯えているようだ。力の差を感じ取ったのだろう。少し気を抑えてくれ』

「ふむ、特に威圧などはしとらんのだがな。このカロンちゃんから溢れ出す息吹のせいかもしれん」

あー、息吹ってことはもしかして固有能力に反応しちゃっているのか？　敵にしかデバフの影響はないはずだけど、それでも怯えちゃうみたいだな。それに加えてカロン自身がめちゃくちゃ強いし、自分の上に乗ってきたらそりゃ怖がるよね。

どうにかカロンが力を抑えたおかげかダラの震えも止まり、さっそく俺はビーコンを使った。地図アプリ上に表示されている岸壁に設置したビーコンを選択すると、一瞬で視界は昨日訪れた岸壁に変わる。

よし、距離も問題なく霧の影響もなかったみたいだな。そのまま連続してビーコンを移動していき、あっという間にセヴァリアの見える場所までやってきた。イリーナさんは目を見開いてきょろきょろと周囲を見渡し唖然としている。

「こ、ここは……セヴァリア!? もう到着したのですか！ 本当に一瞬じゃないですか！」

『魔法も使わず一瞬でここまで移動できるとは。どうやら異界の力といっても我とは別物のようだ』

「ほほう、お前様達は面白い物を持っておるな。時間があればじっくり色々と見たかったぞ」

興味深そうにはしているけど、テストゥード様とカロンちゃんは全然驚いてないな。さすが守護神様と龍神だ。なんて感想を抱いているとノールが声を上げた。

「大倉殿！ 町から竜巻が出ているのであります！ 既に魔物が襲撃しているかもでありますよ！」

「えっ、そんな馬鹿な！ いくらなんでも早過ぎるだろ！」

「とにかく町へ急ぎましょう！ ダラ、お願い！」

巨大な黒い竜巻が町から空に向かって伸びているのが見える。おいおい、ビーコンを使って帰ってきたのになんでもう魔物が町に来てるんだよ！ 一息つく暇もなく、俺達はダラに乗ってセヴァリアに向かった。

「あの竜巻、一体何なのかしら。方向からして海の方？」

『あれはトルネードシャークによるものだ。まさかこれほど早くこの地にやってくるとは……恐らくだが、我が分体を呼び出した輩の仕業だ。我が力を使って海から魔物を町に呼び寄せていたのだろう。海にあった祠も既に破壊されているようだ』

「むむっ、だからこんなに早く魔物が……陸地の魔物もやってくるのでありましょうか？」

『その心配はない。陸の魔物は縄張り意識が強い。そうすぐに町までくる個体は少ないだろう。それに内陸にある祠は殆ど無事のようだ……むぅ？　妙に強大な守りの力が働いている祠が……』

「あっ、そこは私とエステルさんお手製の結界を張った場所かもしれませんね」

「ふふ、あそこの祠ならどれだけ魔物が来ても破られることはないわ」

前にディアボルス達に破壊された加護の中継地点になっていた祠か。テストゥード様が驚くぐらいに守られているとは。それならあそこは破壊される心配はなさそうだな。

それにしてもパンタシア・ミーズガルズを呼び出した輩となると、またマリグナントか。加護が消えて大騒ぎになっているかもしれないとか言ってた気がするが、そうなるように準備してやがったのかよ。やられた後まで厄介事を残していくなんて、本当に最悪な奴だな。

海の祠もあいつが事前に破壊してた可能性だってある。俺達の知らないところでどんだけやらかしてやがったんだ。自滅だったとはいえ、あの場で仕留められて本当によかったぞ。

町の近くまで来たので地図アプリを確認した。すると町中にはいくつもの赤い点が表示されている。それを複数の青い点が囲むように対峙していた。この点は恐らく魔物と戦っている冒険者や軍人だろうな。

魔物から逃げるように移動している多くの青い点は、避難している市民達のはずだ。港にはかなりの数の魔物と人が集まっている。ここが魔物の上陸地点か。

……あっ、神殿の方まで魔物が来てやがる⁉　港からそこまで行ったとは思えないし、まさかこれもマリグナントの仕業か！

「港だけじゃなくて神殿にまで魔物が来てやがるぞ！」

「えっ⁉　神殿にもですか！　早く向かいませんと！」

『待て、イリーナよ。その前に彼らに話がある』

「わ、わかりました」

今すぐにでもダラに頼んで神殿へ向かおうとしていたイリーナさんだが、テストゥード様に止められて肩を落とし黙り込んだ。テストゥード様はイリーナさんの腕の中から降りると、俺をジッと見て話しかけてきた。

『すまないがお主らの中から町の防衛に人員を割いてもらえないだろうか。力も多少は戻り我も戦うことはできる。神殿にはイリーナの護衛として二人ほど付いてきてもらい、その他の者達で町に入り込んでいる魔物を倒してもらいたい。町を襲っている魔物は手強いのが多い。頼む、今戦っている者達を助けてやってくれ』

ペコリとテストゥード様は頭を下げている。おいおい、守護神様に頭を下げて頼まれるとは。魔物だとしてもこの町に住む人達のことを考えているんだな。確かに今のテストゥード様が一緒なら、神殿に全員で行く必要はない。二手に分かれて町に上陸している魔物を倒してもらえば被害は少なく済む。

どうやって分けようか考えようとしたのだが、その前にカロンが口を開いた。

「ならば同胞達で魔物を倒せばよかろう。亀と娘は私とお前様で神殿とやらに送り届けてやるぞ」

「確かにカロンさんなら安心して守護神様達を任せられますが……」

シスハがじろりとこっちを見ている。

「悪かったな俺が不安要素で！」

「おほほ、何も言ってませんよ」

「はっはっは、案ずるな！　このカロンちゃんが付いておるのだぞ！　何があっても問題なっしんぐだ！」

「意味不明な自信だが、この龍神なら信用できる。任せていいだろ」

「うむうむ、ドンと信用するがいい！」

ポンポンとルーナの頭を撫でてカロンはご機嫌な様子だ。いつの間にか俺まで神殿行きに選ばれてしまったぞ。人選としては悪くないけど。カロンがいればたとえ神殿に何がいても、力でねじ伏せられるだろう。少人数で動くならこれ以上心強いものはない。

そしてノール達は五人も揃っていればその辺の魔物じゃ向かうところ敵なしだ。シスハもいるから負傷者の治療もできるし、被害も最小限に食い止められる。だけど、一応ルーナとフリージアには姿を見せないでもらいたい。

「ノール達は普通に戦うとして、ルーナとフリージアはなるべく姿を隠してくれ。お前らなら気配消しつつ戦えるよな？」

「うむ、余裕だ」

「久々の闇討ちだね！　お任せなんだよ！」

「お、おう。だけどなるべくでいいからな。襲われそうな人がいたら助けるのが優先だぞ。もし正体がバレたら俺が何とかするからさ。これもついでに持っていけ」

「わーい！　透明マントだー！」

バッグからインビジブルマントを出してフリージアに渡した。攻撃すると姿が少しの間見えちゃうけど、これがあれば多少は動きやすくもなるだろう。

長話をしてる訳にもいかないので、方針が決まり次第すぐにノール達を町中に降ろす。

「お前達なら平気だと思うが気を付けるんだぞ。港は魔物の上陸地点なのか特に数が多いから注意しろよ。何かあったらすぐトランシーバーで連絡してくれ」

「了解なのであります！　大倉殿も気を付けるのでありますよ」

「カロンが一緒だから心配ないと思うけど油断はしないでね」

「大倉さんは何かやらかしそうですからねぇ。カロンさんに迷惑かけないようにしてくださいよ」

「うむ。だが、龍神も調子に乗らず注意しろ」

「はっはー、私の心配とは本当に愛い奴よなぁ。また後で頭を撫でてやろう」

「カロンちゃんとルーナちゃん、すっかり仲良しさんなんだよー」

そんなやり取りをしてノール達を見送り、俺とカロンとイリーナさんとテストゥード様で、ダラの背に乗って神殿を目指す。カロンちゃんはすっかりノール達と馴染んでいるな。せめて召喚時間の限界が来る前に、皆で宴とやらを開いてあげたいぞ。このまま無事に神殿に行ってこの異変が終わってほしい。

空を飛び神殿を目指していると、その途中イリーナさんが不安げな様子で呟いていた。

「神殿にも魔物が来ているなんて……港からは離れているのにどうしてなのでしょうか……」

『あの輩が何か準備していたのだろう。港の方の魔物は陽動かもしれん』

「確かにかなりの数の魔物がいるみたいですから、港から来た魔物とは思えませんね。まだ御神体は大丈夫なんですか?」

『無事のようだ。神殿の皆も結界を張ってどうにか持ち堪えている。早く我らが向かわねばな』

さすが守護神様。離れた神殿が今どうなっているかも大体わかるようだ。これなら俺達が到着するまで持ち堪えてくれるはず。

さて、この移動している間に気になっていたことを聞くとしよう。周囲を警戒しつつも俺はテストゥード様に質問してみた。

「それで異界の力、とはどういう意味なんでしょうか? それに女神というのも教えていただけると……」

『神殿に着くまで時間もある。多少ではあるが説明をしておくとしよう。まず、我が真名がミーズガルズであるのは知っているな?』

「はい、私の知る限りでは神聖獣ミーズガルズと呼ばれていました」

「ミーズガルズ？　その名はカロンちゃんも聞いたことがあるぞ。確か神界に住まう神の眷属だったか」

『ほお、そなたも我のことを知っておるのか。我はかの世界で女神の遣いとして存在していた』

ノール達は知らなかったけどカロンちゃんは聞き覚えがあったのか。さすが龍神様だ。やっぱりミーズガルズは出てくるイベントステージ名通り、神々の領域を知る者じゃないと知らないんだろうか。

そんな話にイリーナさんも恐る恐るといった様子で加わってきた。

「あの、先程から仰っているお名前が本当のテストゥード様のお名前なのでしょう？　ですがミーズガルズ様というお名前は聞いたことがございません……」

『それも仕方のないことだ。我はこの世に来てから一度も名乗っておらん。そなたらの呼ぶテストゥードというのが、この世界での我が名として正しい』

ふーむ、偽物の守護神であるパンタシア・ミーズガルズと区別しやすいから助かるけど、この世界じゃ元々ミーズガルズって名前自体知られていなかったんだ。理由はよくわからないけど、本人がそう呼べと言うならそう呼んでおこう。

「それではテストゥード様と呼ばせてもらいますが、異界というのはどういうことなんですか？」

『我のいたイルミンスールという世界のことだ。そなたも異界の力を持つ者なら聞いたことがあるであろう』

イルミンスール……あー、確かＧｉｒｌ Ｃｏｒｐｓの世界の名前だったか？　それも神々の領域のイベントストーリーでちょろっと見た覚えがあるな。あんまり重要じゃなかったみたいだから、覚えている人自体少ないと思う。

「それってＧｉｒｌ Ｃｏｒｐｓの世界の名前ですよね」

『その単語は我の知らないものだ。そなたもイルミンスールから来たのではないのか？』

「えっとですね。私は地球というところから来たんですけど……わかりますか？」

『いや、聞いたこともない。我の知らない世界が存在するというのか』

「ふむ、それが私や同胞達のいた世界と別次元世界か。お前様の知識を貰って色々と知ったが、実に興味深いぞ」

国の名前を言ってもわからなそうだから地球って言ったけど、それも知らないみたいだな。カロンちゃんには召喚した時に俺の知識が流れ込んでいるから、俺が元いた世界に関してもわかっているはずだ。納得したようにうんうんと腕を組んで頷いている。

どうして俺がミーズガルズなどを知っているか教えておいた方がよさそうだな。

「詳しく説明すると色々ややこしいんですけど、テストゥード様や私の仲間のいた世界イルミンスールは、私のいた地球で物語として作られていたんですよ。そこでミーズガルズという名前も知ったんです」

『我らの世界が物語として……？　そなたからも異質な力を感じてはおったが、どうやらまた別物のようだ。そちらの龍人からは我と同じような力を感じるが、そなたはイルミンスールから呼ばれたのだな？』

「うむうむ、お主と同じ世界から呼ばれたと思ってよいぞ。同胞達も同じだ。皆あの声に誘われたようだが、あれは神の仕業か。全く、昔から何を考えているのかわからぬな」

『そなたが召喚された時、我が女神と同様の強い力を感じた。女神じゃないにせよ、それに準じた者が関わっているのは間違いないだろう』

テストゥード様とカロンちゃんの間で通じているみたいだけど、神とかいう単語が出ているんだが……というか、二人共見知っているような雰囲気だぞ。

そういえばカロンちゃんのステータスに神代の龍王って称号が付いていたな。神が普通にいた時代からカロンちゃんはいたってことなのか。それと何やら召喚に関して気になることも言ってるぞ。

「あの声って何だ？　そもそもカロン達は俺が召喚する時どんな風に呼ばれているんだ？」

「うーむ、それがはっきりとしたことは覚えておらん。ただ元いた世界で声しか聞こえぬ者と契約し、呼びかけに応じて召喚されるのを了承したのは記憶にある。そしてお前様に呼び出されこの世界に来たという訳だ」

なるほど、そういう感じで召喚に応じてくれていたのか。この前ノールと飯に行った時に、あいつも自分の意思で来ているって言ってたもんな。ノール達は俺に召喚されて特に不満そうにしてなかったから聞いていなかったけど、そんな事実があったとは。

……カロンちゃんなら率直に話してくれそうだから、この機会に怖くて聞けなかったことを聞いてみるとしよう。

「カロンは俺の世界で物語の登場人物だってところに、何か疑問を抱いたりしないのか？」

「む、特に疑問などないぞ。お前様の世界の物語に出てくるといっても、私は私だ。召喚に応じる同胞達もそんな些細なこと気にせんさ。応じない者達もいるであろうが、それは召喚に耐えられる力がないのだろう」

応じない者……それってもしかしてＳＳＲ以下のユニットってことか？　俺の予想でしかないけど、だからこの世界だとＵＲユニットの召喚石しか排出されない？　ノール達って肉体的にも精神的にもかなり強靭だからな。その可能性はありそうだ。

俺に異世界の招待状を送ってきた……というかガチャに紛れ込ませたんだけど、それをやったのもノールやカロンちゃんを呼んだ存在なのかもしれない。ただのゲームだって思っていたけど、ＧＣ自体が特殊な物だった可能性だってある。考えたら切りがないな。

召喚に関しての事実も判明したが、今は元の話をするとしよう。

「それで話は戻りますけど、異界の力というのはテストゥード様やカロンちゃんのいた世界ってことでいいんですよね？」

『うむ、この世に流れ込むイルミンスールの力は強大で、異界の力と呼ばれていた。我が眠りにつく前に戦った魔人共もそう呼び、イルミンスールの力を宿す武具を扱っていた』

「ま、魔人達がですか⁉　セヴァリアを襲ってきたとかいう話でしたが、何か理由があったんでしょうか？」

『この地はどうやら異界の力が多く集まるようで、それを狙ってやってきたようだ。そして奴らの長が我を従えようとしていた。守っていた人の子達に襲いかかる輩だったのでな、当然消し飛ばしてやった。……我もかなりの手傷を負い、本体は遥か遠くの海底で眠りにつき、いつ目が覚めるかもわからない』

「テストゥード様の御身に傷を⁉　なんて不届きな輩なのでしょうか！　消し飛ばされて当然です！」

「その頃はこのカロンちゃんと戦った偽物より元気であったのだろう？　そのお主にそこまでの手傷を負わせるとは、その長とやらはかなりの力を持っていたのだな」

『我はこの世界に来た時点で、イルミンスールにいた時より力が弱まっていたのもある。だが、あやつも我と同じイルミンスールの存在だったのかもしれん』

どうやらイルミンスールからこっちに来ると本来より弱体化しちゃうらしい。ノール達がガチャで重ねると強くなるのは、あっちの世界から本来の力を引き出していたりして。

それにしたって俺達の戦ったパンタシア・ミーズガルズでも圧倒的強さだったのに、それ以上に強かったテストゥード様をいつ目覚めるかわからない眠りに追いやるとは。返り討ちに遭ったとしても、魔人達の長はめちゃくちゃ強かったんだな。既に消滅しているみたいでよかったぞ。

でも、その魔人もまたイルミンスールの存在かもしれないっていうのが不安だ。もしかするとその長って奴もGCのレイドボス辺りの可能性だってある。そんな奴の同族だから魔人は基本的に強いのかもな。

テストゥード様のおかげで知らない情報を多く得ることができた。俺が元の世界に帰る方法のヒントも知っていたりしないだろうか。関係ありそうなことを聞いてみよう。

「テストゥード様はどうやってこの世界に来たんですか？」

『……それはよくわからない。女神に任された地を守護していたのだが、気が付くとこの地にいたのだ。異界の力を感じ取り我もこのセヴァリアへと流れ着いた。そして偶然助けた人の子らにより守護神と呼ばれここに居ついた』

カロンちゃんと同じくこの世界に呼ばれた直前の記憶はないのか。……ん？　ＧＣではプレイヤーに敵対していたミーズガルズが人を助けただと？

「テストゥード様はイルミンスールで人と敵対していたんじゃないですか？　物語だと襲いかかっていましたけど……」

『む？　人の子と敵対するつもりなどなかったはずだが。聖域を侵そうとする者は誰であろうと皆敵だ。人の子があの地まで辿り着けると思えないが、恐らくその物語の者達は聖域に足を踏み入れたのではないか？』

あー、詳しい経緯は忘れたけど、確かに主人公達が聖域に侵入してミーズガルズと戦闘になったんだっけ。別に人に対して敵意があった訳じゃないのね。

「異界というのはわかりましたけど、それじゃあこの世界は何なんですか？」

『我やお主にとっての異界の地、としか言いようがないな。だが、徐々にだがイルミンスールの力が流れ込んでいるように思える。魔物が突然発生するのもその影響やもしれん。そなたらはこの地で特に異様だと感じる物に遭遇したことはないか？』

この地で異様に感じる物……あっ、あからさまに異様な物があるじゃないか！

「ありますね。この世界で迷宮と呼ばれる場所です」

『ああ、確かその単語も魔人共が口にしておったな。どうやらそこがイルミンスールとの強い繋がりになっているのかもしれん』

明らかに迷宮は異質な場所ばかりだった。まさかあれが魔人達の狙いでもあったのか？　それで遥か昔にイヴリス王国に攻め入って返り討ちに遭ったのか。

最初から知られていたのはハジノ迷宮だけだったけど、他にも二つゴブリン迷宮とアンゴリ遺跡の迷宮があったからな。見つかっていないだけで他にもありそうだ。クリアすると報酬も貰えたし、イルミンスールと繋がりがある可能性は十分高い。

けど、繋がっているとしたら、迷宮の影響で周囲に異変が起きていたのは気になるな。これから迷宮で何か起こる予兆だったら怖いぞ。この件が片付いたらハジノ迷宮の攻略もそろそろ考えた方がいいかもしれない。結局どうして俺がこの世界に呼ばれたのか分からず終《じま》いではあるが、何となく方向は見えてきた。

色々とわかりすっきりした気分になると、ずっと黙って俺達の話を聞いていたイリーナさんが口を開いた。そして何故か俺をキラキラとした眼差しで見ている。

「私如きには理解の及ばないお話なのはわかりますが、一つだけわかりました。オークラさん達はテストゥード様と同じ地よりやって来た、救世主様だったのですね。だからあれ程のお力を持っていたのですか」

「えっ、いや、そういう訳では……」

「はっはっは、救世主でもよいではないかー。実際に町を救おうとしているのだからな」

『そなたらがいなければどうなっていたことやら。まだ終わりではないが礼を言わせてもらおう』

おいおい、本当に救世主扱いされそうだぞ！　カロンちゃんも余計なこと言わないでぇ！　テストゥード様までお礼を言うなんて、守護神が認めた救世主になっちゃう！　勘弁してください！

そんな話をしながらもようやく神殿が見えてきたが、そこは見るも無残な状況になっていた。白い建物は壁などが破壊されボロボロになり、綺麗に整えられていた庭なども地面が抉れて出発前の面影がまるでない。

地図アプリで見ると、神殿のあっちこっちに赤い点が進入している。数は五十体ぐらいだろうか。多過ぎだろ！

青い点が固まって、赤い点が集中しているところにあるから、神殿の人達が結界を張っているんだと思う。一体どうやってこんな数が入り込んだのやら。リシュナル湖みたいに御神体の欠片でも使ったのか？

入り口は多数の魔物に占拠されている。紫色で体からビリビリ電気のような物を放ってる巨大クラゲに、魚の頭をした二足歩行の巨大な……魚人か？　三叉槍を持ってる上に筋肉ムキムキのマッチョマンとか、勝てる気がしないんだが。

その魔物達は複数の神殿の人達が張っている光の壁を攻撃している。どうにか進入だけは阻止しているみたいだけど、徐々に押され始めているみたいだな。

「そ、そんな、神殿が……早く皆を助けませんと！　ダラ、お願い！」

『待てイリーナ！』

テストゥード様の制止も聞かずに、ダラは速度を上げて神殿に接近した。が、それに気が付いた一体の魚人が三叉槍を投げ付けてくる。ディアボルスよりも遥かに大きな槍は凄まじい速度で向かってくるが、その攻撃が俺達に届くことはなかった。カロンがダラから飛び降りてその槍を指で挟んで受け止めたからだ。

直後にカロンからゾッとするような気配が流れてきて、それを感じ取ったのか慌ててダラはその場で止まった。

「ほお、このカロンちゃんに恐れず攻撃してくる魔物がおるとは。度胸がある、いや、無謀と言うべきか」

そう言ってカロンが軽く手を振ると、魚人は真っ二つになりついでに後ろのクラゲも巻き込んで消滅した。その攻撃に反応したのか、結界を攻撃していたクラゲと魚人達が振り返ってゾロゾロとこっちにやってくる。

「ほほぉ、何体もぞろぞろと、全部まとめてこのカロンちゃんが相手をしてやろう。お前様達は先に中に入っておれ」

「任せたぞカロンちゃん！　イリーナさん、行きましょう！」

「は、はい！　ですが魔物が多すぎて先に進むのは……」

『我に任せるといい』

イリーナさんの腕の中にいたテストゥード様は口を開いた。口の中に白い光が集まっていき、パンタシア・ミーズガルズが使っていた光線が放たれる。極太だった分体のビームに比べると棒切れのような細さだが、それが直撃したクラゲは蒸発。間髪いれずに次々とそれは放たれて、進路を塞いでいた魔物達はあっという間に消滅した。

力を取り戻したテストゥード様つっよ⁉　俺が護衛する必要ないんじゃないだろうか。

一瞬できた神殿までの道を進み、俺とイリーナさん達は結界の中に入った。直後に背後でドゴンッと大きな音がして振り返ると、カロンちゃんがめちゃくちゃに暴れている。殴られた魚人はミンチになって消し飛び、後ろから襲いかかろうとしても尻尾になぎ払われ体がバラバラに。武器すら使っていないのにこれか！

クラゲが紫色の稲妻を放つが、カロンに直撃してもまるで効いている素振りがない。愉快そうに笑いながら暴れ回っている姿はシスハを思い出させるかのようだ。カロンちゃんもまさか戦闘狂なのだろうか。あの強さでそれは恐ろしい気がするぞ。

結界の外で行われている蹂躙《じゅうりん》劇を見て、結界を張っていた神殿の人達は口を開いてポカンとしていた。そしてハッとなって正気を取り戻すと、中に入ってきていたイリーナさんを見て叫んだ。

「イリーナ様！　お戻りになられたのですか！」

「はい、皆さんがご無事で本当によかったです。よく持ち堪えてくださいました」

「冒険者の方々が助けにきてくれたんですよ。おかげ様で進入は防げましたが、かなり怪我をされていて……今治療を受けてもらっています」

そう言った神殿の人の視線を追うと、そこには血だらけで座る青い髪の男性が。うん？　見覚えが……あっ。

「マースさん⁉」

「……あっ？　その声は……オークラか！　どうしてお前がここにいるんだよ！」

それはこっちが聞きたいぞ！　しかもこんな血だらけになって……まさか一人であの魔物達と戦ったのか？　いや、魔物がいるのは正面だけじゃないから、そっちにグレットさん達パーティメンバーが行ってるのか。

とにかく怪我が酷いからポーションでも渡そうとしたのだが、バリンっと大きな音がしたので振り返った。音がした方向にはポンポンと服を払うカロンちゃんがいて、彼女を見て結界を張っていた神殿の人達が目をひんむいて驚いている。

俺はイリーナさんと一緒だったから平気だったけど、カロンは結界に弾かれたからぶち壊して入ってきたのか？　何やってんの！

「結界破るなよ！」

「はっはっは、何物も私を阻むことはできんのだ！　……一応直してはやるぞ」

悪いと思っているなら最初から壊さなければいいものを。お茶目なところもある龍神様だなぁ。お茶目で済ませていいのか怪しいけどさ。

カロンがパチンと指を鳴らすと、入り口を覆うように薄暗い膜が張られた。おいおい、一瞬で結界まで張れるとか規格外過ぎるだろ。結界を張り終えたカロンは、俺の目の前にいたマースさんを見て首を傾げている。

「そやつと親しそうにしておったが、お前様の知り合いか？」

「なんだこいつ⁉　新手の魔物か！」

「魔物とは失敬な、私はカロンちゃんだ！　覚えておくがよいぞ！」

カロンちゃんは腕を組み仁王立ちでひっくり返りそうなぐらい仰《の》け反っている。……あっ、尻尾で体支えてやがるぞ。ああ、角もあって尻尾まで生えているし、魔物に見えるのも仕方がないか。

「マースさん、安心してください。彼女は私の仲間ですから」

「な、仲間だと？　どう見ても人間じゃないが……まあいい。それとそっちの亀はなんだ？　それもお前の仲間なのか？」

「あっ、その方はこの神殿に祀られているテストゥード様です」

『うむ、どうやら貴様は神殿を守ってくれていたようだな。感謝するぞ』

「亀がしゃべっただと⁉　これが守護神って……ああ、よくわからねーが今は魔物を……ってもういねーじゃねーか！」

　どうやらマースさんはカロンちゃんの蹂躙劇を見ていなかったらしい。既に神殿の正面にいた魔物は殲滅されて一体も残っていない。結構な数いたはずなんだけど、普通の魔物じゃやっぱりカロンの相手にはならないんだな。

　混乱するマースさんを神殿の人達に治療してもらった後、グレットさん達と合流して神殿の周囲にいた魔物を殲滅。最後に地図アプリで魔物が残っていないことを確認して、ようやく落ち着くことができた。

「ふぅ、どうやら神殿の魔物は全部いなくなったみたいです」

「やれやれ、肝が冷えた。来てくれて助かったよ。例の聖地とやらに行ってると聞いていたから、まさか来てくれるとは思わなかった」

「いえ、グレットさん達が神殿にいてくれて助かりましたよ。でも、どうしてここにいたんですか？」

「騒ぎが起きてすぐにマースが神殿に向かうと言い出してな。結果としてここに来たのは正解だった」

「ふん、神殿のことはあんまり知らねーが、お前達との話で何か起きてるのは知ってたからな。念の為に来ただけだ」

ポリポリと頬をかきながら言うマースさんを見て、グレットさんを含めたパーティの皆さんはニヤニヤしながら彼を見ている。素直じゃないというかツンデレかこの人。

それにしてもリシュナル湖でもそうだったけど、本当にマースさんは勘が冴えているな。おかげで神殿の御神体も無事だし助かったぞ。

話が一区切りすると、マースさんはカロンに声をかけた。

「それで、そっちの女……女でいいんだよな？」

「お主はとことん失礼な奴だな。こんなにも可憐なカロンちゃんを見てオスとでも抜かす気か。この愛らしい尻尾を見れば一目でわかるだろうに」

「いやそっちはわからねぇよ。見た目通りでいいってことだな。お前は何なんだ？」

「カロンちゃんだ！」

答えになってねーぞ！　カロンちゃんは誰が相手でもこんな調子なんだな。あまりにも堂々と言ってるせいか、マースさんが間違ったこと聞いたのかと困惑した顔してるぞ。仕方ない、ここはフォローに入ろう。

「あー、この娘は龍人なんですよ」

「龍人？　そのような存在は聞いたことがないが……魔人ではないのか？」

「はい、話に聞く魔人とは全く関係ありません。でも、できれば彼女のことは秘密にしておいていただけると……」

「はっ、別に誰にも言いやしねーよ。よくわからねーけど味方ってことでいいんだな。後は俺達で警戒しておくから、お前らはやることやってこい」

マースさん達はそのまま神殿の入り口の方へ行ってしまった。やべぇ、口は悪いけどマースさんいい人ですわぁ。俺もああいう感じに格好よく決められる男になりたい。

ダラには外で待機してもらい俺達は神殿に入り、イリーナさんの案内に従って御神体のある部屋まで移動した。そこには神殿長であるラスクームさんと数名の方で、御神体を守るように部屋全体に結界を張っている姿が。

イリーナさんはそれを見て駆け寄ると、嬉しそうに声を上げた。

「神殿長！」

「イ、イリーナ⁉　どうしてここに！　聖地に赴いたのではないのか！」

「急いで戻って参りました！　それよりも今はやることが！　テストゥード様もお連れいたしました！」

胸に抱いていた小さな亀、テストゥード様を見せた瞬間、ラスクームさんは目を見開いて涙を流した。

「お、おぉ……この神聖な存在感、テストゥード様なのですか！」

『ラスクームよ、今までよくぞ神殿を守ってくれたな。感謝する』

「ほおおぉぉぉぉ⁉　そ、そのようなお言葉滅相もございません！　我らがテストゥード様にお仕えするのは当然のこと！　皆の者、そうであるな！」

「おおおおぉぉぉぉぉぉ！」

その場に居た神殿の人達全員が泣きながら雄叫びを上げている。やべぇ、やべぇよこの人達……カロンちゃんですらちょっと引き気味にしてるぞ。

「なんだこやつらは……目が血走っておるぞ。あの娘まで交ざっているではないか」

「はは……守護神様が現れたらこうなっても仕方がないだろ」

イリーナさんで大分慣れてきたけど、いつ見ても神殿の人達の信仰っぷりは凄いな。それにただの小さな亀を見て一目で守護神様だとわかるのはさすがだ。

熱狂覚めやらぬイリーナさん達に、テストゥード様も困った様子で語りかけてようやく落ち着きを取り戻し、加護をセヴァリアに与える儀式が始まった。

巨大な御神体の前にイリーナさんは跪《ひざまず》き、抱えていたテストゥード様を下ろす。神殿長を含めた他の神殿の人達は、ひれ伏すようにして御神体の周囲を囲っている。

「テストゥード様、どうかこの地に再び加護をお与えくださいますよう、お願い申し上げます」

『うむ、では始めようか』

イリーナさんが両手を合わせて祈り始めると、テストゥード様の体が青色に発光した。その光が体から離れ、目の前の御神体に吸収されていく。すると岩のように黒かった御神体が、徐々に艶《あで》やかな青色に染まり輝き始める。

隅々へとそれが行き渡ると、御神体から巨大な光の柱が立ち上り、天井の色ガラスを突き抜けて空へと上っていく。そして上空でカッと強烈に光ると、四方八方に光は飛び散った。セヴァリア各地にある祠に向かっていったのだろうか。

その光景を神殿の人達は空を見上げて拝みながら、一人残らず滝のような涙を流している。

『これで……セヴァリアに、力は戻ったはずだ……』

「テ、テストゥード様⁉　どうなされたのですか！」

テストゥード様は手足を甲羅に仕舞って、ぐったりとうな垂れていた。それを見てイリーナさんは勿論、泣いていた神殿長達も慌てている。

「力を使ったせいであろうな。しばらく休ませてやるといいぞ。無理をさせると消滅してしまいそうなぐらいだ」

「そ、そんな！　急いでテストゥード様を安静にできる場所にお連れするのです！」

カロンの言葉を聞いて、イリーナさんはテストゥード様を抱き上げてどこかに連れて行こうとしたが、その前に待ったの声がかかり立ち止まった。

テストゥード様は力を振り絞るようにプルプル震えながら頭を上げ、カロンを見ている。

『かの地から来たカロンとやら。分体をそなたが止めてくれて本当に助かった。改めて礼を言おう』

「うむうむ、盛大に感謝するとよいぞ！　その者達の為にも消えぬように大人しく休むのだな！」

はっはっは、と相変わらず豪快に笑うカロンの返事を受け、テストゥード様は満足そうに頷いているる。力を使い切って消えたりはしないようだから、ゆっくりと休んでもらおう。色々と話も聞けたし、テストゥード様には感謝しないと。

「オークラさん、カロンさん、この度はセヴァリアを、そしてテストゥード様をお救いくださりありがとうございました！　このご恩は一生忘れません！」

イリーナさんは深々と俺達に頭を下げて、テストゥード様を抱き抱えて奥へ行ってしまった。一生とは大袈裟な気がするけど……それだけ感謝されることをしたんだと思っておこう。あんまり無自覚だと逆に問題が起きそうだからな。

これでセヴァリアの危機は本当に終わったのか。ディアボルスとの初遭遇からかなり経ったけど、黒幕だったマリグナントとの因縁も決着がついた。

他にも仲間がいるのを匂わせる発言をしていたが……あいつがやられたのを知ってどこかで大人しくしていてほしい。奴は我らの中でも最弱、とか言い出して次々出てくるのは勘弁してくれ。

とりあえず加護も無事にセヴァリアに戻った。町に向かってきていた魔物達もこれで引き返すだろうし、侵入していた魔物達を片付けたら終わりのはず。

そっちはノール達が向かったから、既に全部倒し終わっていたとしても不思議じゃない。だけど念の為に俺達もノール達と合流するとしよう。

神殿の人達に町へ行くことを伝え、外で警戒していたマースさん達にもその旨を伝えた。マースさん達はこのまま町が落ち着くまで神殿の警備を買って出てくれたので任せ、俺とカロンは急いで町へと向かう。

しかし、神殿から町へと向かう道中で異変が起きた。カロンちゃんの体が発光し始めたのだ。

「むぅ、どうやらきてしまったようだな」

「えっ、まさか時間切れか？」

「はっはっは、私はここまでのようだ。役目だけは果たし切れてよかったぞ。同胞達ともう少し話はしたかったがな」

豪快に笑いながら仁王立ちをしているが、どこか寂しげな表情をしている。その間にも光が体から漏れ出して、徐々にカロンの姿が薄れていく。召喚した時と真逆の現象だ。

おいおい、まさかこんなところでお別れなんて。

「そんな顔をするでない。元々時間限りの召喚だ。短い間とはいえ楽しかったぞ」

「すまない……本当に戦うだけになっちゃったな」

「よいよい、それが私が呼ばれた理由だからな。しかしそうだのぉ、すまないと思うなら早く私を正式に呼ぶといいい」

「ああ、必ずカロンちゃんを呼ぶよ」

「うむうむ、これからもガチャとやらに励むといい」

カロンがそう言って笑いながらポンポンと俺の肩を叩いてきた。くぅー、カロンちゃんいい娘《こ》だなぁ。絶対にいつか正式に召喚してやるぞ！　龍神様からガチャに励めなんて言われちゃ頑張るしかないじゃない！

なんて内心意気込んでいると、カロンはピンっと右手の中指を伸ばした。鋭く伸びた自身の黒い爪をティーアマトで切り落とし投げ渡してくる。

「ほれ、帰る前に餞別だ。受け取るといい」

「どうして爪を？」

「このカロンちゃんの爪では不満か？　龍神の爪なのだぞ。知る者なら泣いて喜ぶありがたい代物だというのに。武具の素材にしてもよし、お守りにしてもよしの優れ物だ」

「あー、そう言われると凄そうだけど……鱗とかじゃないのか？」

「う、鱗だと⁉　いくらお前様とはいえいきなり鱗を渡せなどと……そういうのはもっと深い仲になってからだ！」

カロンちゃんはモジモジ太ももを擦《こす》り合わせ、尻尾を抱いて頬を赤らめている。えっ、鱗を渡すのって何か恥ずかしい意味があるの⁉　べ、別にそういう意図で言った訳ではないのだが……。

困惑していると、カロンがおっほんと咳払いをして、今度は着ている黒いドレスに手を突っ込んだ。引き抜くとその手には金色の壷が。一体どこにそんなのが入って……まさかあの服、俺のマジックバッグのように見た目より物が多く入る異空間になっているのか？　防具ってだけじゃなくてそんな便利装備を持っているとは、龍神様なだけあるな。

「あの神官の娘にこれを渡しておいてくれ。秘蔵の一品をごちそうしてやると言ったからな。約束を違《たが》える訳にはいかん」

「つまり酒か。わかった、ちゃんと渡しておくよ」

「頼んだぞ。次は必ずあやつと飲み交わすとしよう。他の同胞達にもよろしく頼むぞ。吸血鬼の娘は最後にまた頭を撫でてやりたかったのだがなぁ。カロンちゃんが帰ってしまっては寂しがりそうだ」

「ははは、そうかもな。絶対にいつか呼ぶから待っていてくれよ。今回は来てくれてありがとな」

「うむ、楽しみにしているぞ。ではまた会おう！」

そう言い満面の笑みを浮かべたカロンの姿は完全に見えなくなり、溢れ出ていた光が俺のスマホの中へと吸い込まれていく。全部の光が吸い込まれると、さっきまで騒がしかったのが嘘のように静かになったように感じて、本当に帰ってしまったんだと実感させられる。

カロン……短い間だったけど随分と世話になってしまった。いつか必ず、ガチャで引き当ててお礼をしないとな。

だが、今回の騒ぎで色々と知ってしまった。最近この世界で起きている異変は迷宮が原因かもしれないこと。その迷宮と関わりのありそうなのが、Ｇｉｒｌ Ｃｏｒｐｓの世界であるイルミンスールであること。

そして元々イルミンスールの力が流れ込んでいた世界に俺がガチャで呼ばれてやってきたこと。これは何か関連があるとしか思えない。ノール達は神とやらに呼ばれたみたいだけど、その神とやらが【異世界への招待状】をガチャで出るようにしたのか。

その女神と同種の力を持つ奴がガチャに関わっているのは間違いない。悪い相手ではないと思うんだけど……結局のところそれもわからずじまいだ。

何にせよ、これから迷宮やこの世界に影響を及ぼしているであろう、異界の力について調べる必要があるだろう。魔人もその力を欲しがっていたみたいだからなぁ。また今回みたいな騒ぎが起きませんように！

書き下ろし(1)　ノール達の戦い

大倉さん達と別れた私達は、言われた通り町を守る為に港へ向かうことになった。

むむぅー、大倉さん平気かな……カロンがいるから心配ないと思うけど、やっぱり近くで見ていないと不安になる。でもでも、最近はすっごく頼もしくなってくれたし、信じて自分の今やるべきことをしよう！

「それでは港に急ぐのでありますよ！」

「そうね。けど、町の中にも魔物が入り込んでいるから、ここは港と町中で二手に分かれましょうか。私とノールとシスハ、フリージアとルーナで分かれるのがいいかしら。フリージア達には町中の遊撃を任せて私達で港の対処ね」

「うむ、任された」

「了解しましたなんだよ！」

「ルーナさん達なら問題ないと思いますが気をつけてくださいね。何かあったらすぐに駆けつけますので！」

「私の心配より自分の心配をしろ。港の方が魔物が多くて危険だ」

ルーナがそう言うとシスハは瞳をウルウルとさせてギュッと手を握ってる。元々根は優しかったんだと思うけど、ルーナは凄く気遣いをしてくれるようになったね。これもシスハのおかげなのかな。

そう思うと私も何だか嬉しくなってくる。

港は魔物が多いって大倉さんが言ってたし、私達も気を付けないとね。マリグナントやミーズガルズぐらい強い魔物はいないと思うけど、弱い魔物だって油断はできないもん。

「何かあったらこれに魔力を込めて空に投げてちょうだい。お兄さんが使う閃光玉を参考に作ってみたの。あんまり強くはないけれど、合図ぐらいの光は出るわ」

エステルがバッグから虹色の小さな石を取り出してルーナに手渡した。大倉さんの使うガチャの閃光玉は凄い光だもんね。それを参考にこうやって用意してるなんて、さすがエステル！　頼りになる！

「うむ、エステル達も何かあれば合図しろ。すぐに行く。では行くぞフリージア」

「はーい！　ノールちゃん達も気を付けてね！　遠くから私も見守ってるんだよ！」

「気を付けるのでありますよー！」

エステルとシスハに支援魔法をかけてもらったルーナ達は、町中の魔物を倒す為に離れていく。

笑顔で手を振り走っていくフリージアに、私も手を振り返して見送った。やんちゃだけどフリージアはとても素直ないい子。元気がよ過ぎて困っちゃうこともあるけど、笑顔を見てると私も凄く元気が出る。フリージアが見守ってくれているなら怖いことなんてないね！

「それじゃあ私達も行くであります！　エステル、持ち上げるでありますが少し我慢してほしいのであります」

「ええ、お願いするわ。ノール達の足の速さには付いていけないもの」

エステルとシスハに支援魔法をかけてもらい、エステルを抱き抱えて私は走り出した。そしてシスハも走って後に付いてくる。

町の中はかなり荒れていて、建物もあっちこっち崩れて道が塞がっていたりもした。あんなに綺麗な町だったのにこんなにするなんて……これ以上壊させない為にも、すぐに魔物をやっつけちゃうんだから！

瓦礫を飛び越えて一直線に港を目指して走っていく。一応シスハがちゃんと付いてきているか確認すると、すぐ後ろに前のめりになりながら上半身を全く動かさず走るシスハがいた。す、凄い走り方してるぅ……。

私が驚いていると、そんなシスハを見て抱き抱えていたエステルはちょっと呆れ気味に呟いている。

「相変わらずだけれど、シスハはよくこんな速さで付いてこられるわね」

「神官ですからね。私のいた教会では素早く動けないと生命に関わるので、常日頃から鍛錬していたんですよ。倒すにしても逃げるにしても治療にしても、早さが大事というのが教えです」

「確かにそうでありますが、やっぱり神官とは思えないでありますなぁ……」

「いやぁー、それほどでもぉー」

「褒めていいのかよくわからないわね。おかげで助かってはいるのだけれど」

シスハの言動にはいつも驚かされるけど、思い返せば悪いことはなかったかなぁ。戦闘でも前に出つつ支援魔法もかけてくれるし、危ない時はちゃんと回復魔法に専念してくれる。今だって普通の神官だったらこの速さで走れないもんね。

そのまま速度を緩めずに走って港が見えてくると、酷い惨状が広がっていた。海を見渡せるほど高かった灯台は崩れ落ちて、沢山停まっていた船は見る影もない。その残骸を巻き上げるように竜巻が発生していて、渦の中には複数の大きな鮫がいる。

他にも大きなイカや上半身が人のような槍を持つ半魚人とか、沢山の魔物が上陸して港を埋め尽くしてた。それを冒険者や甲冑を着た騎士のような人、ローブを羽織った魔導師さん達が阻むように抵抗している。人数はこっちも沢山いるけど魔物の数の方が多い。

……ローケンさん達大丈夫なのかな？　姿がないってことはちゃんと避難しているはず。無事に逃げていてほしい。あんなに賑わいのあった港をこんなにするなんて許せない！　これ以上漁師さん達の港は荒らさせないよ！

「シスハ！　エステルを頼んだでありますよ！」

「はい！　お任せください！」

「あまり一人で無茶しちゃだめだからね」

エステルを降ろして私は魔物目がけて駆け出した。最初に倒すのは竜巻を発生させているあの鮫！船の残骸とかを吹き飛ばしてるし、本体は空から襲ってくるから一番危ない！

エアーシューズに魔力を込めて私は宙を蹴り空に跳び上がった。この靴は空中でも地面のように踏ん張れるから凄いよ！　でも、魔力切れには注意しなきゃだね。

竜巻の中に入って飛んでいる木材とかを足場にしつつ、空中を自由に泳ぐ鮫に近付く。一躍でいける距離まで入った瞬間、エアーシューズで見えない壁を蹴って一気に跳ぶ。

「はああああぁぁぁぁ！」

胴体部分を斬り付ける。一回だけじゃ仕留め切れないから、すぐにまたエアーシューズで反対に跳んで今度は頭を斬り付けて止めを刺す。

光になって消えたのを確認して、すぐに他の鮫に向かってまた跳躍。一体倒したからか少しだけ竜巻が弱まった気がする。あれ、一体倒したせいか他の鮫が皆私に向かってきたよ。でも、それは逆に好都合！　一気に倒しちゃうよ！

口を開いて噛み付こうと突撃してくる鮫の攻撃を避けて、すれ違い様に体を斬り付ける。そしたら他の鮫はできるだけ無視して、間を置かずにダメージを与えた鮫を倒しにいく。手負いの魔物が一番怖いからね。攻撃したのを優先的に倒さないと！

どうしても無視できないのは盾で弾き飛ばして、他の鮫に叩き付けて怯ませたりもする。二体、三体、四体と次々と鮫を倒していき、全部で七体いた空飛ぶ鮫を倒し終えた。竜巻もそれで消えてなくなったから、これで近くに鮫はもういないはず！　ＭＰが消える前に倒し切れてよかったぁ。

鮫も倒せたから港に降りて戦っている人達に駆け寄ると、格好からして冒険者の男の人が声をかけてきた。

「あんた何者だ！　一瞬でトルネードシャークを七体も倒すなんて！」

「手伝いに来たのであります。一緒に魔物を倒すのであります！」

「お、おう！　ありがてぇ！」

冒険者の人以外にも、近くにいた騎士っぽい人や魔導師の人も会話に加わって現状を教えてくれる。

「一人でも強い味方が来てくれたのは助かる。でも、この数相手じゃ……」

「負傷者も増えています。このままじゃジリ貧です」

「心配ないのであります！　一緒に神官と魔導師も来ているのでありますよ！」

そう私が言ったのとほぼ同時に、この場で戦っている人達の体が光に包まれる。

「これは、力が漲《みなぎ》って……魔導師の支援魔法か！」

「い、痛みが引いて……傷も治っています。まさかこれをあなたのお仲間が？」

「むふふ、そうなのであります。さあ、反撃するでありますよ！」

皆一瞬驚いていたけど、力が湧いてきたおかげか魔物にどんどん反撃を始めた。血を流して傷だらけだった人達も、瞬く間に傷が治っている。負傷した人は後方に退いていたみたいだけど、それで完治したのかまた戦いに参加し始めたみたい。

やっぱりシスハとエステルは凄いよ！　こんな人数に一斉に支援魔法できるなんて！　シスハは離れている人もまとめて回復しちゃうし、本当に神官としても凄いね！

二人を見るとエステルはウィンクしてシスハはグッと親指を立てている。私も二人に負けていられないよ！　どんどん魔物を倒しちゃうぞ！

押され気味の場所を優先しながら戦うようにして魔物を倒していく。すると、突然ザバァーンと大きな音がした。反応して振り返ると、目前に大きな黒い物体。避けられ——。

バシュンと音を立てて、迫っていた黒い物体が消し飛んだ。さらにドンッと地面が割れて、緑色の綺麗な矢が突き刺さっている。

あれって……フリージアの矢だ！　分かれる前に言ってたように、本当に見守ってくれてたんだね。危ないところを助けられちゃったよ。終わったら何かお礼をしないと！

急いでその場から離れると、海には黒く山のように大きい半円状の単純な見た目で、赤い二つの丸が眼のように見える魔物がいた。それが一気に十体も湾内に出てきている。

凄く大きいけど姿は地味かな。でも、さっきの攻撃はかなり速かったから油断できない相手だね！

「ウミニュウドウだ！　海から離れろ！　引きずり込まれるぞ！」

叫び声を聞いて皆慌てて海から距離を取ると、ウミニュウドウの体の一部がにゅにゅっと伸びてきて港にいた魔物の一体が海に引きずり込まれた。あわわ、あんなのに捕まったら逃げられそうにないよ。

一旦私も距離を取ってエステル達のところに戻った。

「これはまた得体の知れない魔物が出てきましたね。あれに近付くのは危険ですよ」

「あれがイリーナさんの言っていたウミニュウドウなのでありますか」

「そうみたいね。奥まで来ないみたいだけれど放置はしておけないわ。私が一気に片付けちゃうわね」

「大丈夫なんですか？　まだスキルの反動が残って……」

「問題ないわ。体調はまだ悪くて発動まで時間はかかるけれど、一掃できる魔法ぐらいは使えるもの。少しの間守ってもらってもいいかしら？」

「勿論であります！　頼んだのでありますよ！」

マリグナントとの戦いでエステルはスキルを使った後だ。その状態でこの場にいる人皆に支援魔法をできるだけでも凄いのに、攻撃魔法まで使うなんて……絶対にエステルは守るよ！

エステルは赤い本を取り出して杖を掲げると、海の上に赤魔法陣が浮かび上がった。それに反応してかウミニュウドウ達は体の一部を伸ばして、港にある物を片っ端からこっちに投げ付けてくる。

当然エステルに当たらないように私が防ぎ続けていると、かけ声と共に杖が振り下ろされた。

「えいっ！」

赤い魔法陣の上に火の玉が出来ると、それが十個に分かれて一斉にウミニュウドウ目がけて飛んでいく。ジュッて音を立ててウミニュウドウの中に入ると、黒い体から煙が上がってボコボコと体が膨れ上がってる。そして蒸発するようにみるみる体が小さくなっていって、ポスンと音を立てて消えちゃった。

見ていた人達はウミニュウドウが消えたのを見て驚きの声を上げてる。

「うおおぉぉぉぉ⁉　ウミニュウドウが魔法一撃で⁉」

「し、信じられない……支援魔法だけじゃなく、一人でこんな魔法を……」

いつもだったらまとめて爆発させそうだけど、港の中だから控え目な魔法を使ってくれたみたい。

やっぱりエステルは凄いなぁ……そう思いつついると、エステルは青い顔で凄い冷や汗を流しながらその場にへたり込んだ。

「エステル！　大丈夫でありますか！」

「ハァ……ハァ……反動がある時に使うのは無理があったかも。これ以上攻撃魔法は使えそうにないわ……」

「それでもあれを倒せるなんて、さすがはエステルさんですね。これで流れは完全にこっちの物ですよ。魔物達も腰が引けています」

「大物は倒せたのでありますし、後は私に任せるのでありますよ！」

まだまだ港のあっちこっちから魔物が上陸してきているみたいだけど、ウミニュウドウが一瞬でやられたのを見て海の中にまた潜っていく魔物がちらほらといた。逆にこっちはエステルの魔法とシスハの回復魔法で士気はどんどん高まってる。

この調子で攻めていけば港から魔物を全部排除できるよ！　大倉さんとカロンが神殿に到着するまでの時間稼ぎどころか私達の手で追い払う！　……それはちょっと調子乗り過ぎたかも。

それから勢いを取り戻した港を守りに来ていた人達と共に魔物を押し返し続けた。すると、いきなり空全体がピカーッと真っ青に輝き出す。皆それを見上げてざわついて、私もきょろきょろと辺りを見渡した。

うわっ⁉　大きな光の柱がある⁉　あれ、あの方向って確か……大倉さん達が向かった神殿のある方だ！　それってつまり！

光の柱がさらに輝きを増すと、あちこちに向けて光が拡散して飛んでいく。まだ明るいのにまるで流れ星みたいに綺麗！

その光に反応するかのように、港にいた魔物達は一斉に震え上がってどんどん海の中へ逃げていく。一部の魔物だけは逃げずに残っているけど、港に登ってくる魔物は見当たらない。やっぱりあれは守護神様の力なのかな。大倉さん達やったんだね！

嬉しくなりながらシスハ達のところへ行くと、二人も微笑みながらそれを眺めていた。

「あの光、守護神様の強い力を感じますね。どうやら神殿に無事到着したみたいですよ」

「大倉殿達がやってくれたのでありますか。魔物達が逃げていくのでありますよ！」

「加護が町に戻ったのね。魔物がこれ以上来る心配はなさそうだわ。後は残った魔物を倒すだけよ」

「それじゃあ、大倉殿達と合流する前に終わらせるでありますよ！」

普段は情けなくてガチャのことばかり考えているけど、大倉さんはやる時はやってくれる人だね！

それにこの前食事に誘ってくれたみたいに、気遣いもちゃんとしてくれるし……たまに酷い扱いもされるけど。

でも、そんな大倉さんが私は好きかな。勿論エステルやシスハ、ルーナやフリージアやモフットも大好きだけど！　カロンとも仲よくなれるだろうし、合流したら一緒にお疲れ会でもしたいな！

GC NOVELS

ガチャを回して仲間を増やす最強の美少女軍団を作り上げろ⑧

2020年2月3日　初版発行

著者　ちんくるり
イラスト　イセ川ヤスタカ

発行人　武内静夫
編集　岩永翔太
装丁　AFTERGLOW
印刷所　株式会社平河工業社
発行　株式会社マイクロマガジン社
URL:http://micromagazine.net/

〒104-0041
東京都中央区新富1-3-7　ヨドコウビル
TEL 03-3206-1641 FAX 03-3551-1208(販売部)
TEL 03-3551-9563 FAX 03-3297-0180(編集部)

GATYA

You increase families and make beautiful girl army corps, and put it up

ISBN978-4-89637-954-9　C0093

本書は小説投稿サイト「小説家になろう」(http://syosetu.com/)に掲載されていたものを、加筆の上書籍化したものです。

ファンレター、作品のご感想をお待ちしています！

宛先　〒104-0041　東京都中央区新富1-3-7　ヨドコウビル
株式会社マイクロマガジン社　GCノベルズ編集部　「ちんくるり先生」係　「イセ川ヤスタカ先生」係

アンケートのお願い

二次元コードまたはURL(http://micromagazine.net/me/)ご利用の上本書に関するアンケートにご協力ください。

■ご協力いただいた方全員に、書き下ろし特典をプレゼント!
■スマートフォンにも対応しています(一部対応していない機種もあります)
■サイトへのアクセス、登録・メール送信時の際にかかる通信費はご負担ください。

ガチャ8巻
発売おめでとう
ございます!!
コミカライズ
3巻も
よろしくお願い
します!

Comic Ride NEW RELEASE
「ガチャを回して仲間を増やす 最強の美少女軍団を作り上げろ」
THE COMIC 3
GATYA
You increase families and make beautiful girl army corps, and put it up
漫画:晴野しゅー
原作:ちんくるり
キャラクター原案:イセ川ヤスタカ
最強騎士×最恐魔導士
―ただしリーダーはガチャ廃人!?
LINEスタンプも発売中!!
ごはん ごはん
ドヤア
ガチャの時間だ!!
スタンプショップはこちらから!
コミックス
第3巻 好評発売中!!
定価:630円+税/B6版/ISBN9784896379594